泣いて 笑って 考えた 作品集

鉛筆の底力

著・ゴルビー長田
GORUBI Osada

文芸社

はじめに

文化功労者で作家・劇作家の井上ひさし先生の文章教室に通って、「人間は書くことを通じて考えを進めてゆく生き物です。ものを考える一番有効な方法、それは『書く』ことである。そして、ものを書くなら、自分にしか書けないことを誰にもわかる文章で『書く』ことが肝要である」などなど、多くのことを教わった。

とりわけ私の心に深く刻まれたのが、「この世は涙の谷、あらかじめ苦しみや悲しみは備わっているけれども、『笑い』は人間が自分自身の手で創り出さなければ存在しない」という教えでした。

そこで、自分もこの世に生きた証に笑いの一つぐらいは創ってみたいもの、と思っていると、クスッと笑わせる読売新聞の投稿欄「USO放送」が目に留まり、ものは試しと投稿して、私が願い事をするときに編み出した呪文、「アーメン、ソーメン、ラーメン、タンメン、ワンタンメン」と唱えていると、な、なんと有り難いことにそれが採用されて、新聞に載ったので舞い上がりました。昭和も末の六十年のことです。

それから病みつきになって投稿を続け、作品もコントから川柳へと手を広げた。さらに、文章を磨くために、『賞』の審査を厳格に行うことで有名な同人誌『随筆春秋』の会員になり、笑いを誘う作品を書くことを心掛けてきました。

しかしながら、考えても考えても涙しか出てこない事柄があります。それは、玉音放送が流れて戦争が終わったことを知り、外地から引き揚げてきたものの、東京は一面の焼け野原で途方に暮れ、食うため生きるために、夜の女になるほかに生きる術《すべ》がなかった女性たちのことです。

同じように涙なしでは語れないのが、薩摩と長州の謀略によって「勤王」の会津藩が「朝敵・賊軍」の汚名を着せられて城下を根こそぎ焼き払われた挙句、生き残った者が極寒、不毛の斗《と》南《なみ》へ追いやられたために、飢えと寒さで夥《おびただ》しい人々が命を落とした会津藩の悲劇です。

剰《あまつさ》えその中には、歴史の流れに埋没した「白虎足軽隊」の少年兵たちのこともあるのです。彼らもまた、戦火をかいくぐってせっかく助かった命を飢餓地獄に奪われたのであります。この痛々しい惨状が、世に知られることもないまま時が流れています。これではいつまで経っても彼らは浮かばれず、御霊が安らぐことはないでしょう。

なのに、誰も書かないのですから、拙いながらも私が「書くしかない」と思って鉛筆を執った次第であります。

読んでいただければ有り難いです。

目　次

「鉛筆の底力　泣いて笑って考えた作品集」

前編　読み物の部

鉛筆の底力

この世はまさに烏兎匆匆《うとそうそう》、昭和も平成も過ぎてしまえばあっという間、しかし平成は、昭和に生まれて戦前戦中を軍国少年で過ごした私にとって、特別な時代であった。一人も殺さず、一人の戦死者も出さない、平和な時代であったから。

この崇高な平和を、長年維持したものはいったいなんだろう、と考えたときに、先ず瞼に浮かんだのが、昭和63年7月29日に行われた、第15回広島平和音楽祭で、松山善三作詞、佐藤勝作曲の『一本の鉛筆』を歌う美空ひばりの姿だ。

……一本の鉛筆があれば、戦争はいやだと私は書く
……一本の鉛筆があれば、八月六日の朝と書く
……一本の鉛筆があれば、人間のいのちと私は書く

続いて脳裏に浮かんだのが、菊池章子が情感切々と歌った『星の流れに』〈註1〉である。

この歌の背景には、戦争に翻弄された無限の悲しみに涙も涸れ果てた女性が、鉛筆に託した一通の手記がある。概略はこうだ。

――お国のためと言われて満州に渡り、奉天の陸軍病院で従軍看護婦をしていた女性が、突如として侵攻してきたソ連軍に追われて、命からがら日本に引き揚げてきたものの、東京は見渡す限りの焼け野原で、頼みの実家はあとかたも無い。家族は全て行方が知れず、途方に暮れて彷徨い続けて、ふと気が付くと、上野の地下道で雨露を凌いでいた。

飲まず食わずの日が何日も続いて、もう死ぬかと思ったときに、見知らぬ男が握り飯を二つくれた。その男は、次の日も握り飯を二つくれた。そして三日目の夜に、その男に「話がある」と言われて、上野公園に連れて行かれた。そこに待っていたのが、夜の女の元締めだった。そうして彼女は、周囲から白い目で見られる夜の女になるほかはなかった――

この手記を新聞で読んだ作詞家の清水みのるは、彼女の身の上に胸を痛めて鉛筆を執り、一夜で『星の流れに』を作詞した。歌詞は三番まであって、いずれも「こんな女に誰がした」で終わっている。そこには、そんな女にしたのは「戦争を始めた奴らだ」との怒りが込められているに違いない。

同じ思いの作曲家利根一郎が、歌詞にふさわしい曲を付け、菊池章子が同じ女性としての立場から感情を込めて歌い、戦争の犠牲になった夜の女たちの悲しみを世に訴えた。

「そんな遠い昔のことを、今さら」とは言わないでもらいたい。こうした数知れぬ人々の涙の上に、現在の平和があるのだから。

そもそも開戦当初は優勢だった日本軍だが、次第に劣勢となり、昭和19年11月になると、テニアン、サイパン島から大編隊で飛来するＢ29が、雨あられと投下する焼夷弾で街が丸ごと焼き尽くされ、紅蓮の炎に何千、何万もの生きている人間が黒焦げにされる地獄の日が続き、とどめの原子爆弾を投下されてもなお、大日本帝国の戦争指導者らは、戦争をやめる決断が出来ず、無責任にも昭和天皇に御聖断を仰いだ。

意に反して始まった戦争に心を痛めておられた昭和天皇は、肝胆相照《かんたんあいて》らすかつての侍従長、鈴木貫太郎を総理にして組閣を命じ、戦争の早期終結を望んでおられたので、

「わたし自身はいかになろうとも、わたしは国民の生命を助けたいと思う。国民にこれ以上苦痛をなめさせることは、私は耐えられない。この際、わたしに出来ることはなんでもする。わたしが直接国民に呼び掛けるのが良ければ、いつでもマイクの前に立つ……」

と、涙を流しておっしゃられ、ご自身の安全と引き換えに、一人でも多くの国民を救うために、「ポツダム宣言」受諾の御聖断を下された。続いて陛下は、自ら無条件降伏に至る経緯を国民に告げる「玉音放送」の準備をされたのである。

ところが陸軍省の一部に、終戦に不満を持つ青年将校がいた。彼らは、「上官の命令は天皇陛下の命令と心得よ」と目下の者には厳命して、陛下の御名の下に、数多の兵卒を地獄の最前線に送り込んでいた。その張本人である青年将校らが、あろうことか、陛下の御聖断をないがしろにして本土決戦を呼号し、近衛師団に蹶起《けっき》を求めて八月十四日、師団司令部に押し掛けた。この暴挙に対して森赳《もりたけし》師団長は、「何事も承詔必謹《しょうしょうひっきん》、陛下の大御心に背いてはならぬ」と、

道理を説いて要求に応じない。すると彼らは、森師団長を殺害して偽の命令書を作成。その偽命令を近衛兵に下達して宮城《きゅうじょう》（皇居）を占拠した。そして「玉音放送」を妨害して、あくまでも本土決戦に持ち込もうとした。だが、この反乱は、東部軍司令官田中静壱大将によって制圧され、畑中少佐ら首謀者が自決して収束した。

かくして昭和二十年八月十五日、戦争終結を国民に知らせる「玉音放送」がラジオから流れた。しかしこの時、外地の第一線では三百万の将兵が命を懸けて砲火を交えており、且つ内地では地上軍二百三十万と、男性十五歳以上六十歳まで、女性十七歳以上四十一歳までの民間人が「国民義勇隊」として召集され、竹槍を持って本土決戦に備えた猛訓練の真っ最中であり、糅《か》てて加えて「生きて虜囚の辱めを受けず」と叩き込み、降伏を禁じていたので、玉音が放送されたからといって、直ちに武器を置いて降伏する状況ではなかった。

この難局に当たって、大本営作戦部長の宮崎周一中将は、禁じていた降伏を取り消すには、一定の時間を要すると考えて、先ず、積極的攻撃を禁じ、次に、自衛のための反撃を除く戦闘を禁じ、最後に、玉音放送から一週間後の「八月二十二日午前零時をもって一切の戦闘行為を禁止する」との大本営命令を出して、ようやく降伏実現に漕ぎ着けたのである。

斯様に戦争は、始めるときに比べて終結させることがいかに困難であったか、私たちは肝に刻まねばなるまい。昭和天皇の御聖断と、和平派の方々の命懸けの奮闘がなければ、ドイツのように、「分割占領」される危険もあったのだから。

なお、玉音放送を巡って国家が分裂しかねない緊迫の過程を、近現代史の権威半藤一利がつぶさに調べて、『日本のいちばん長い日』を世に出した。

ともあれ、爆弾の雨が降る戦争は終わったけれども、国民は、「一千万人の餓死者が出る」と言われた食糧危機に直面し、食うため生きるための新たな戦争が始まり、力の弱い者が飢えて、次々に命を落としていった。その阿鼻叫喚の日々を歴史の流れに消し去ってはいけない、との思いから、私は五行歌に託した。

僕たちの戦争は
八月十五日から始まった
一面の焼け野原と地下道の塒《ねぐら》
空きっ腹を抱えて
多くの戦災孤児が〝戦死〟した

この飢餓地獄から私たちを救ってくれたのは、国民学校で敵は「鬼畜米英」と叩き込まれた、アメリカの食糧援助であった。（戦争終結の御聖断を下された昭和天皇は、マッカーサーに「国民が飢えに苦しんでいる。食糧の援助をお願いしたい」とおっしゃった。しかし、「卑怯にも真珠湾を不意打ちした日本を助ける必要はない」と言って、アメリカ国民は援助を拒否したのである。その難題をマッカーサーは、国民を思う昭和天皇の心に打たれて、実現に漕ぎ着けたのだ）

そもそも、二百六十五年の長きに亘って、太平の世を築いた徳川幕府。その幕府を倒して明治政権になると、早々に「西南戦争」を始め、それが決着して、国内で戦争することがなくなると、わざわざ外国にまで出て行って、日清、日露と大きな戦争を行い、さらに大正時代にはシベリアに出兵し、さらにさらに、第一次世界大戦に参戦した。剰《あまつさ》え昭和になってからは、満州事変、支那事変・日中戦争、そして太平洋戦争と、日本を戦争ばかりする国にして、とどのつまりは国を滅ぼしてしまった。それは、歴史が示す通りである。

なのに、戦争を知らない世代が政権を握り、歴史の教訓を押しのけて、安全保障と戦争が表裏一体になる方向へ大きく舵を切った。

なので、昔は「天災は忘れた頃にやって来る」と言われたが、今は「天災は忘れなくてもやって来る」ようになった一方、「戦争は忘れた頃に牙を剝く」ことになりはしないか、と案じていたら、浅田次郎の小説が目に留まった。手に取って見ると、帯に「いまこそ読んでほしい反戦小説集」と書いてあり、六つの短編が収められている。わけても戦争に運命を引き裂かれた、名もない人々に光を当てた『帰郷』は、戦争が齎《もたら》す底知れぬ悲しみを顕《あきら》かにしている。

松山善三、清水みのる、半藤一利、浅田次郎の四人が書いた作品は、平和の貴さを説く、百万本の鉛筆に相当するだろう。

いずれにしても、戦争をするのもしないのも、それは人間の心の在り方が決めること。だから武力に頼る安全保障は、相手も武力を増強するので際限の無い軍拡競争に発展して、「世界終末時計」の針をゼロに近づける。とりわけ我が国が「敵基地攻撃能力」を保持すれば、相手の国も同じように、我が国の基地を攻撃する能力を備えるので切りがない。

ましして武力を誇示して覇権を争う国々は、地球が壊れるのもお構いなしに、戦場を宇宙にまで広げるので身の毛がよだつ。

それに対して一本から始まる鉛筆の力は、百本、千本、一万本、一億本と増え続けて、遂には「鉛筆の力こそ平和の源である」という道理が世界中に広まって、武力に頼らない、真の平和な世界が構築されるに相違ない。

とまれかくまれ、人類みな兄弟、人間が住めるのは地球だけ。このかけがえのない地球を守るために、鉛筆が底力を発揮する日がきっと来る。私はそう信じているから鉛筆を手放さない。


註1＝「星の流れに」は、昭和二十二年、テイチクから発売された歌謡曲。

星の流れに

歌手　菊池章子
作詞　清水みのる
作曲　利根一郎

一　星の流れに　身を占って

何処をねぐらの　今日の宿
荒む心で　いるのじゃないが
泣けて涙も　涸れ果てた
こんな女に誰がした

二　煙草ふかして　口笛吹いて
あてもない夜の　さすらいに
人は見返る　わが身は細る
町の火影《ほかげ》の　侘びしさよ
こんな女に誰がした

三　飢えて今頃　妹は何処に
一目逢いたい　お母さん
口紅《ルージュ》哀しや　唇かめば
闇の夜風も　泣いて吹く
こんな女に誰がした

男の証明

長年掛けてきた簡易保険が満期になった。家から近いので、いつも利用している駅前の郵便局に家内と二人で受け取りに行った。すると、カウンターの新人らしい女性が、

「何かお使いになるご予定がおありですか？」

と丁寧に訊く。しぐさが初々しい。

「特にないわ。持っていると使っちゃうわね」

家内が私の顔を見る。

私は、（いつもケチケチピリピリの生活だ。こんな時くらいドバッと使いたいね）と言いたかったが、口から出せなかった。

「今は金利が安いですから、五年据え置きの年金に切り替えるのがお得ですよ」

と、その女性が熱心に勧める。彼女は年金の勧誘も担当していて、契約の獲得が自分の成績になるらしい。

「どうする？」

家内は亭主を立てて一応は訊いた。だが、内心はすでに、彼女の成績向上に一役買うつもりでいるようだ。

大蔵大臣の采配に口を挟むことは、相当な勇気がいる。私は黙っていた。

「じゃ、その年金にして」

沈黙は了解であるとばかりに、家内は彼女にいい顔をして、勧誘を快く受け入れた。

「有り難うございます」

彼女が、嬉しそうな顔をして礼を言う。感謝されたこちらも、いい気分になった。


長かった五年が過ぎて、ようやく年金が満期になった。とはいえ、手続きをしないと振り込んでもらえない。郵便局へ行くことにした。しかし加入した時の彼女は、転勤したのでいない。

家内が、

「駅前の郵便局は混んでいるわよ。どうせなら、入った時の、あの娘《こ》のいる郵便局の方がいいでしょう」

と主張するので、十五分も歩いて彼女の異動先の局を訪ねた。

ところが、加入した時の彼女とカウンターでやり合っていた家内が、待合席に座っている私のところに来て、カッカしながら言う。

「男の証明だって！」

「……？　誰の？　どういう証明？」

「あんたが正真正銘の男だということの証明だって」

「えっ！　まさか俺が、これだって言うんじゃないだろうな」

右手の甲を左の頬に当てて、首を傾げて見せる。

「そうは言わないわよ」

「だったら何だ？　俺が男だってことは、お前が一番よく知っているだろう」

「知っているわよ。でも私が言ってもダメなんだって」

「子供を二人もつくったことも言ってやったのか？」

「とにかく、男の証明がなければ、年金振込の手続きはできないって言うのよ」

家内にすれば、加入させる時に彼女があんなにいい笑顔をしたのだから、満期になった今回も、きっと心地よいお礼の言葉が聞かれるに違いない、そう思えばこそ、わざわざ遠くまで歩いて来たのだ。なのに、である。いざ支払いとなると、同じ人間から、〃あなたの亭主は本当に男なのか〃なんてニュアンスの台詞を浴びたのだから、カッカするのも無理はない。

家内とやりあっていても埒《らち》が明かないので、二人でカウンターへ行き、運転免許証を出した。

「金融機関の身元確認は、どこでもこれでＯＫですよ」

「免許証は、性別が書いてないのです」

「ええっ……」

ビックリ仰天。改めて眺めると、確かに男とも女とも書いてない。初めて気が付いた。

「だったら、実物見てもらおうか！」

と迫ったが、彼女は涼しい顔をしている。

五年の歳月は、初々しかった乙女を、強《したた》かなキャリアウーマンに変えていた。

さあて困った……。頭を抱えていると、家内がはたと膝を打った。

「健康保険証なら書いてあるわ、きっと」

バッグから国民健康保険証を出した。

「保険証は、現在の性別は確認できますが、毎年更新されますから、過去も同じだったかどうかは確認できないのです」

と言って、彼女は受け付けない。

トラブルに気が付いたのか、上司が来た。

「申し訳ありません」

まず、下手に出た。そして事情を説明する。

「カルーセル麻紀の戸籍が、男から女に換わったんですよ。それで、平成十六年七月十五日以前〈註1〉の性別を確認しろ、とお達しが出たというわけです。男と女では平均寿命が違うので、掛け金に違いがありますからネ。古いパスポートがあれば、一番いいのですけど」

「それを早く言って下さいよ」

「それが……そのう、プライバシーなんていう厄介な問題があって、ですネ」

胡麻塩頭を掻き掻き言い訳をする。

「パスポートならあるわ。ハワイに行った時のが。あなた持ってきて」

大蔵大臣の命令には逆らえないので、炎天下をはるばる小走りに、家まで取りに帰った。

急いで戻ると、もう手続きは、パスポートの確認だけになっている、と家内が言う。

「えっ、振込先の通帳……」

慌てて、自分の通帳を出そうとした。

「いいの！　私の通帳に振り込む手続きが済んだから」

と言って、家内は涼しい顔をしている。

それにしても〝男の証明〟などという問題が起こるのは、これまで声を出せなかった、肉体と心の性が一致しない苦しみを持つ性同一性障害者にも、カルーセル麻紀の件がきっかけで、ようやく日が差すようになったということだろう。私は知らなかったので漫才のような問答になったが、これからは徐々に社会に浸透してゆくのではないだろうか。


（『美女という災難　2008年版ベスト・エッセイ集』日本エッセイスト・クラブ編／文藝春秋発行に入選）

註1＝「性同一性障害者の性別の取扱いの特例に関する法律」の成立により、平成十六年七月十五日以降、戸籍上の性別記載を変更できるようになった。

ボケにも得と損がある

師走に入って十五日、年金が振り込まれたので下ろしに行こうと思った。とはいえ、キャッシュカードを持って行かないと手続きが厄介だ。で、小さな手提げ金庫を開けた。ところが、入れておいたはずのキャッシュカードが、無い。家内に訊いた。

「ここに入れておいたキャッシュカード知らないか」

「知らないわよ」

訊くまでもなかった。

そもそも家内は物忘れがひどくなって、専門の心療内科の先生に診てもらったら、「年相応の記憶力です」と診断されている。しかし実態は、「私の頭は壊れちゃったのよ。昨日のことも思い出せないのだから」と、本人が自覚するほど記憶力が衰えている。

そんな家内が、うろうろして何か探しているので、

「何を探しているの？」

「何を探していいのか、それが分からなくなったのよ」

八十路《やそじ》の坂まで使い続けた脳味噌の経年劣化は著しい。手をこまねいてはいられないので、「記憶力を維持する」と大々的に宣伝する「N社のゴマ豆乳仕立てのＤＨＡサプリ」などなど、

記憶力に効果が有るということは全てやっている。

ともあれ、キャッシュカードの紛失は一大事である。利用状況に応じて分散しておいた郵便局と三つの銀行のキャッシュカード、それも、自分と家内の分をまとめて手提げ金庫に入れておいた八枚、それが全て無いのだ。鍵をかけなかったことを後悔した。が、後の祭りだ。

外で失くしたとは考えにくい、しかし、万が一にも他人の手に渡ったら……悪知恵の総合商社のような輩《やから》が跋扈《ばっこ》しているご時世、暗証番号が有るとはいえ、放ってはおけない。「用心に怪我なし」、「転ばぬ先の杖」である。

大事を取って郵便局と銀行にカードの紛失届を出した。と同時に、再発行の手続きを済ませた。そして当面の生活費は、通帳とハンコで下ろして食い繋いだ。

首を長くして待っていたら、新しいキャッシュカードが簡易書留で届いた。ホッとした。


それから数日後のことである。

「これ、何かしら」

自分の引き出しをかき回していた家内が私に見せたのは、何と、行方不明になっていたキャッシュカードだ。

「しっかりしろよ！」

むっとして家内の顔を見たら、（八十年もあんたのご飯作るとは思わなかったわ）と書いてある。感謝こそすれ、文句が言える立場ではない。

「あんたこそしっかりしなさいよ。私がベランダにいるのに内から鍵かけて」

逆捩《さかね》じを食った。

「……？　そんなことあったっけ」

斯様な似た者同士が、「アレ、アレ、コレ、ソレ」と言いながら暮らしている。

記憶が定かではないけれど、人間の暮らしについて、社会派作家の石川達三がこのように表現している。


――絶えざる労苦、病との闘い、死の恐怖、産みの苦しみ、社会や国家の重圧、習慣や道徳の拘束、人間は初めから地獄の中に生まれ、地獄の中で活きているのだ――


まさにその通りである。でも、だが、しかし、斯様な苦労も悩みもボケてしまえば屁《へ》の河童《かっぱ》、痛くも痒《かゆ》くもない。ぼうっとしていれば、借金取りへの言い訳から、日々の暮らしに欠かせないカネの確保まで、厄介なことは一切合切、記憶力がいくらかましな連れ合いがやる。

で、結局のところ、先にボケた方が得をする。一句出来た。

ボケ得と　いう幸せも　ある浮世

我が家の宝物

彼女のエクボにホの字になって、結婚することにした。ところが式を挙げるカネがない。

こうしたカネのない若者に救いの手を差し伸べたのが、横山武・会津若松市長だ。で、若者が格安で結婚式を挙げられるように、「市民結婚式」と銘打って、式場に「市民会館」の使用を認めたことである。これは僕らのような者にとって渡りに船、さっそく申し込んだ。

挙式の当日、式場に会津若松市の副市長がお見えになって、横山市長の祝いの言葉「祝辞・会津若松市民十万を代表して」を代読してくださった。

そして読み終わると、次のごとき署名入りの包み紙を僕たちに渡された。

祝辞　会津若松市長　横山　武

家に帰って包み紙を開くと、半切りを何枚も繋いで巻いた紙に毛筆で、副市長の代読で聞いた祝いの言葉が綴られている。文字を目で追うと、

「結婚は長い人生で一つのことが終わり、新しい第二の人生が始まる出発の日である。そして、

人間の顔の半分は親から譲られ、残りの半分は自分の努力でつくるもの、さらに、自分が勧めた『市民結婚式』で結ばれたご夫婦が、何《いず》れも人の羨む立派な家庭生活を営んでいるので、この輝かしい伝統をより豊かなものにしてほしい」

と書いてあり、僕たちの新生活の安寧と、会津若松市発展の思いが込められていた。

しかもその毛筆は、横山市長が多忙な時間を割いて自分で書かれたとのこと。誠に有り難い「祝辞」なので、そっくり書き写して二巻にし、妻と僕が一巻ずつ持つことにした。

で、夫婦の仲が気まずくなった時は、その巻紙を取り出して市長の言葉をかみしめる。するとどうだ。ささくれだった心が丸くなるから有り難い。

しかしながらある統計によると、現在は、結婚した三組に一組が離婚する時代。原因は様々だが、一番多いのが「性格の不一致」とか。けれどもその実態は「性」の不一致なので、「あのご夫婦は格抜き離婚なのよ」などと、ひそひそ話のタネになる。かと思えば、夫と同じ墓に入りたくないからと、「死後離婚」と称するものもある、と聞いて驚愕した。

それにしても「偕老同穴」を死語にしたのが、年金分割制度だ。この制度が、生活費の不安から二の足を踏んでいた妻たちの背中を押した。故に、こんな新しい「三行半《みくだりはん》」が浮世に現れても不思議ではない。

明日からは　年金半分、もらいます

年金の　絆は切れた　さようなら

我ら夫婦もご多分に漏れず、切れる、別れる、の修羅場がなかったわけではない。最大のピンチは、僕が勝手に貯金を下ろした時だ。

「あら、この二百万、あんた知らない？」

貯金通帳を見て、妻が首をかしげる。

「それ、従兄《いとこ》の年男さんが困っているから、貸してやったよ。すぐ返すって」

妻の眉が見る見るうちに逆立って、眉間の皺が深くなる。

「年男さんが困っているのは、キャバクラの女に注ぎ込んで、挙句の果てにヤミ金に手を出したからよ。身から出た錆でしょう」

「そうは言っても、オレがイジメに遭った時、年男さんが助けてくれたのだ。そのほかにもいろいろお世話になっているだろう」

「それとこれとは話が別よ」

「通帳をよく見てみろ。持ち主は俺の名義になっている」

「それがどうしたって言うのよ」

「だからオレのカネだ。オレのカネをオレが使って何が悪い」

「あんただけのお金じゃないわ！　私が内職して稼いだお金も入っているのよ。それに買い物だって、スーパーを何軒も回って、一円でも安い方から買うようにして、老後の備えにコツコツ貯めたお金でしょう」

「………」

「何とか言ったらどうなの」

「………」

「何とか言いなさいよ！」

「うるさい！」

カッとなって右手を振り上げた。と同時に、左手がその手首を摑んだので事なきを得た。それでも妻の怒りは収まらない。

口を利かない日が何日も続いた。離婚の二文字が脳裏をよぎる。だがしかし、こんなことで離婚したなら、「市民結婚式」を挙げた夫婦の中で僕たちが離婚第一号になり、十万市民を代表して「祝辞」を書いてくださった会津若松市長の顔に泥を塗ることになる。それだけではない。自分の努力でつくる半分の顔が、「画竜点睛《がりょうてんせい》を欠く」顔になってしまう。

それではいけないので、一巻ずつ持った市長の「祝辞」を妻の前で広げると、妻も同じことを始めた。するとどうだ。心のささくれが消えていったではないか。

とまれかくまれ大波小波、荒波越えて六十年、我ら夫婦が「ダイヤモンド婚」を祝うことができたのは、ひとえに横山武・会津若松市長の「祝辞」のおかげである。誠に有り難い「祝辞」なので、「我が家の『家宝』として子孫に残す」と、遺言書に明記した。


（第二十七回　随筆春秋賞・佳作受賞）

白虎足軽隊

年々歳々社会の変化が速くなり、お墓の形も例外ではなく、マンション型の墓が主流になった。

八十路《やそじ》の坂がしんどくなった秋月賢一郎も、生まれ故郷の会津若松市に在る先祖代々の墓を、自分が住んでいる横浜の、マンション型の墓に移すことにして帰郷した。

手続きを済ませて、竹馬の友佐久間豊治に声を掛けると、彼も乗り気になって、二人で東山温泉の御宿東鳳に泊まった。

ハゲと白髪が向き合って、旧交を温めながら会津の地酒、花春、榮川、末廣などを飲み比べていると、佐久間が意外なことを言い出した。

「オマエ、『足軽白虎隊』って、知っていたか?」

「白虎隊って言ったら、飯盛山で自刃した十九人と、彼らが所属していた士中二番隊のことだろう」

「だよな」

「ほかに白虎隊って言えば、『女白虎隊』って言われた、中野竹子隊長の娘子軍《じょうしぐん》がいたけど、そのほかに白虎隊はいないだろう?」

「それがいたんだよ。正式には『足軽白虎隊』じゃなくて、『白虎足軽隊』って言うらしいけど」

「ううむ、オレは初耳だ」

「なんだ、そのツラは。オレの言うこと信用できねぇのか」

会津弁交じりで、佐久間が不満そうな顔をする。

テレビの影響は大きく、今は会津でも標準語を話してはいるけれど、折に触れて会津弁が出る。

「いや、信用しないわけじゃないけど」

「実はオレ、遺言書いたのよ。それでな、仏壇にしまおうと思って整理していたら、奥からこんな物が出てきたんだ」

そう言って佐久間がカバンから取り出したのは、和紙に書かれた古い文書で、

白虎足軽隊従軍記　佐久間佐助
明治四年弐月拾伍日

と日付が書いてある。

明治四年と言えば、会津の太刀の鋭さに肝を冷やした桂小五郎が、己から会津藩を出来るだけ遠ざけるために追いやった本州最北端の斗南《となみ》の地、そこで会津の人々が初めて迎えた極寒の二月。のちの陸軍大将柴五郎〈註1〉が晩年、斗南で過ごした苦難の少年時代を振り返って書い

た『ある明治人の記録　会津人柴五郎の遺書』（石光真人編著）のなかで、

――落城後、俘虜となりて、下北半島の火山灰地に移封されてのちは、着のみ着のまま、日々の糧にも窮し、伏するに褥《しとね》なく、耕すに鍬なく、まこと乞食にも劣る有様にて、草の根を噛み、氷点下二十度の寒風に蓆《むしろ》を張りて生きながらえし辛酸の年月――

と書き残した年月と一致する。

佐久間のご先祖様も、戦火を潜ってせっかく助かった命が、飢えと寒さで次々に失われ、明日は我が身との思いから、薩長の奸知に長けた謀略と、戦闘行為の残虐非道さを後の世に知らしめるために、自分が死んだ場合に備えて、記録を残されたに違いない。

その従軍記によると、

――孝明天皇に忠誠を尽くした会津藩が、薩摩と長州の謀略によって「朝敵・賊軍」にされた上に、追討令が発せられて会津に危機が迫ると、足軽の子供たちも、尊皇の会津が「朝敵・賊軍」にされたことに憤慨して、「白虎足軽隊」に入隊した。なかには年齢を偽って入隊した者もいて、みんなが「来るなら来たれ芋侍《いもざむらい》、目にもの見せてやる」と、戦意を奮い立たせていた。

しかし、攻めてきた侍は芋《いも》でも、持ってきた武器が最新式のアームストロング砲や元込め式のスナイドル銃、それにスペンサー銃などで、会津藩が持っていた時代遅れの兵器では太刀打ちできなかった。それでも子供たちは恐れを知らず、敵兵に斬りかかることばかり考えていた。そのころ会津藩は、鳥羽伏見の戦いに敗れた反省から、次の如く軍制に切り替えていた。

会津の武士は、上士は士中、中士は寄合、下士は足軽の三階級に分かれていたので、十八歳から三十五歳までの藩士で構成する朱雀隊千二百名の主力部隊も、士中隊、寄合隊、足軽隊によって編成されていた。また、朱雀隊に次ぐ三十六歳から四十九歳までの清龍隊九百名も同じように、士中隊、寄合隊、足軽隊の三階級が集まっていた。そこに砲兵隊三百名と築城隊二百名を加えて正規軍とし、五十歳以上の玄武隊四百名と、十六歳から十七歳の白虎隊三百四十名を予備隊として戦に備えた。その白虎隊も、それぞれの家禄に応じて、「白虎士中一番隊、二番隊」「白虎寄合隊」「白虎足軽隊」に分けて編成された。——

と、記されている。

「なるほど、白虎足軽隊も確かにあったな」

「だろう。ま、もっとやれよ」

気をよくした佐久間が、秋月に酌をする。

「それにしても、白虎足軽隊のこと知っている人、今、いんだべか」

「そこだよ、問題は。飯盛山で自刃した十九人にばかり光が当たって、白虎足軽隊は見向きもされない。あんまりだべ」
佐久間が憤慨するのも無理からぬこと。しかし、白虎足軽隊の働きを知ることも大事なので、彼のご先祖、佐助様の従軍記の続きを目で追った。

――白虎隊は予備隊なので、士中隊は主君容保《かたもり》公のそばで待機していた。なのに、身分の低い白虎足軽隊七十一名は、当初から戦闘要員として扱われ、火縄銃やゲベール銃など時代遅れの武器を持たされて、越後との国境、八十里越えの防衛を命じられてただちに出陣、配置についた。

そこへ、越後長岡藩の軍事総督河井継之助が、ガトリング砲を打ちまくって奮戦しながらも多勢に無勢、継之助自身も被弾して戦えず、ついに長岡城を奪われて、会津を目指して避難して来た。それを追って来た新政府軍と、防備に当たっていた白虎足軽隊の間で戦闘が始まった。

その戦闘中に、薩摩と長州を中心とする新政府軍本隊に母成峠《ぼなりとうげ》を破られて、防備の手薄な若松城＝鶴ヶ城に危機が迫った。するとその危機を脱すべく、白虎足軽隊は帰還を命じられた。

彼らは君命に応えて、戦闘中の相手の抑えに一部を残し、大急ぎで城下に引き返した。その時すでに、白虎士中二番隊は戸ノ口原《とのくちはら》の戦いに敗れて退却し、生存者は鶴ヶ城に入城していた。

なのに、白虎足軽隊は「入城に及ばず、城外にて戦い補給路を確保すべし」と命じられて、長命寺の戦いや甲賀町口の戦闘など、城下で行われた数々の激戦に参加させられて、多くの死傷者を出した。とりわけ気の毒なのが、十四歳なのに十六歳と偽って参加した吉川松之介という子供だ。彼は戦闘で負傷して動けず、独りぼっちになったところを薩長兵に取り囲まれて、もはやこれまで、と近くにあった寺に駆け込んで自刃した。

「官軍」と称して、華々しく錦の御旗を掲げるその裏で、薩長兵の邪知暴虐は凄まじく、手当たり次第に殺戮、強奪、強姦、放火ととどまるところを知らず、城下は、死屍累々たる阿鼻叫喚の地獄と化した。

鶴ヶ城もまた、アームストロング砲の砲弾を毎日数千発も撃ち込まれてハチの巣のようになり、ついに慶応四年／明治元年九月二十二日、白旗が揚がって戦闘は終わった。

然れども、戦死者を埋葬することを禁じられたので、遺体は放置されたままになった。

――

ここで佐久間佐助様の『白虎足軽隊従軍記』の筆は、一旦止まっている。

「飯盛山に彼らの慰霊碑が在るけれど、自刃した十九人の墓が線香の煙が絶えないのに、白虎足軽隊の慰霊碑は見向きもされねえ」

「このままでは、年端もいかずに命を落とした子供たちが、あんまりにも可哀そうだ」

「ご先祖様にも申し訳ねえ」

佐久間の、ぐい飲みを持つ手がかすかに震える。

「そうだよなぁ」

「何とか、彼らを慰霊してやる手立てはねえべか」

「それには、まず、白虎足軽隊の存在を世間に知ってもらうことだべ」

「マスコミも、飯盛山の十九人のことは何度も取り上げたけど、白虎足軽隊には目もくれねえ」

「星亮一や早乙女貢、それに鈴木壮一、中村彰彦など、戊辰戦争と会津の悲劇を書いた作家は少なくないのに、白虎足軽隊のことは誰も書いてくれねえ」

「ま、それでも芥川賞作家の津村節子が、薩長の仕打ちに武士だけでなく、会津藩民すべてが被った惨憺たる有様を、『流星雨』〈註2〉で具《つぶさ》に著しているけど……」

「その本はオレ何度も読んだ。そして、明治維新の裏に隠された、薩長のずる賢い手口を炙り出しているから、できるだけ多くの人に読んでもらいたいと思った。でも、残念なことに、白虎足軽隊については何も触れてねえ」

村山元総理を思わせる白い眉毛をした、佐久間の眉間に刻まれた皺が、一層深くなる。

「何か手を打たないと、彼らの御霊はいつまで経っても浮かばれねえ」

「オマエ、誰か、著名な作家に繋がるコネはねえのか」

「オレもねえな。オマエ何とかしろよ」

「ううむ………」

生返事をした佐久間の眼がとろんとしている。

そのうち、こっくりこっくり舟をこぎ出した。

「どうした」

「…………」

「大事な話だ。シャキッとしろよ」

「……疲れた。もう寝よう」

「まだ十一時だ。早いだろう」

「ひと寝してから、また飲み直そう」

歳のせいで酔いが早くなった佐久間は、すぐに小さな鼾《いびき》をかいた。

一方の秋月は、気持ちが昂って寝付けない。彼は、会津に生まれた人間として、これまで自分が調べた戊辰戦争関係について振り返った。


平成三十年、政府が、明治改元百五十年を記念して「明治維新が欧米列強から日本を護り、日本を近代国家に転換させた」と称して、数々の記念行事を行った。

しかしそれは、勝ったから官軍になった薩長が、学校の教科書でそう教えたから明治維新の美談として固定化されたのである。だがしかし、本当のところは、日本人のハラキリ文化と凛とした気迫に呑まれた欧米人が、日本の植民地化を断念した。これが実態なのだ。

斯様な次第であるから、政府の記念行事に対して会津は、「やった方は忘れても、やられた方は忘れられない」と言いたかったに違いない。「戊辰戦争百五十年」と銘打って、趣旨の異なる行事を開催した。

会津に生まれた秋月賢一郎もまた、天皇陛下がお住まいになっている御所に銃砲弾を打ち込んで蛤御門の変を惹起した罰当たりな長州が「官軍」になったのに対して、孝明天皇から「御宸翰」と「御製」を賜るほど朝廷に忠勤を励んだ会津が、なに故に「朝敵・賊軍」にされたのか？　どうしても腑に落ちなかった。だが、少し調べると、その答えは簡単に出た。

鳥羽・伏見の戦いで、薩長が錦の御旗を持ち出してきた時、会津の軍事奉行添役神保修理《じんぼしゅり》が、「錦の御旗に刃向かってはなりませぬ」なんて言ったものだから、徳川慶喜が臆病風に吹かれて江戸に逃げ帰ってしまった。あの時「あれは意味のない飾り物です。恐れることはありません」と言えば、会津が勝って「官軍」でいられたものを、まったく。会津はバカ正直って言うか、クソ真面目なのか、間抜けだったのか。結果は鳥羽・伏見の戦いに敗れて、「朝敵・賊軍」の汚名を着せられてしまったのだ。

そもそもそもそも、黒船来航に対応して我が国は、公武合体、すなわち朝廷と幕府が一体となって血を流さない穏健な形で新しい世の中に切り替えを進めていた。なのに、それでは天下を盗れない薩摩と長州の下級武士どもが、大政奉還と孝明天皇崩御の虚を突いて御所に入り込み政権を盗った。このなるべきでない連中が政権を握ったことが日本の不幸の始まりで、彼らは国を治める器ではなく、東京に集まって高給をむさぼり、美人を囲って贅沢三昧に明け暮れた。故に、民は塗炭の苦しみに喘ぎ、農民一揆や士族の反乱が相次いで発生した。

困った彼らは天皇を奉るふりをして、勝手に自分たちで「朝敵・賊軍」なる存在をでっちあげて、天皇の名を騙って戊辰戦争を勃発させた。

わけても、取り返しのつかない禍根を残したのが大村益次郎だ。彼は、己を大きく見せて他人を見下すものだから、同じ長州人からも嫌われて、神代直《こうじろなお》人《と》らによって暗殺された。

その大村益次郎が残した禍根の第一は、八方手を尽くして、朝廷に恭順、嘆願書を提出している会津藩に対し、やる必要のない戦争をやって夥しい人の命を奪ったこと。

第二は、明治二年に「東京招魂社」を建立して、日本国民を勝手に「官軍」と「賊軍」に峻別して、「官軍」の死者のみを祀るようにしたことだ。剰《あまつさ》え武士道を貫いて自刃した白虎隊の少年たちの御霊さえも「賊軍」と決めつけて、祀らせなかったことである。これは、「敵ながらあっ晴れ」と思いやる人間の心が、大村益次郎になかったから。

斯様な次第であるから、靖国神社になって現在に至ってもなお、天皇陛下に御親拝していただけない。アメリカの大統領が来日しても、国際的な慣行である献花をしてもらえない。日本の総理大臣が参拝すると、国民が賛否に分かれて訴訟にまで発展する。これでは御霊の真の慰霊になるわけがない。糅《か》てて加えて国民の分断が、いつまで経っても終わらない。

それもこれも本を正せば、大村益次郎に武士道に不可欠な『仁』の心が欠落していたからだ。

その点、会津の武士道を貫いた第九代若松市長の松江《まつえ》豊寿《とよひさ》は、軍人だった第一次世界大戦の時、四国の徳島県鳴門に在った「板東俘虜収容所」の所長を務めていて、中国のチンタオで日本軍と戦って敗れたドイツ兵を、戦死した者も捕虜になった者も、「それぞれが課せられた使命に従って戦ったのだから、戦いが終わったのちは分け隔てすべきでない」と、敵兵だった捕虜を「仁」の心で人道的に扱い、捕虜の望みに応えて、ベートーベンの交響曲第九番の演奏を許可した。これが日本で初めて行われた第九の演奏になり、松平健主演の映画「バルトの楽《がく》園《えん》」（監督　出目昌伸、平成十八年）にもなった。なお、「バルト」とはドイツ語で「髭」のこと。

松江豊寿が立派な髭を蓄えていたから。

それにしても……秋月の思考は際限なく広がって寝付けない。

改めて佐久間佐助様の『白虎足軽隊従軍記』を読み直した。

――戦だから勝ち負けはつきものなれど、その発端において、また、城下を焼き払い、乱取りを横行させ、婦女を辱める残虐非道さ、さらに、会津藩を根こそぎ潰した過酷さにおいても、会津戦争ほど理不尽な戦はない。糅《か》てて加えて、子供らで組織された白虎足軽隊ほど不憫なものはない。――

という言葉で閉じられている。

読み返したらかえって目が覚めたので、秋月賢一郎はひと風呂浴びることにした。

御宿東鳳の展望風呂は名の通り見晴らしがよく、若松市街が一望できた。白虎隊のシンボル鶴ヶ城も遠くに見えた。それが夜の帳が降りてからは、遠くに町の明かりがチラホラ見えるだけで、ライトアップされているという鶴ヶ城も定かでない。

が、今から百数十年前、鶴ヶ城に迫る新政府軍に対して、その圧倒的な戦力の劣勢を挽回するには夜しかない。と、夜間、薩長兵が民間から分捕った酒肴に酔い痴れるのを見計らって、抜刀して斬り込む際に動員され、そのつど数多の犠牲者を出した白虎足軽隊の少年兵たち。同じ白虎隊でありながら、飯盛山で自刃した十九人の陰になって、その存在さえも世に知られない白虎足軽隊。生前は身分の違いから藩校である日新館で学ぶことも許されず、死してなお、その存在さえも放置されている白虎足軽隊の少年兵たち。これでは彼らの御霊は安らげず、今も彷徨い続けているに違いない。

会津に生を受けた人間として、彼らに光を当ててやる手立てはないものか――と、秋月賢一郎が思案を巡らせて、そうだ、手を尽くせば何かある。きっとある。そう自分に言い聞かせて、彼は風呂から上がった。

註1＝柴五郎（しばごろう／一八六〇年六月二十一日〈万延元年五月三日〉～一九四五年（昭和二十年十二月十三日）は、日本の陸軍軍人。最終階級は陸軍大将、軍事参議官。北京駐在武官の時に発生した「義和団事件（北清事変）」に際し、駐留軍の指揮を託されて沈着冷静な指揮を執り、わずかな兵力で押し寄せる大軍と戦い、援軍が来るまでの五十五日間に及ぶ北京籠城戦を持ちこたえて、日本と欧米の居留民を守り抜いた。その驚異的な結果に、コロネル・シバ（柴中佐）と欧米の国々から称賛され、多くの勲章が授与された。

註2『流星雨』＝芥川賞作家津村節子が、理不尽にも薩長に攻撃されて、会津藩の婦女子が嘗《な》めさせられた辛酸の数々を、十五歳の少女「上田あき」の目を通して著し、女流文学賞を受賞した作品。

仰げば尊し

私が「随筆春秋」に入会したのは、平成十七年のことである。

そして二年、才能の無い私には無理だと思って退会を決意、その旨を申し出た。すると、斎藤信也先生から「継続が力になる」と諭され、さらに、「随筆春秋」第二十八号に発表した「男の証明」を、文藝春秋が毎年募集している『ベストエッセイ集』に応募してはどうかと勧めて下さり、なおも親身になって、応募要項のコピーを送って下さった。

ダメ元で応募してみたら、何と、有り難いことに入選して、『2008年版ベスト・エッセイ集』(日本エッセイスト・クラブ編)に掲載される、との通知が来た。

胸を膨らませて待っていると、文藝春秋社が「今年の珠玉の54編」と銘打って、題名を『美女という災難』と付けて発行したハードカバーの立派な本が届いた。題名の「美女という災難」は女優有馬稲子の作品で、永六輔、出久根達郎、池部良など高名な作家や著名な文化人の作品が並んでいる。そうした54編の中に、「随筆春秋」の会員の作品もいくつか載っていて、私の作品「男の証明」も載っている。私は思わず頰をつねった。が、夢ではなかった。しかしその時、この歓びが再び訪れるとは、夢にも思わなかった。

二度目の歓びは、『美女という災難』が発売された翌年のことである。「スペル」と称する会からの、次のような要望で始まった。

——当会は、プロのアナウンサーらが集い、「言葉による表現」の勉強を続け、今年で三十年になります。その記念として、本年九月に「朗読会」を「なかのZEROホール」で開催することになりました。その際、『2008年版ベスト・エッセイ集』に収められている、貴台の著されたエッセイ、「男の証明」の朗読をプログラムに加えたいと存じ、文藝春秋社に承諾をお願いしたところ、直接ご著者様に連絡するように、との指示を受けました。

つきましては、「朗読会」での使用許可をお願い申し上げる次第です。ささやかですが、使用料も用意しております——

こんな名誉なことに、私に異存のあるわけがない。直ちに快諾の返事を出した。

「スペル」の会から問い合わせがあってから暫くして、色刷りのパンフレットが届いた。それは「朗読会」の案内で、「ご挨拶」に、

「朗読・話し方セミナー『スペル』は、長年テレビでアナウンサーを務め、加えて、後進の育成に力を尽くされた先生のもとで、単なる、声の形や表現でなく、作品どおりの心を

胸いっぱいに膨らませ、それを、その人自身のしゃべりで表す『生きた、本当の表現』を目指して研究、努力を続け、この九月でちょうど三十年になりました。

いま、六十一期生までが、作品の朗読だけでなく、フリートーキング、即時描写、インタビュー、司会など、総合的な表現力を身につけようと願っております。きょうは、その三十年の歴史を振り返り、現会員、OBと共に、みんなでおさらいをしようと思います」

と書いてあり、プログラムも付いていた。

そのプログラムを見て、私は息を呑んだ。朗読する作品が、芥川龍之介作の『トロッコ』や森鷗外作の『高瀬舟』、それに宮沢賢治の詩集『永訣の朝』などだったから。

日本文学の頂点を極めた大作家の作品と並んで、私の作品「男の証明」が朗読されると思うと、嬉しさを超えて身が引き締まる。

さて当日、家内と親友との三人連れで「なかのZEROホール」に行くと、「ゴルビー長田先生」と書かれた席が用意されている。

演目が順調に進んで、私の作品「男の証明」の朗読が始まった。するとどうだ。それまでシーンとしていた場内に、クスクス、アハハハッと笑いが起こり、それが次第に大きな笑い声になった。『高瀬舟』や『永訣の朝』など硬い作品の朗読の後に、肩の凝らない、ユーモラスな内容の「男の証明」が朗読されたので、観客も肩の力が抜けたようだ。

朗読が終わったところで、

「本日、ただいまの『男の証明』の著者、ゴルビー長田先生がお見えになっております」

と、司会者から紹介された。

私は慌てて立ち上がり、前後左右の観客に深々とお辞儀した。そして、

(どうだ、お前の亭主も捨てたものじゃぁあるまい)

そんな思いで家内を見ると、満更でもなさそうな顔をしている。親友も、私を見直したようだ。

いずれにしてもこの二つの出来事は、私の一生涯の宝物になった。それもこれも本を正せば、
斎藤信也先生のご指導の賜物。そのご恩は、片時も忘れたことがない。

私もすでに八十路《やそじ》となり、遠からずおそばに参ります。そうなったら斎藤先生に、改めて衷心からのお礼を申し上げるつもりでいる。

合掌

過ぎたるは及ばざるが如し

戦後七十年の節目の年に当たり、マスコミはこぞって戦争の悲惨さを報じ続けた。だが、しかしである。肝要なのは、その悲惨さを無駄にしないために、私たちは、具体的にどうすれば良いか、ということではあるまいか。

そこで私も自分なりに研究して、まずこう思った。同じ敗戦国でも、日本はアメリカ一国に占領されたから増しな方で、ドイツや朝鮮のように分断されなくてよかった、と。

私にそう思わせたのは、半藤一利原作の映画「日本のいちばん長い日」である。この原作は二度目の映画化で、私は「白黒」の第一作も観たのだが、当時は未熟者だったので、三船敏郎が演ずる阿南陸相の切腹シーンや、「玉音盤」の争奪などを興味本位で観ただけで、映画が問いかけるテーマには思いが及ばなかった。

あれからおよそ半世紀、これまでの国策を大転換する「安保関連法案」を巡って賛否が激突。日本が平和であり続けるにはどうあるべきか？　そのヒントがありそうな気がして、「日本のいちばん長い日」の新作を観に行った。そしてスクリーンに目を凝らし、「ポツダム宣言」受諾か「徹底抗戦」か、我が国の存亡を決する重大局面に当たり、身命を賭して事に臨む関係者らの姿を脳裏に刻んだ。

ところが時間が経つと、記憶が朧《おぼろ》になって確信が持てない。これではいけないので、再び映画館に足を運んだ。が、やはり、全てを記憶に留めるのは無理である。で、映画がＤＶＤ化されるのを待って買い求めた。昔の作品「白黒版」のＤＶＤも一緒に。

だがしかし、問題の本質を知るにはまだ足りない。映画の原本などの資料も購入した。そしてまず、原本を紐解いて瞠目した。終戦に至る経緯が見事に活写されているからだ。

資料が語る問題の本質は、Ｂ29が投下する焼夷弾《しょういだん》の雨に、多くの都市が一面の焼け野原と化し、無辜《むこ》の民は黒焦げにされて息絶え、或いはグラマン戦闘機の機銃掃射で撃ち殺される。糅《か》てて加えて止めの原子爆弾を投下されてもなお、「本土決戦」を叫ぶ声が強硬で、戦争を終わらせる事の難しさであった。その難しさは、「原爆投下やソ連参戦前にやめていれば……」との批判もさる事ながら、いみじくも当時の迫水久常《さこみずひさつね》内閣秘書官長が、

「戦争を終わらせる事よりも、陸軍をいかに抑えるか」

と呟いたように、鈴木貫太郎総理も、

「戦争の終結を急ぐのは、第一線の将兵に反乱を起こさせるようなものです」

と語り、万一反乱が起これば、日本が内戦状態に陥り終戦が一層困難になるので、全軍が粛然と矛を収める機会を模索せざるを得ないほどであった。

断様に総理が心を砕いている最中に、人類初の原子爆弾が投下され、広島が一瞬にして壊滅した。さらにソ連が参戦して、鈴木総理は、この機を外せば「日本が分断国家にされる」と、「ポツダム宣言」受諾を決断する。

とは言え、戦争をやめる事は……「一億火の玉となって本土決戦、最後の一兵まで」を合言葉に、「撃ちてし止まん鬼畜米英」といきり立つ将兵に対し、従来の「生きて虜囚の辱めを受けず」と叩き込んできた方針を大転換して、「武器を置いて降伏せよ」と命令するのだから、発令者は、「皇軍の辞書に降伏の二文字無し」と、徹底抗戦を主張する「本土決戦派」から狙われて、命がいくつあっても足りないほどの難事中の難事。天皇陛下に御聖断を仰いで、ようやく、国の方針として決定する事ができたのである。

しかし、それでもなお陸軍は納得せず、全陸軍が一体となって戦争を継続するために、ポツダム宣言受諾派の閣僚を天皇から隔離し、東京に戒厳令を敷くクーデターの計画が、陸軍省中枢部において具体的に立案された。だがその計画は、阿南陸相の決断と切腹によって立ち消えになった。なのに、である。あくまでも「本土決戦」を呼号する陸軍省の一部将校と、近衛師団の参謀らが結託。森師団長を殺害してニセ命令を出し、こともあろうに、近衛兵に皇居を占拠させた「宮城事件《きゅうじょうじけん》」や、海軍航空隊厚木基地の反乱など、いくつもの反乱事件が発生した。わけても横浜警備隊長佐々木武雄大尉が率いる軍民混成の「国民神風隊」は、鈴木総理を殺害せんと官邸を襲撃、機関銃を撃ち込み、私邸を襲って火を放ち、血眼になって総理の行方を追う。その追撃を総理は、正に、間一髪の差で振り切ることができたのである。

肝心の『玉音盤』は反乱軍の捜索から、録音関係者や侍従職らが必死になって守り切った。そして、予定通りに『玉音放送』が行われて、かろうじて戦争を終わらせることができたのである。

昭和二十年八月十五日に、爆弾の雨が降る戦争は終わったけれども、国民は焼け跡の地下道や橋の下、或いは土管の中を塒《ねぐら》にして、食うため生きるための新たな戦争に突入したのである。「一千万人が餓死する」と言われたほどの過酷な戦争に。

一体全体、国民をこれほど苦しめた戦争はなに故に始まったのか？　私はその理由を知りたいと思った。すると、映画の原作と同じ作者、半藤一利の『「真珠湾」の日』（文藝春秋2003年）が出版されていた。精読して首をかしげた。「ハルノート」イコール「交渉決裂」と、日本の最高指導者らが決め付けたことに。冷静な吉田茂などは、

「これは最後通牒じゃないよ。どこにも交渉打ち切りとは書いてないじゃないか。死ぬ気になってこれからも交渉を続けろ」

と、東郷茂徳《しげのり》外相に詰め寄っているからだ。

そもそも問題の原因は、日本が「自衛のため」と称して朝鮮国を併合し、さらに中国から一部をもぎ取って、満州国と称する「傀儡国家」を樹立した。なのに、それでも満足できない日本陸軍が、中国（支那）に侵攻した「支那事変」にあるのだから、中国から撤兵すれば戦争は避けられたはず。その公算は、天皇の指示で行われた「重臣会議（総理大臣経験者）」でも、開戦を支持する声は多からず、とりわけ若槻禮次郎が、

「面子に拘《こだわ》って国を亡ぼしてはならぬ」

と強く反対し、岡田啓介も、

「南方の資源を確保すると言っても、口で言うほど容易ではない。輸送船が撃沈されたら、資源を日本に運べなくなる〈註1〉」

と、海上輸送の危うさを指摘し、必死になって食い下がった事からも肯《うなず》ける。

しかし口八丁手八丁の東条首相は、「万事は十分検討の上の事である」と反駁。さらに「このまま米英に屈服する事は、支那事変の成果を無にするものだ」という持論と、「八紘一宇《はっこういちう》」――すなわち、大日本帝国が「大東亜共栄圏の盟主＝家長の座」を目指すが如き政策を旗印に、二人の重臣の正論を退けた。そして「政府が責任を持って対処すると言う以上、信頼するほかはあるまい」との意見を、「重臣会議」の結論として、天皇陛下には「全員一致で開戦を決意しました」と奏上した。

それだけではない。かつて勝算の有無を判断するために、日本中から秀才を選りすぐって組織した「模擬内閣《もぎないかく》〈註2〉」が、日本と米国の武力戦、経済戦、思想戦などの総合戦力を徹底的に調査研究して比較し、その圧倒的な国力の差から「日本必敗」との結論に至ったので、その通りに報告した。ところが、である。当時の東条陸相は、

「それはあくまでも机上の演習でありまして、実際の戦争というものは、君たちの考えているようなものではないのであります。日露戦争で我が大日本帝国は、勝てるとは思わなかった。しかし、勝ったのであります。戦というものは、計画通りにいかない。意外裡の要素が勝利に繋がってゆくのであります。なお、この件を諸君は、軽はずみに口外してはならぬのです」

と言って、関係者の口を封じてしまった。で、実態を知らない国民は勇ましい意見に雷同し、

マスコミの扇動と相俟《あいま》って、国論は次第に戦争へと流されていった。中には疑問を持つ者もいたのだが、国賊、非国民と、特高と憲兵から睨まれるので、三猿主義に徹したようだ。

ここまで調べてハッとした。米英と戦争を始めれば途方もない人命が失われる。「人の命は地球よりも重い」とは福田赳夫元総理の言葉だが、戦争は人の命の重さに雲泥万里《うんでいばんり》の差を付ける。兵卒の命は戦争遂行の消耗品にされ、無辜《むこ》の命は「聖戦完遂」の美名の下、敵機が投下する爆弾で五体バラバラに吹き飛ばされ、運よく助かった命は、食う物がなくて飢え死にした。されど戦争を始めた人たちの命は、全戦没者の命の重さに比肩する、と。

このように、命の重さに差を付ける戦争の原因は、米英の東亜支配だ、と見る向きもあるが、それは米英と支配されている国々の問題であり、大日本帝国には直接関係のない事である。その証左は、日本が始めたあの十五年戦争を、「東亜の国々を米英の支配から解放するため」との主張が事実なら、中国から米英を駆逐するために、日本は中国と手を携えて、「日・中」対「米・英」で戦争をするのが筋だから。

なのに、傲慢にも我が大日本帝国は、日清・日露の戦争に勝利して舞い上がり、天井が抜けてしまったのか。

――日本よい国　きよい国　世界に一つの神の国
日本よい国　つよい国　世界に輝く偉い国――

と子弟に教え込んで、近隣の国家・国民を見下す国になっていたようだ。

斯様な次第なので、日本軍が中国に侵攻したのは、相手を見くびった「対支一激論」。要するに、日本は時代に合わせて近代化を成し遂げた。なのに中国（支那）はそれができない。だから弱いので一撃を加えれば屈服する、との思惑からに違いない。ところが実際に侵攻してみると、三笠宮に日本軍の四悪（略奪、暴行、放火、強姦）と眉を顰《ひそ》めさせながら、攻めても攻めても中国は屈服しない。それは中国の蔣介石を米英が援助しているからだ。と、その援助を断ち切るために、さらに日本軍が南ベトナムに進駐した。この進駐が米英との対立を決定的に悪化させて、日本は、石油の輸入を完全にストップされてしまった。且つまた、中国からの「撤兵要求を突き付けられた」のである。しかし日本は米英の要求を突っぱねて、「撤兵拒否を貫く」ために、対米英戦に必要な石油や資源を、インドネシアなど南方の資源地帯に求めたので無理が生じた。

ところが、それを無理とは悟らず、戦争で押し切れると誤認したのが国民を地獄へ突き落とす始まりで、元より戦争は「勝てば官軍」だが、負ければ「一文惜しみの百知らず」の例えの如く、「支那事変の成果」どころか「国家そのものが滅亡」して元も子も失う。それよりはましな、「一歩引く」手もあったのだが、それは勇気の要ることであり、日本の指導者らには、その真の勇気がなかったのである。

斯くして昭和十六年十二月八日、陸軍はマレー半島のコタバルに上陸を強行し、日本海軍は真珠湾を奇襲攻撃、陸海軍ともに大勝利を収める。さらに進撃を続け、連戦連勝の凱歌をあげる。その戦勝を大本営発表で知らされる国民は、有頂天になって万歳を繰り返した。その様子を半藤一利は、著書『「真珠湾」の日』でこう活写した。

――そして日本は、日本人は、緒戦の勝利に酔い痴れ続けている。米英何するものぞ、と冷静たるべき軍人までが美酒に酔い始めた。

ラジオは大きな戦勝ニュースを報ずるときには、陸軍の場合には分列行進曲、海軍の場合には軍艦マーチ、陸海共同では「敵は幾万」の軍歌や行進曲を前後に付けて、勇壮に景気づけた。大本営発表を、陸海は競い合っている有様となり、街の電器店のラジオの前には黒山の人だかりのできる毎日となっていった。戦争が祭り気分の陽気さですすめられていく。早期講和などは夢のまた夢、というよりは口にすることが愚の骨頂となった――

このくだりを読んだ私の脳裏に、次の、武田信玄公の遺訓が浮かんだのである。

――およそ軍勝は五分をもって上となし、七分を中となし、十分をもって下となすものなり。その訳は、五分は励みを生じ、七分は怠りを生じ、十分は驕りを生ずるが故に、たとえ戦に十分の勝ちを得るとも、驕りを生じれば次には必ず敗れるものなり。すべて戦に限らず、世の中の事この心掛け肝要なり――

（文芸思潮「奨励賞」受賞）

註1＝岡田啓介元総理の予言通りに、輸送船は米軍の格好の標的となり、潜水艦と空からの攻撃で全滅

した。

註2＝「模擬内閣（内閣総力戦研究所）」の緻密な調査研究は、「真珠湾攻撃」と「原爆投下」を除けば、その後起る現実の戦況と酷似していた。と、猪瀬直樹著『昭和16年夏の敗戦』（中公文庫）に記されている。

宴への軌跡

第18回オリンピック競技大会が翌年に迫った、昭和三十八年の晩秋のことである。行く手に聳える天城《あまぎ》の山並みを前にして、私は色を失った。

会社から「湯ヶ島温泉一泊」との指示を受け、年に一度の慰安旅行を楽しむ五十人のお客様をお乗せして、土砂降りの中をひたすら走って「湯ヶ島温泉」に到着した。ところが何と、本当の宿泊地は「湯ヶ野温泉」であることが判明した。「湯ヶ島」に来てしまってから「湯ヶ野」に行くには、運転手泣かせで知られる難所の「天城峠《あまぎとうげ》」を越えなければ行けない。

「天城峠」＝静岡県・伊豆半島のほぼ中央部、伊豆市湯ヶ島の南端と、賀茂郡河津町との境界に在る標高約八百三十メートルの峠。この「天城越え」と言われる下田街道（国道４１４号線）が、伊豆半島の内陸部と南部を結んでいる。重要な交通路だ。

現在は夢のまた夢のような、「新天城トンネル」と「ループ橋」を擁する、往復二車線、完全舗装の新道が開通して、気軽に「天城越え」のドライブを楽しめる道路になっている。遠くから訪れる観光バスやマイカーも多く、観光道路としても賑わっている。

昭和四十五年に新道が開通するまでは、川端康成の名作『伊豆の踊子』の冒頭に「道がつづら折りになって、いよいよ天城峠に近づいたと思う頃――」と表現されている旧道のほかに、自動車の通れる道路は存在しなかった。

　斯様な道路状況だったので、昭和三十八年当時、路線バスよりもかなり大きな観光バスが「天城峠」を越えることは滅多になかったのである。


　念のために運行指示書を確認した。どんなに目を皿にしても、宿泊地は「湯ヶ島温泉」と書いてある。行程表も確認したが、やはり「台東区浅草―小田原（昼食）―湯ヶ島温泉泊まり。詳細は添乗員様と打ち合わせのこと」と記されている。運行指示書も行程表も、「島」と「野」の字を間違えているのだ。

　出発前の打ち合わせで、

「僕はピンチヒッターで来ました。何も分かりませんので宜しくお願いします」

　と頭を下げた新米《しんまい》添乗員は、今にも泣き出しそうな顔をしている。

「湯ヶ島」と「湯ヶ野」、どちらも「天城峠」の麓に在る温泉郷、イメージが似ている。だが、「湯ヶ島」は峠の三島側、「湯ヶ野」は反対の下田側に在る。なので、選ぶ経路がまったく違う。目的地が「湯ヶ島」だからこそ、箱根を越えて、三島で国道１号線と別れ、修善寺経由で来た。「湯ヶ野」が目的地なら、小田原から熱海、伊東と、伊豆半島の東海岸を経由し、河津浜で国道１３５号線と別れ、静岡県道１４５号線を通る。それが長年の経験から「天城越えを避けるため」に自然にできた経路なのだ。

「湯ヶ島」から「湯ヶ野」までは距離は僅かだが、その間に在る「天城七里」と言われる山道の「天城峠」が、大型車の通行を困難にしている。だが、しかしである。困難であろうがなかろうが、「天城峠」を越えなければ「湯ヶ野」には行けない。折悪しく、つい先ほどまで大雨が降り続いた。今は小降りになったけれども、砂利道はかなり傷んでいるだろう。できれば避けたい「天城越え」。迂回路は……在るには在る。冷川《ひえかわ》を通って東海岸に出るか、船原峠を越えて西海岸を回るかだ。でも、どちらも道路状況は似たようなもの。それにとんでもない遠回りになって、「湯ヶ野」に着くのは真夜中になってしまう。

生憎《あいにく》の日曜日、会社には年寄りの留守番しかいない。連絡しても埒《らち》が明くまい。幹事様に本当のことを話そうか……。だが、幹事様はお酒を飲んでご機嫌だ。バスガイドが歌う「湯の町エレジー」を唱和して悦に入っている。そんなところに、のっぴきならない事情を聞かされても、幹事様だって困ってしまうだけだろう。お客様を安全・快適に、間違いなく目的地にお送りする。それが、プロの運転手の使命だ。お客様に不安を与えてはいけない。そう自分に言い聞かせた。

とはいえ、行く手は険しい山道「天城峠」。かつて自分が越えた時の軌跡をなぞると、大型観光バスが通るにはぎりぎりの、つづら折りが続く砂利道が瞼に浮かぶ。糅《か》てて加えて大雨の直後、落石、鉄砲水、路肩の崩落など、かなりの危険を孕《はら》んでいるに違いない。大事をとって引き返すか。五十人のお客様の命を預かって、「天城峠」を越えるか……。判断は右に左に揺れる。お客様にすれば、年に一度の慰安旅行。旅館に着いて一風呂浴び、六時半から宴会を予定している。芸者さんも頼んであるという。そんなお客様の楽しみを、自分の判断で台無しにすることはできない。となると、「天城峠」を越える以外に方法はない。そう決心して、震える足でアクセルを踏み込んだ。せめてもの救いは、雨が上がったことである。

中伊豆観光のスポット、浄蓮の滝に来た。土産物店は閉まっている。でも、トイレの扉は開いていた。バスガイドが、

「お客様、この先にトイレはございません。御用の方は済ませて下さい」

と案内し、添乗員に、「公衆電話があるから、『これから天城峠を越えるから、少し遅れます』って、旅館に連絡したらどうですか?」と連絡を促す。添乗員が素直に「はい」と応えて、駆けて行った。

それらを待つ間、もう一人の自分が、「この先にはUターンする場所も無い。ここで引き返せば無難だ」と囁《ささや》く。その声を、プロとしての「使命感」が黙らせた。

一大決心をして、浄蓮の滝を後にした。山はますます深くなる。ディーゼルエンジンの音が、静寂な山あいに響き渡る。鬱蒼《うっそう》と茂った杉や桧などの枝が張り出して空を覆い、トンネルのようになっている。低く垂れ込めた雲と相俟って仄暗い。浄蓮の滝にまつわる伝説の、「女郎蜘蛛」が脳裏をよぎる。それを、自分の頬っぺたを叩いて追い払う。左の切り立つ法面《のりめん》から、土砂がパラパラ崩れ落ちる。沢筋から流れ出す水が砂利道を斜めに横切って、右側の本谷川《ほんたにかわ》に流れ落ちる。しばしば霧が流れてきて視界を遮《さえぎ》る。オレンジ色の濃霧灯を点け、手探りのような格好で進むと、突然、漬物石くらいの石が崩れ落ち、バスをかすめて谷底に落下した。ビリビリッ

と全身に電流が走った。車内がざわめき、

「ヤバイな」

「ガイドさん大丈夫かよ！」と、不安の声が上がった。

「お客様、運転手は無事故無違反のプロ中のプロですよ。ご安心下さい」

ガイドが笑顔で応えて、不安の打ち消しに努める。自分の恐怖心は曖《おくび》にも出さないで。そして、緊張した車内の空気を和らげようと、

♪若く明るい歌声に……と、「青い山脈」を明るく歌う。だが誰も乗ってこない。

バスガイドは、その時二十一歳の山田佳代子。彼女は九州の出身で、体形がほっそりして紺の制服がよく似合う。黒目がちの聡明な顔立ちと相俟って、凜とした印象を醸している。

彼女が、まだ見習いに毛の生えた頃のことである。初めて伊豆へ、教本を読みながらお客様を案内して来た時、「天城峠」を読み間違えて失笑を買った。お客様は笑って済ませたが、運転手がおしゃべりだった。彼は会社に帰って、

「山田には参ったよ。天城峠《あまぎとうげ》を『テンジョウトウゲ』って読むんだから。オレ、ハンドル持ってて冷や汗が出たよ」と、しゃべりまくった。

そんなことがあると、大方の見習いは傷ついて、バスガイドに成りきれずに辞めてしまうのだが、彼女は悔しさをバネにして猛勉強した。それから僅か三年、今ではニックネームで「佳代ちゃん」と呼ばれ、会社で指折りの看板ガイドになっている……。

車内の動揺は、佳代ちゃんが何とかしてくれる。私は安全運転に専念して、急な坂道を右に折れ左に曲がって登り続ける。勾配が緩くなったと感じた時、濃霧の中に突如として「天城トンネル」が、アーチ型の口を開けて現れた。ヘッドライトを点けて、慎重に進入する。総石造りの天井の、そこかしこから浸み出した雨水が滴り落ちる。ワイパーのスイッチを入れて視界を確保する。トラックの積み荷が接触したのか、トンネルの壁面には、いくつも擦った痕が付いている。左右に少しでも寄り過ぎれば、バスも屋根の角を擦ってしまう。本能が首を縮め、肩をすぼめてハンドルを操る。

トンネルを潜り抜けると、嘘のように霧が晴れて視界が開けた、「天城峠」は、「三里下って湯ヶ野まで」と歌われる下り坂になった。右側の谷底も、分水嶺を越えて本谷川から河津川に変わった。風が出たのか、枯れ葉がちらほら舞い落ちる。

少し下って、ハッと息を呑んだ。路肩が少し崩れている。バスを停めて降り、路肩に立って安全を確かめる。水量を増した二階滝《にかいだる》の音が轟々と響く。足がすくむ。不幸中の幸いというべきか、轍《わだち》まではいくらかの余裕がある。私は「通れる」と踏んだ。だが、しかしである。お客様を危険な目に遭わせることはできない。万一に備えて、マニュアルどおりに、お客様には降りてもらい、バスは、空車で通過することにした。

幹事様からは了解を得た。ガイドがマイクで、お客様に協力をお願いする。大方のお客様は、快く下車してくれた。なのに、かなり酔ったお客様が絡んできた。

「オイ、へぼ運転手！　俺が運転してやる」

眼が据わっている。事情を説明しても、解ってもらえそうもない。それを、

「申し訳ございません。お客様、安全運転にご協力お願いします。お願いします」

と、ガイドがひたすらお願いする。

「ガイドさんに頼まれちゃ、仕方ねえな」

と言って酔っ払いも折れ、渋々ながら降りてくれた。

下車したお客様全員が、バスガイドの誘導で先行する。私はチェンジレバーをローギアに入れて、前方を見据える。

「危ない所は、勢いを付けて一気に通過する。それが良い運転手だ」と言う人が多い。しかし、とんでもない。路肩がショックで崩れないように、そろりそろりと通過することこそが肝要なのだ。

先行したお客様が、振り返って凝視している。静かにスタートを切った。恐怖心から一気に通過したい衝動を抑えて、超スローで進む。極度の緊張から心臓が早鐘を打つ。正に「冷汗三斗」の思いをしながら、なんとか無事に通過した。同時に、お客様が一斉に拍手。ホッとした。

しかし、油断大敵。私はいっそう気を引き締めて、再び天城峠を下り始めた。

大滝《おおだる》・七滝《ななだる》温泉郷が右手に見えてきた。前を流れる河津川は、天城の山並みに降った豪雨を集めて水嵩を増し、濁流が渦巻いている。前に見た清流が瞼に浮かぶ。湯ヶ野まではもう一息、と自分に言い聞かせて通り過ぎた。

晩秋の日没は早い。ヘッドライトを頼りにハンドルを切る。行く手の闇に、チラチラッと光

が走る。木の間隠れに見える対向車のライトだ。すれ違いのできる場所があれば待とう。そう思って探しながら走る。が、無い。相手も進む。4トン（積み）トラックと角突き合わせる格好になった。トラックは頑として譲らない。睨み合いが続く。

宴会の時間が迫っている。自分がバックすることにした。ガイドに伝える。

「山田君、仕方ないよ。バックしよう」

「はい、分かりました」

キビキビした動作で、バスの後方へ駆けて行く。彼女の誘導は、全幅《ぜんぷく》の信頼がおける。ピピッピィー、ピッピィーと彼女の吹くバックオーライの笛を頼りに後退する。間もなく、ピッピピッピッピッ、ピーイッ、ピッ、と注意に続くストップの合図、急いで停止する。下車して確認すると、左の後輪が路肩を踏みはずす一歩手前、一旦前進し、ハンドルを切り返してまたバックする。

前進でも骨の折れる急なカーブを、バックで通過するのは容易でない。さらに前進、後退を繰り返してハンドルを切り返す。パワステ（倍力装置）が付いておらず、腕力だけで回すハンドルだ。大汗が流れる。分厚い胼胝《たこ》ができている掌《てのひら》に唾を吐きかけて、腰を浮かせて腕に力を入れる。ようやくカーブを曲がり切って、すれ違いのできる場所にたどり着いた。

腹の立つトラックをやり過ごして暫く走ると、またしても対向車のライトが光る。「ちぇっ」と舌打ちして進むと、それは、到着の遅れを心配して迎えに来た、旅館のライトバンだった。

先導されて、旅館の玄関になんとか無事にバスを着けることができた。

ガイドがマイクを持って、

「大変お待たせ致しました。予定よりかなり遅れましたが、お客様のご協力のおかげをもちまして、無事に到着できました。運転手ともども、心からお礼申し上げます」

と、感謝のアナウンスをすると、お客様から割れんばかりの拍手が起こった。

私とガイドはバスの乗降口に立って、下車するお客様一人ひとりに、

「ご協力ありがとうございました」と、お礼を言って見送る。

お客様も私とガイドの手を握り、

「よく頑張ったね！」

「有り難う！」

「大変でしたね。ご苦労様でした！」

などと、思い思いの言葉を掛けてくれた。

「さすがプロですねえ。感心しましたよ」

先ほど絡んだ酔っ払いが、真顔になってそう言った。

最後のお客様がバスを降りて、到着を待ちわびていた芸者さんや仲居さんが、ずらりと並んで出迎える玄関を入るのを見届けた瞬間、私もガイドも、全身から力が抜けて、へなへなとへたり込んでしまった。

私は気を取り直して、彼女に声を掛けた。

「佳代ちゃん、ご苦労さんでしたね。無事に到着できたのは、君の協力のおかげだよ。有り難

う」

「いえ、私は何も……」

「そんなことはない。佳代ちゃんの助けがあったから、私は安全運転に専念できたんだよ。本当に有り難う」

「でも……、事故が無くて良かったですね」

「ほんとほんと。お客様に万一の事があったら……考えただけでもぞっとするよ」

そう言って間を置き、

「明日は東海岸を帰ろうね」

と、帰路のコースについて話をする。

「それなら安心ですね」

ようやく彼女の顔に、安堵の色が浮かんだ。

「さあ、一息入れたらもうひと踏ん張り、バスの掃除をしなくては」

そう話して小休止の後、泥だらけになったバスを洗車していると、芸者さんの三味線に合わせて盛り上がる、お客様の歌声と拍手が宴会場から流れてきた。


（随筆春秋賞入選）

走る凶器

光陰矢の如く過ぎて、あっという間に七回目の年男になっていた。家内も髪の毛がめっきり白くなり、皮膚に刻んだ皺は深くなる一方で、二人の口から出る言葉も、アレアレ、コレコレが滅法多くなった。

アレアレ、コレコレはまだいい方で、認知症が原因の交通事故が多発する。

かつて車は「走る凶器」と言われたことがあり、近頃、無残にもその言葉が蘇《よみがえ》った。なので我が家は、マイカーを廃車にした。なのに私は、物忘れと運転能力は別物と、運転免許は持ち続けて、時折レンタカーを利用する。それではマイカーを廃車にした意味が無いと、家内が免許の返納を言い出した。

とりわけエリザベス女王の夫君、フィリップ殿下が免許を返納されてからは、「あんたも返納しなさい」と、うるさくなった。

それを軽くいなそうと、「来年返納する」と言ったのが甘かった。「来年では遅い」とにべもない。作戦を立て直して反撃に出た。

「フィリップ殿下は九十七歳、僕はまだ八十三歳だ。十年早いね」

「そんなこと言ったって、年を取るにつれて、戸籍の年齢と実際の年齢は違ってくるわ」

「心配ご無用。僕の運転年齢は老い知らずだ」

「みんな自分ではそう思っているのよ。だけど昨日も大きな人身事故があったのよ」

そう言って家内が、年寄りがアクセルとブレーキを踏み間違えて、重大事故を起こしたことを報じる新聞記事を見せる。

私は家内を安心させるために、独自に編み出した安全運転の秘訣を披瀝した。

「僕は、オートマ車が実用化されてクラッチペダルが無くなった時に考えたのさ。アクセルは右足で、ブレーキは左足で踏む。そうすれば踏み間違えることは無いって。それにだよ、サイドブレーキを最大限に活用してきたから、事故は一度も起こさなかった。だから、心配しなくても大丈夫だよ。

でもね、本来はメーカーが、マニュアル車からオートマ車に切り替える時に、右足の所に並んでいるアクセルペダルとブレーキペダルを引き離すべきだった。二つのペダルの間隔が広くなれば、誰もが右足でアクセル、左足でブレーキと左右の足を使い分けるので、踏み間違いは起こらない。なのに、メーカーはその肝要なことをしなかった」

「でも、それはあんたの考えでしょう」

「僕だけじゃない。『テレ朝』で玉川徹も言っていた」

「それだけじゃないわ。高速道路を逆走する年寄りが何人もいて、認知症が社会問題になっているじゃないの」

「そのことも、僕は大丈夫」

「どうしてそう言い切れるのよ」

「指差呼称《しさこしょう》を実行しているからだ」

私は小声で、電車の運転士と同じように、「前方よし、左よし、右よし、車内よし」と指を差して確認し、それから発車していることを縷々《るる》説明したのだが、家内の不安は払拭できない。

「口では何とでも言えるわよ。だけどあんただって、スイカ（Ｓｕｉｃａ）のこともあるでしょう」

私がポケットにＳｕｉｃａカードを入れたままシャツを洗濯したので、「カードに残っていた残高がパーになったのではないか」と慌てたことを持ち出して、私の失敗は認知症のせいだとあげつらう。

「大丈夫だってば。先月やったＭＲＩ検査で、認知症は問題なかったのだから」

「そんなこと言ったって、つい先日、ステテコの前と後ろを反対に穿《は》いて、チンチンが出ないって騒いだの、誰よ」

これは紛れもない事実なので、言い訳のしようがない。家内が追い打ちをかける。

「あんたが気を付けても、飲酒運転などの危険運転に巻き込まれたら、どうするのよ」

交通事故の悲劇はそれだけではない。ボーッとして前方注意を怠ると、車は忽《たちま》ち「走る凶器」に変身して人を殺傷する。

「そもそも飲酒運転や危険運転、それに前方不注意などで事故を起こす奴らは、車を運転する時の心構えが違うのだ」

「どう違うって言うの？」
「僕はね、厳格な試験に合格して運転免許証を取得した。その時のことが脳裏に焼き付いているから、片時も気を緩めずに運転を続ける。そこが違うのだ」

私が十九歳、昭和二十九年のことである。当時、私が住んでいた会津若松市には、運転免許の試験場がなかった。なので、年に二回春と秋に、県庁所在地の福島市から係官が出張してきて試験を実施していた。

試験はまず、会津若松・鶴ヶ城の「武徳殿」で筆記による学科試験が行われ、百人くらいいた受験者が半分程度になった。

残った受験者が実地試験に進む。場所は、鶴ヶ城の西出丸に縄を張った俄《にわか》作りのコース。使う自動車はフォードの幌かけ乗用車で、ルームミラーが一つあるだけ。サイドミラーがないので、左側車輪の接地点が確認できない。勘だけを頼りに運転するから、コースをはみ出して失格する者が続出する。

運よくコースを通過した者が、最後の路上試験に進む。実際に市内を走って篩《ふるい》にかけられ、最後まで残って運転免許証を取得できたのは、私ともう一人の二人だけだった。

斯様な難関を突破して取得した運転免許だから、他人様に怪我でもさせて「免許取り消し」になっては一大事。自動車を「走る凶器」にするか、しないか、私は真剣勝負でハンドルを握る。だから交通戦争と言われた時代も、無事故で乗り切れた。

現在のように、レジャーを楽しみ、下駄代わりに運転するために、教習所に行けば簡単に取れる免許とは大きな違いがある。便利な乗り物を「走る凶器」に変えるのも、この違いに因るだろう。

「運転免許の取得試験を厳しくすることで、危険運転も交通事故も防止できるのだ」

「それを今言っても仕方がないわ。それよりも何よりも、あんたが運転やめないで、もしも他人様に怪我でもさせたら、取り返しがつかないわ。後悔先に立たずよ」

そう訴える家内の真剣な眼差しに負けて、私は大型第二種運転免許証を返納した。それで家内の眉間の皺は消えたけど、私にとっては十九の歳から六十五年間、現役時代はメシのタネ、定年後は暮らしの友だった運転免許の喪失は、私の心にぽっかりと大きな穴を空けた。埋める手立てが中々見付からない。

しかしながらよくよく考えてみると、昨日までの無事故運転がこの先も続くとは限らない。一瞬の油断が、便利な乗り物を「走る凶器」に変化させて、取り返しのつかない大惨事を引き起こす。但しこの大惨事は、自分が一歩間違えば人を殺傷する「走る凶器」を操っていることを肝に銘じて運転するか、それとも運転をやめれば回避できる。

私は家内に急かされて、免許を返納して運転をやめた。これは完璧だ。

ボンネットをかすめるようにして、小型トラックが目の前に入った。と同時に大きく蛇行を始めた。「危ない！」と思う間もなく、後輪からパパパパッと火花が出た。フロントガラスに、ビシビシビシッと何かが飛んでくる。「やばい！」と叫んでブレーキを掛けようとしたが、後ろには大型トラックがぴったりくっ付いている。

心構え

東名高速と名神高速が繋がって、我が国にも本格的なハイウェー時代が到来した。関東からこの高速道路を利用して、多くの国民が大阪万博（昭和四十五年）に殺到した。しかしながら、ドライバーの多くは、高速道路の運転に慣れていなかったのである。

大阪万博を観る客を乗せて、東京を昨夜出発した観光バスの運転手から、「冷房が壊れて、お客さんから苦情が噴出している」と会社に電話が入ったのは、事務所が開いて間もない午前九時ごろのことである。電話はすぐに車両部長の私に回された。

「それで、今どこから電話しているの？」

私は、運転手に現在地を訊ねた。

「万博会場の駐車場です」

と答えた運転手はさらに訴える。

「たった今、万博の会場に着いて、お客さんを降ろして駐車場に回送してきたところですけど、お客さんはもうカンカンですよ。早く何とかして下さいよ」

「分かった。できるだけ早く行くよ。それで、これからの予定は？」

予定を把握しないと、修理の場所と時間の計画が立てられない。

「お客さんは夕方まで万博を見ていますから、バスは駐車場で待機しています」

「その後は？」

「宿に送るだけです」

今夜の宿は大阪市内のホテルで、万博の会場から三十分くらい走れば着くという。明日は京都を観光してもう一晩泊まり、明後日東京に帰ることになっている、と運転手が報告した。

「それじゃ、今晩大阪のホテルに泊まっている間に、私が整備士を連れて直しに行こう。申し訳ないけど、お客さんにはホテルまで我慢してもらうしかないね。平謝りに謝っておいて」

そう運転手に指示して、電話を切った。

すぐにでも東京を発ちたかったが、どうしても手が離せない事情があった。それを済ませて部品と工具をライトバンに積み、ベテランの整備士、中村と二人で東京を出発した。中村は高倉健を思わせるぶっきらぼうな男だが、修理の腕は社内で一番。運転だって慎重だ。

時計を見ると、夕方の六時を回っている。

「さあ、行こうか」

私が声を掛けると、

「部長は休んでいて下さい。僕が運転しますから」

と言って、運転席に乗り込んだ。

「そう、じゃ頼むよ。途中で代わるからね」

運転は整備士の中村にまかせた。

昼間の疲れが出てうとうとしたようだ。目が覚めると、東名高速の牧之原だった。サービスエリアの案内板が見えてきたので、

「中村君、ここで腹ごしらえをして行こう」

と声を掛けた。

車は本線に別れ、サービスエリアに入った。


軽い夕食を済ませて運転手交代、今度は私がハンドルを握った。

♪おーれは　河原の……

口癖になっている鼻歌を口ずさんで、はっとした。自分は観光バス会社の管理職、安全運転を指導する立場だ。絶対に事故を起こしてはならない。それには、何が起こるか分からない高速道路で不測の事態に遭遇しても、直ちに反応できる心構えで運転しなければならない。違反で捕まっても、運転手に示しがつかなくなる、と。

制限速度百キロのところを、十キロ程度のオーバーに抑えて暗闇の中、ヘッドライトに照らし出される前方を凝視しながら、慎重にアクセルを踏み続ける。

後ろにトラックが迫ってきた。私は安全速度で走っている。急ぐなら追い越して先に行ってもらいたいのだが、右側の追い越し車線の交通量が多くて切れ目がない。追い越し車線に移れないトラックがいらいらしている。その気配がバックミラー越しに分かるので、私はさらに十キロ速度を上げて百二十キロに加速した。だが、トラックも速度を上げて車間距離をとらない。危険なので、私はさらに五キロ速度を上げた。それでも私の前を車が走っていないので、トラックの運転手は「もっと速く走れ」と言いたいのだろう。ヘッドライトをパチパチパチ上下に切り替えて追い上げてくる。安全速度で走っている車を、邪魔者扱いにする。

その時である。追い越し車線から、私の運転するライトバンのボンネットをかすめるようにして小型トラックが目の前に入ったのは。

その車は、そのまま左に寄り過ぎて右に方向を変える――と見る間に、今度は右側の追い越し車線に近づき、慌てて左に移動する。右に左に、目の前で蛇行が始まった。後輪から火花が出る。何かがフロントガラスにビシビシ当たる。

「危ない！」

中村が叫ぶ。

私は反射的に、追突を避けようとしてブレーキペダルに足を掛けた。だが、急ブレーキを掛ければ後続のトラックに突き飛ばされる。とっさにハザードランプをつけた。さらにブレーキを小刻みに踏んで、ストップランプを点滅させてトラックに危険を知らせた。その間も目の前の小型トラックは、高く積んだ荷物を右に左に傾けながら蛇行している。

ヘッドライトの明かりで、潰れた左側の後輪が見えた。タイヤがバースト（破裂）したのだ。空気の抜けたタイヤが、高速走行の摩擦で千切れて飛ぶのだ。そのゴム片が私の運転するライトバンのフロンドガラスに当たって、ビシビシッと音を立てている。タイヤのゴムが千切れ飛んで剝き出しになった鉄製のホイールが、アスファルトの路面に接地してパパパッと火花を散らす。このままでは、前の小型トラックと後ろの大型トラックに挟まれて潰される。

ミラーを見ると、右側の追い越し車線に僅かな切れ目がある。多少強引だったが、ウインカーを出して割り込んだ。ビビーッ、ビビビビッ、ビッビーッと、割り込まれた運転手がけたたましいクラクションを鳴らす。怒りの警笛を後ろに聞きながら、蛇行する小型トラックを追い越して前に入った。そして徐々に徐々に速度を落としながらミラーで様子を見ると、小型トラックも路側帯に入ってようやく止まった。私も車を左に寄せて止める。ドカドカ脈打つ心臓に手を当てて、

「大丈夫か！」

と中村に声を掛けた。同時に、フーッと大きな溜め息が出た。

「大丈夫です。部長は何ともありませんか？」

「私は何ともない……。よし、ちょっと行ってみようか」

お互いの無事を確かめると、小型トラックが気になって二人で駆けつけた。

「大丈夫か！」

「………」

「怪我は……」

心配して運転席を覗く私たちに、

「だだ、大丈夫です」

若い男が、血の気を失った顔を向けて、震える声で答えた。

タイヤがなくなって左に傾いた小型トラックは、ハザードランプがピッカ、ピッカ、ピッカと間が抜けたように点滅して止まっている。他の車は、何事もなかったようにビュンビュン通過して行く。このままでは大惨事を誘発しかねない。発炎筒を焚いてやった。そして、

「道路公団に連絡してやるよ、非常用電話でね」

と、まだ震えの止まらない運転手に告げて、現場を後にした。

暫く走ると、緊張の後の安堵感からか、

♪おーれは　河原の……

と、またしてもいつもの鼻歌が出て、慌てて口に手を当てた。

（神奈川県の文芸コンクールに応募し、入賞は逸したけれども、
選者から「秀作」との評価を得た）

来た！

齢《よわい》すでに八十路《やそじ》となり、「世の役に立ちたい」と思うよりも、「どうすれば世間様に迷惑をかけずに暮らせるか」と考えるほど衰えた。

で、殆ど家に閉じ籠っているので、かかってくる電話も、末尾が００６３と００３６と似ているものだから、「××クリニックさんでしょうか？」といった間違いや、保険などのセールス電話ばかり。テレビに目をやると、年金の過小支給が約百三十万件もあった、と報じている。その原因は、今回、扶養親族等申告書の書式が例年と大きく変更されたので、記入ミスや未提出が続出し、さらに、年金機構側の手違いが重なったから……。

斯様な折も折、年金機構の職員を名乗る男から電話があって、こんなやりとりをした。

「あなたは、扶養親族等申告書を提出していませんね。このままだと年金の支給が停止されます。そうならないように、私どもが代行いたします」

若い男の声だ。

「それは可笑しいですね。督促の連絡があったので、とうに出しましたよ」

「いいえ、届いていません」

胡散臭いので、

「とっくに出したって言ってるだろう！」

と強く言ったら、電話が切れた。

命綱の年金に、もしものことがあっては一大事。年金機構に確認の電話をかけた。が、何度かけても話し中で繋がらない。そこで一計を案じ、翌朝の一番を狙って、年金機構の電話番号を事前に入力しておいて、受け付け開始の八時三十分ぴったりに送信した。巧く繋がったので、事情を話して確認をお願いしたら、

「ご安心下さい。間違いなく必要な書類は届いています。でも、年金機構を名乗った電話は怪しいですね。私どもから電話をする場合は、必ず０５７０—０５—１１××からかけますので、表示された番号を確認してから、受話器を取って下さい」と念を押された。

そう言われても、ジジ、ババ、二人でこれといった話もなく、人恋しさに飢えているからか、電話が鳴ると、本能的に近くに置いてある子機を取ってしまう。そもそも我が家の電話機は、ナンバーディスプレイの表示を設定しておらず、着信履歴も残らない。このままでは不用心なので、家内に相談した。

「相手の電話番号が確認できるナンバーディスプレイと、着信履歴が残るようにしようか」

「さあ……、あんたが決めてよ」

何でも反対する天邪鬼《あまのじゃく》の家内だが、この件には異存がない。ＮＴＴに問い合わせたら、工事費二千円と、月々の利用料金が四百円と言われた。それでも、「一文惜しみの百知らず」になっては愚の骨頂。すぐに申し込んだ。

ともあれ、年金機構の職員を名乗った電話は、詐欺犯人が、年金の過小支払いに便乗して新たな手口を考えたのかも知れないのでテレビに目を光らせていたのだが、そうした放送はなく、テレビに映るのは、息子の代理を名乗る男に何千万円もの大金を渡してしまったとか、「〇〇区役所の××です。医療費・保険料の過払いがございます。払い戻しの手続きをしますので、お近くのATMに行って下さい」と言われて、大金を振り込んでしまったことなどを、短く放送している。

それは、テレビ局も視聴率競争に鎬《しのぎ》を削っているからで、あれほど連日放送していた「モリ・カケ問題」が下火になったせいか、「日大のアメフト悪質タックル」から、「紀州のドン・ファンの謎の死」へ、さらに「W杯ロシア大会」へと放送内容を変えたのも仕方がなさそうだ。

斯様なご時世に、私が病院から帰ると、家内が顔を紅潮させてこう訴えた。

「さっき変な電話がかかってきたのよ。『〇〇信託銀行ですけど、お宅様に割り当てられた証券があるのですが、お使いになりませんか？　お使いにならないのなら、よそに回してもいいですか？』って言うのよ。でね、『家はその銀行のすぐ隣ですから、そのようなことは、隣へ行って相談しています』って言ったのよ。そしたらね、『これは、東京本店だけで扱っている証券なんです』って。そう言って電話が切れたのよ。おかしいでしょう？」

「うむ……」

「うむ、じゃないわよ。かなり怪しいわよ」

家内の眉間の皺が、いっそう深くなる。

「そうだ。こういう時のために、着信履歴が残るようにしたんだな」

家内と一緒に着信履歴を調べると、見たことがない070から始まる電話からだ。

「070なんて、やっぱり怪しいわ。あんた、銀行に訊いてみなさいよ」

家内に急かされて、隣に在る〇〇信託銀行××支店に電話した。すると、支店の次長が出て、

「それは詐欺の可能性が高いですね。盗《と》られて泣くよりも、用心が肝要です。警察に相談されることをお勧めします」と言う。

警察に電話すると、「それは『名義貸しは犯罪だ』と言って脅す、特殊詐欺です。またかかって来ますよ。だから、着信音が鳴っても、留守電に切り替わるまで受話器を取らないで下さい。詐欺犯人は、留守電に替わると電話を切りますから」と注意された。

やっぱり、と思った。そして、念には念をと思い、ネットで色々調べると、十分以内の通話には追加料金がかからないところに目を付けて、詐欺犯人は、070から始まる電話を使う場合が多いことが判った。

次の日、電話がルルルルルッ。ナンバーディスプレイを見ると、070から始まっている。来た！　受話器を取ってはいけない。それは分かっていた。が、手が勝手に動いて、受話器を取ってしまった。案の定、

「名義を貸したので犯罪になります……」

と来た。慌ててガシャンと電話を切ったら、それっきりになった。

翌日の新聞に、我が家と同じ手口で脅された、「〇〇区に住む七十代の女性が、五千万円も騙し取られた」という記事が載った。

ああ、何たることだ。何とかならなかったのか、との思いを抱えて、ひと月も経たない平成三十年八月十四日、読売新聞が「一億三千三百万円詐欺被害」との見出しで、こう報じた。

——磯子警察署は十三日、横浜市磯子区に住む七十代の女性が高速道路会社の社員を装った男からの電話を受け、現金一億三千三百万円をだまし取られたと発表した。同署が詐欺事件として調べている。——

発表によると、女性は七月四日~十七日、自宅に電話をかけてきた男に、「あなた名義で一千万円の証券が購入されており、国税局の査察が入る」などと告げられた。その上で、差し押さえを免れるためとして「五千万円以上を預ければ特別会員になれる」などと言われた女性は、自宅を訪れた男二人に計八回にわたって現金を手渡したという。

尖閣からの飛び火

あろうことか、尖閣諸島〈註1〉沖で中国の漁船が、我が国の巡視船「みずき」と「よなくに」に体当たりするという大事件が発生した。平成二十二年九月七日のことである。

この事件を伝えるニュースを、テレビにかじり付いて見ていた高島《たかしま》寿男の願いも空しく、反日の嵐が吹き荒れて、事件は悪い方、悪い方へと展開し、どちらも引っ越すことのできない隣国同士でありながら、日本と中国の関係が最悪の状態になってしまった。

その傍杖《そばづえ》を食って、高島の経営する観光バス会社は、たちまちピンチに陥ってしまった。彼のお得意様、というよりも、命綱である中国から日本を訪れる観光客が、来なくなったからだ。

経済的に余裕のできた中国人が日本を訪れ、富士山や箱根を観光遊覧して、最後に秋葉原で日本の電化製品を大量に買い込んで帰るツアー客を相手に、「白バス」と言われる「潜りの観光バス」から始まった高島の事業は、実績を重ねて信用を築き、バスも、青ナンバーを付けた正規の「観光バス」に切り替えて、細々ながらも手堅く事業を続けていたのである。

その手堅さは、リーマンショックの不況にも耐えるまでになっていた。さらに平成二十一年には、「中国人個人の観光ビザ解禁」という追い風も吹いていたのである。ところが、長年水面下で燻っていた「尖閣諸島問題」に火柱が立って、肝心要《かんじんかなめ》の、中国からの観光客が来なくなってしまった。当然のことながら、客がいなければ事業は成り立たない。彼の経営する「富岳観光バス株式会社」は、崖っぷちに立たされてしまった。

　こうした中国人観光客激減の痛手は、ホテルなどの観光業にも及んだけれども、それらの業者は、複数の客筋を摑んでいたので、被害の程度も限定的で、高島のように悲鳴を上げることはなかったのである……。

　長年の顧客で安定しているからと、中国人観光客に頼り切っていた高島寿男は、突然降って湧いた災難に慌てふためいた。とまれかくまれ、お客様がいなければ会社は潰れる。急遽、バスを使ってくれそうな所を隈なく回って、揉み手をしながらお願いした。けれども、規制緩和で増え過ぎた観光バスが有り余っているので、紹介もなしに訪れた観光バス会社のセールスなど、何処へ行っても相手にされなかった。だからといって、手をこまぬいているわけにはいかない。高島はお客様欲しさから、「運賃を半額にダンピング」するという禁じ手を犯してまで、バスを使ってくれるようにお願いするほかはなかった。

　斯様なピンチに陥っても、出て行く金は待ったなしに出て行く。手持ちの運転資金は、見る間に底をついてしまった。で、何はさておき、急場を凌ぐ繋ぎ資金が必要なのだが、青ナンバーを取る際に資金が足りなくて、担保になる物は岳父の家まで担保に入れてしまっていたものだから、新たに金を貸してくれる所などありはしない。あるとすればそれは、「無審査、電話一本即融資」と宣伝する「街金」のみだ。

「貧すれば鈍する」とはこのことか。彼は駅前でもらったチラシとティッシュペーパーを思い

出し、電話を掛けようと受話器を握ってハッとした。かつて、高額な利子で貸し付けておいて、返済が滞ると、

——目ン玉売って金返せ！——

と恫喝する、貸金業者の凄まじい取り立てをテレビが放映したことがある。そして新聞にも、こんな川柳が載っていたことを思い出したからだ。

目ン玉を　担保に生き血　吸い上げる

我に返った高島寿男は、イカン、イカンと首を振って、チラシを丸めて屑籠に捨てた。思いとどまってはみたものの、金の工面ができなければ会社は「倒産」する。そうした最悪の事態に直面したのに、彼に打つ手は、無い。自分も最早これまでか、とこの世に見切りを付けようとした彼の脳裏に、曩時《のうじ》「白バス」と言われる違法な仕事を、当局の目をかすめてビクビクコソコソやっていた自分も、制度が変わって青ナンバーが取れて、これからは大手を振って仕事ができると舞い上がって喜んだ日が、つい昨日のことのように蘇った。

平成十二年のことである。小泉政権の規制緩和の一環として、「道路運送法」が改正された。この改正に因り、それまで「需給調整」と称する運輸省の大義名分に阻まれて「事業免許」が取れず、新規開業が難しかった観光バス事業＝一般貸切旅客自動車運送事業が、「免許制」か

ら「許可制」になった。それで、要件を満たして申請すれば誰でも許可が取れて、観光バス事業を行えるようになったのである。

しかし、このニュースを、高島は複雑な思いで聞いた。これからは手続きさえ踏めば、自分も許可が取れる。青ナンバーが取れる。そのこと自体は有り難いのだが、許可を取るには多額の資金が必要で、何年ものあいだ、

——白ナンバーでの貸切バス行為は、
法律で禁止されています——

と、大々的にキャンペーンを張って目の敵にする、青ナンバーを付けた正規の観光バス事業者に気兼ねしながら、収入の少ない「白バス」と言われる潜りの仕事をやっていた自分に、そのような大金の調達は難しく、逆に、資金を調達できなかった場合、自分が現在やっている「白バス」が生き残れるのか？　家族を養っていけるのか？　との大問題に直面するからだ。

思案に暮れた高島寿男は、「東横荷役株式会社」と称する、港湾で荷役作業を行う会社の橘社長を訪ねることにした。社長は、「若い時に君のお父さんにお世話になったから」と言って、高島が困った時は、救いの手を差しのべてくれるからだ。

その会社は、本社が東京・品川区の大井町に在って、東京湾を埋め立ててできた人工島に、広い敷地を占有して大きな倉庫を持っている。その敷地を駐車場にしている自家用バスで毎日、

求人情報誌で集めた日雇いの作業員をＪＲの主な駅から乗せてきて、船が運んできた荷物を、倉庫に保管するための荷役作業をやらせている。そのほかにも、荷役が行われる横浜や川崎港などの港湾・埠頭に彼らを連れて行き、荷物の積み下ろしをさせていた。高島が潜りでやっている「白バス」も、その「日雇いの作業員」を運ぶ自家用バスの名義を借りている。

春まだ遠い底冷えのする日、大井町の本社に橘社長を訪ねた高島寿男が応接間に通されて社長の顔を見ると、挨拶もそこそこに、

「社長、観光バスも許可制になって、誰でも青ナンバーが取れるようになりましたね。この先、私らのような白バスはどうなるのでしょう？」

と、単刀直入に切り出すと、

「うむ……」と唸る。

そして、還暦を過ぎて頭の毛が少なくなった分、頬に半白の髭をたくわえた橘社長が、二重顎に手をやり、暫く考えてから、

「君はどう思うかね？」

と逆に、高島に問い返す。

「えっ……」

高島は言葉に詰まった。

橘社長が、錆声《さびごえ》で見解を語る。

「これは一般論だけどね、白バスが生き残るのはかなり難しくなる、と僕は見ているよ」

「…………」

「何事も光が当たれば影ができる。それが世の常だ。これまでは観光バスをやりたくても、事業免許が厳しくて殆どできなかった。それで、指を銜《くわ》えて見ているしかなかった人たちがいる。彼らには光が当たるけれども、君らのような白バスは、自然に淘汰されるだろうな」

そう言って言葉を切り、女子事務員が淹れてくれたコーヒーを高島に勧め、自分も一口飲んでこう続けた。

「ねぇ君、考えてもみなさいよ。従来の制度では、観光シーズンになると需要が集中してバスが足りなくなった。だから白バスにも客が回ってきた。また、現実がそうした状況だったので、当局も白バスを必要悪として、見て見ぬ振りをしていた面がある。だけどね、今度の規制緩和で、観光バスが足りなくなることはなくなるはずだ。だから、白バスは客がいなくなる。取り締まりも厳しくなる、と考えるのが自然だよ」

橘社長の卓見を聞いて、高島は頭を抱えてしまった。


「子は三界の首枷《くびかせ》」とか。高島寿男は子育ての真っただ中で、子供の進学や塾などの教育費がますます嵩む時期だ。マイホームの多額のローンも残っている。妻の幸子はスーパーのレジ係のパートをしているけれども、収入は高が知れている。転職するにも、そんな家族を養うほどの給料をくれる会社は無い。転職も駄目、白バスも生き残れない――となると、どうしても、青ナンバーを取るしか自分の生きる道はない。そう思い定めた高島寿男は、観光バス事業の許可を取るための条件を詳しく調べたのである。それで、最低でも中・小型車なら3輌、大型車は5輌のバスが必要で、さらに、その車輌の保管場所（駐車場）や運転手の確保などなど、諸々の条件を満たさなければ許可は下りない、ということが判った。しかし、これらは、金さえあれば何でも揃えられる。なのに、高島寿男には、肝心要のその金が、無い。ああ、金さえあればなあ、と嘆いて空しく時が流れた。

そんな或る日、集金に来た新東部信用金庫の担当者である石田剛が、

「高島さんが青ナンバーを取る準備をしているって噂を聞きましたけど、宜しかったら、私どもにお手伝いさせて頂けませんか？」

と、思いがけないことを言いだした。

彼の話はこうだ。

大型車を5輌持って「白バス」をやっていた自分の店のお客さんが、自分は歳も歳だから廃業してのんびりしたいと思っている。それで、事業を引き継ぐ形で、バスと運転手を引き取ってくれる人を探している。高島さんがその話に乗って引き取ってくれるなら、私どもが青ナンバーを取るのをお手伝いする。開業資金の融資もする。ただ、車庫は、跡地にマンションを建てるから、使えない。

渡りに船である。

「車庫のことなら、東横荷役の敷地を使わせてもらえるように、橘社長から内諾を得ていますよ」

そう高島寿男が話すと、

「それは良かったですね。地価の高い東京で、最大のネックと言われる車庫が確保できれば、許可は取ったも同然です」

と、石田が顔をほころばせて語る。

「何だか手が届きそうで、わくわくするね」

「任せて下さい。事業は会社組織にした方がいいですから、そちらの登記も、青ナンバーの申請手続きをする行政書士にやらせますよ」

高島寿男が必要な書類にサインすれば、会社の設立から観光バス事業の許可申請まで、信用金庫と繋がりのある行政書士が代行してくれる、と言うのだから有り難い。

こうして話はとんとん拍子に進むかに見えたが、融資に見合った担保物件をどうするかで引っかかった。自宅はローンが残っていて、すでに担保に入っている。そのほかの財産らしい物は、空き家にしてある親の遺産の田舎の家と土地だが、田舎はご多分に漏れず、今は過疎地になってしまって、資産価値はゼロ。固定資産税だけ払わせられるお荷物で、担保にはならない。

「ねぇ君、引き継ぐバスが観光仕様にできているなら、担保価値もあるだろう」

「もちろん担保に入れてもらいます。でも、八千万円の融資ですから、別に不動産の担保がないと、審査が通らないのです」

「困ったなぁ……やっぱり無理か。そもそも、貧乏人が青ナンバーを取るなんて、夢を見たのが間違いの元か」

「そんなことはありませんよ。ほかの白バス業者がお客さんが離れて困っているのに、高島さんは中国人観光客のルートを持っているのですから。ここで諦めたら、もったいないですよ」

「でも……担保に入れる不動産が無いのだから、仕方がないね」

「その点はですね、担保物件は、高島さんの物でなくてもいいのですよ」

「えっ、どういうこと？」

「例えばですね、親戚とか知り合いとか、奥さんの実家とか……そういう不動産でもいいのです。持ち主様の承諾（物上保証人）を得られれば」

「お義父《とう》さんの家か……難しいなあ」

小太りで汗っかきらしい石田が、ハンカチで汗を拭きながら、「ここが決めどころ」と思ったらしく、こう決め球を投げた。

「では、こうしましょう。安心して頂けるように、私どもがマーケットリサーチを行い、事業計画書を作成して、お義父《とう》さまとお義母《かあ》さまにお見せします」

「……でも、万一の事があったら、家内の両親に迷惑をかけてしまう」

「その心配は要りませんね。中国には十三億の人間がいますから、これからお客さんはどんどん増えますよ」

そうきっぱり言われて、高島寿男は妻の両親にお願いしてみる気になった。それにはまず、妻に話さなければ始まらない。

最初は、「なんていうことを……」と目を剝いた妻も、亭主が失業して収入が途絶えたら……という現実の前に、渋々ながらも首を縦に振った。

妻の父、平野賢太郎は、三浦半島の三崎町に退職金で終の棲家を建てて、夫婦二人で暮らしている。ブロック塀で囲んだその家は、建坪三十五坪ほどの平屋だが、地続きに土地を多めに買って、野菜を作って第二の人生を楽しんでいる。

会社名義の乗用車に妻を乗せ、途中から降り出したスコールのような激しい雨に打たれながら走り続けて岳父の家に到着すると、岳母が出て来て、

「雨の中よく来たわね。さあお入りなさい」

と言って、居間に通された。

居間には、間もなく古希を迎える岳父の賢太郎が、テーブルを前に胡坐《あぐら》をかいてテレビを観ていた。彼は高島の顔を見るとテレビを消して、

「よく来たね。寿男君が来るというので、今朝早く起きて、三崎港の岸壁でイナダを釣ってきたよ。後から捌いて刺身にしてやる」

と自慢げに話し、漁師のように日焼けした顔をほころばせた。

「有り難うございます。遠慮なくご馳走になります」

そう答えて手土産の、岳母の好きな「とらやの羊羹」を差し出すと、二人は異口同音に、「やあ、有り難う」と言って受け取り、「英寿（息子）も友里恵（娘）も変わりないか?」と、孫の近況を訊く。

「元気よ。ほら、これ見てよ」

妻の幸子が、ジジとババに見せるために持ってきた写真をバッグから取り出す。

それを目を細めて暫く眺めていたジジが、ババに渡して、

「仕事の方はどうかね。景気は？」

と、娘婿の仕事のことを気遣う。

「それが、そのう……」

亭主は口籠もって言い出せない。じれったくなった妻の幸子が、助け舟を出す。

「お父さん、聞いてよ。この人、お願いがあるんだって」

「ほう、寿男君、何かね。私にできることかね？」

「………」

「あなた言いなさいよ」

妻にせっつかれて、寿男が訪問の目的を語り始めた。

「実はお義父さん、お義父さんもご存じのように、規制緩和が行われて、観光バスの事業が誰でもできるようになったものだから、これまでのように白バスでは生活ができなくなってしまったのですよ。それでですね、私も白バスをやめて、きちんと青ナンバーを取って、正規の観光バス事業を始めようと思いましてね。それで、お願いがあって参りました」

「君が青ナンバーを取れるのかね。私に金の話をしてもダメだよ」

「いえ、お金はいいんです。新東部信用金庫が融資してくれることになっていますから」

「……？……」

幸子の両親が、怪訝な顔をする。

「お前はどう思っているのだ?」

と娘に尋ねる。

「計画は、九十九パーセントまで進んでいるんだって」

「だったらやればいいだろう。何が問題なんだ?」

「最後の詰めとして、融資を受けるのに担保が必要なのです」

「……?……」

「それで、お義父さんの、このご自宅と土地を、担保に入れさせて頂けませんか?」

「えっ⁈」

岳父と岳母が、びっくりして顔を見合わせる。

「お父さん、私からもお願い。そうしないと、英寿も友里恵も、塾にも大学にもやれないのよ。ね、お母さんも、助けてよ」

年寄りは、孫には目がなかった。「英寿と友里恵を大学にやりたい」と幸子が懇願すると、学歴社会で高卒だった岳父は、後輩の若い大卒の頤使《いし》に甘んじるほかはなかった苦い思いを引きずっていたので、「孫は大学に行かせてやろう」との思いに大きく傾いた。けれども、自宅を借金の担保に入れるとなると、話は別になる。そんな岳父の逡巡を吹っ切らせたのは、信用金庫がマーケットリサーチを行って、「今後、中国からの観光客はますます多くなる」と太鼓判を押した、「事業計画書」だった。強く反対した岳母も、最後は渋々ながらも折れたのでした。

そのようにして高島寿男は、ようやく青ナンバーを取ることができた。観光バス事業の規制緩和が実施されてから、三年の歳月が流れた平成十五年のことである。

その間、当局が取り締まるまでもなく、橘社長が予見した通り、「白バス」は客を失って次々に姿を消していった。そうした苦境のなかでも、当初からの信頼関係で、中国人観光客を失わなかった高島寿男はラッキーだったのである。

それから七年、高島は細々ながらも事業を続けていた。なのに、突然、「尖閣諸島沖・漁船衝突事件」が降って湧いた。そして、命綱である中国からの、観光客の予約の取り消しが相次いだのである。

お客がいなくなっても、出て行く金は止まらない。人件費、借入金の返済と利子、車庫と事務所の賃借料と維持管理費、運転手の仮眠室に借りているアパートの家賃などなど、仕事をしようがしまいが、日付が変わる毎に掛かる固定経費が、借金となって膨らみ、高島寿男の首を絞める。

彼の脳裏に、ふと〝見切り千両〟という言葉が浮かんだ。こうした借金から逃れるには、事業に見切りをつけて、自ら裁判所に「会社倒産と個人破産」の申し立てをする手が有る、と。

だが、しかしである。実際にそれを実行すれば、全財産の喪失と引き換えに、借金の責め苦からは解放されるけれども、開業資金の融資を受ける際に、担保に入れてもらった岳父の家が、差し押さえられて競売にかけられる。お義父さんとお義母さんが終の棲家を追い出されて、路頭に迷う。だから、「倒産」イコール「チャラ」にはならないのだ。

先月、会社の有り金をはたいて、従業員に給料を半分払った。今月はそれさえ難しい。増してやボーナスの月でもある。年内に払わなければ、彼らは年を越せまい。何とかしなければ、と焦るのだが、高島寿男には、金を貸してくれそうな親戚も友人もいない。それでも何とかするのが、経営者の務めだ。どうしよう、どうしよう、と苦悩しているところに、信用金庫の係が取り立てにきた。

事業を始める時に、有り金を掻き集めても八千万円足りなかった。その借入金は、払っても、払っても利子に消えて、元本はなかなか減らない。しかもその分割返済が滞って四か月目に入っている。

「電話では埒が明きませんので、今日は社長から直にお話を伺いに参りました」

「……申し訳ない」

返事のしようがない高島が、二十歳ほども年下の若造に、深々と頭を下げた。

「頭を下げられても、私どもはもう待てませんから」

「………」

「取り敢えず、ひと月分だけでも入れてもらわないと……」

「尖閣問題の緊張が解ければ、観光客が戻ってきます。申し訳ないけど、それまでの間少し待って下さい」

「そんな甘い考えでおられては困ります。そもそも、中国からの観光客に全面的に依存した経営が、危なっかしかったのです」

(中国には十三億人もいますから、日本に来る観光客も、これからどんどん増えますよ。そしたら、バスを増やして下さい。また私どもが融資させてもらいます)

そう言ったあの時の担当者と、同じ信用金庫の人間とは思えない言葉を吐く。

信用金庫の適材適所とはこういうことなのか……滞りなく支払っていた時、黒い大きなカバンを持って訪ねてきた担当者はふっくらした柔和な顔立ちをしていたが、借金を取り立てる係は目が吊り上がって、見るからに険しい容貌をしている。

「…………」

「ご自宅、処分なさったらいかがですか？」

「…………」

「賃貸アパートに越せば、当面の利子くらいは払えるでしょう」

「それがねぇー、私の家は、地価が天井知らずに暴騰したバブルの沸騰期に、『今買わないとますます高くなって、庶民は一生家を買えなくなりますよ』って、業者に煽られて買ったものだから、いま処分しても多額のローンが残って、チャラにならないのよ」

「だったら、担保に入れてもらったお義父さまの家を、差し押さえさせてもらうしかありませんね」

「ちょっ、ちょっと待ってくれよ！　それだけは……」

高島が、色を失って待ったをかける。

「そうおっしゃられても、私も子供の使いではありませんから、手ぶらで帰るわけにはいきませんよ」

「私だって払いたいのは山々だよ。でも、従業員に給料も払えないのが実状なのだ。もう私にできることは、首を吊るしかないのか、と思っているのよ」

「お気持ちは解ります。でも、私どももビジネスですから、法律の範囲内で、できることはやらせてもらいます」

そう言われて、苦し紛れに方便が出た。

「でもね、まるっきり当てがないわけではないんだよ。会社を丸ごと譲渡する手もあるからね」

かつては高額で売れた青ナンバーだが、規制が緩和されてからは買う者はいなくなった。それを見透かしたように、彼はこう言い残して帰った。

「それを、目に見える形にして下さい。そうでないと、私も立場上、手をこまぬいているわけにはいきませんので」

それから数日して、新東部信用金庫から、高島寿男に宛てて、「配達証明」付きの「内容証明郵便」が届けられた。内容は、「一か月以内に債務が履行されない場合は、担保物件を差し押さえる手続きを開始する」というものだった。

家内の両親に迷惑はかけられない。従業員の生活も、家族の暮らしも、自分が何とかしなければいけない。どうしようと懊悩するうちに、唯一の望みの綱は、「東横荷役株式会社」の橋社長しかいない、との結論に至った。しかし、彼の情に縋るにしても、自分は、車庫と事務所の賃借料を、三か月も滞納している。が、今はそれを言っている場合ではない、と藁にも縋る思いで、高島は足取り重く、橘社長を訪ねたのである。滞納の言い訳を考えながら。

事務所に入って、まず、

「社長、申し訳ありません。もう少し待って下さい。必ず何とかしますから」

と、賃借料を滞らせていることを詫びると、いつもは柔和な表情の橘社長が、険しい顔をして「うむ」と唸ったきり何も言わない。さらに借金をお願いする雰囲気ではない。けれども、背に腹は代えられない。社長の目を見ないで言った。

「給料が払えなくて、従業員に吊るし上げられてしまいました。迷惑をかけておきながら、重ねてのお願いで心苦しいのですが、彼らも生活がありますから、社長、いくらか融通して頂けませんか」

「…………」

「ヒートアップした尖閣の熱が冷めれば、中国人観光客も戻ってきます。そうしたら……」

「君、それは甘いね」

橘社長が、ピシャリと言った。

「甘いですか」

「甘い、甘い。大甘だよ」

「……？……」

得心のいかない高島が首を傾げる。橘社長が、机の引き出しから数枚の書面を取り出して、高島に渡す。彼が目を通すと、その書面は、昭和五十三年に鄧小平が、「日中平和友好条約相互批准書交換式」に来日した際、日本記者クラブで行われた記者会見の「議事録」〈註2〉で、日本記者クラブ小島副理事長の代表質問と、鄧小平の答弁を記録した書面だった。

要点は、小島副理事長が、「尖閣諸島は日本固有の領土であるが、中国側はどう考えているのか？」と質問したのに対し、鄧小平が「こういう問題は一時棚上げして、解決を次の世代にまかせてもかまわない」という主旨の答弁をしたことが記録されている。

読み終わった高島寿男は、何と言ったらいいか解らない。戸惑っていると、橘社長が、

「ねえ君、肝心なのは此処《ここ》だよ。この鄧小平の答弁に対して、日本側から『閣下、それは違います。尖閣諸島は、歴史的にも国際法上も我が国固有の領土です。棚上げにする問題ではございません』と、異を唱える声が、記録されていないことだよ」

と問題点を指摘し、さらに、これはあくまでも僕個人の見解だが、と断ってから、社長はこう続けた。

「この、言うべきことを、言うべき時に、きちんと言わなかったことが、鄧小平と中国側に、『尖閣諸島問題は、日本も棚上げすることに同意した』と受け取られてしまったのだよ。残念だけどね」

「……でも、それは、中国側の一方的な言い分ではないでしょうか」

「確かに一方的な言い分ではある。だけどね、日本は『棚上げ論』を明確に否定しなかった。その不作為が、中国側に、鄧小平が『問題を棚上げにしてきた』という論拠を与えてしまった。それは間違いないだろう」

「それはそうかも知れませんね」

「それに、三十数年の時を重ねたことが『棚上げ論』を、より強固な既成事実にしてしまった」

「…………」

「国際司法裁判所〈註3〉に提訴する手もあるのだが、日本は、力で押してくる相手に力で対抗しようとしている」

「…………」

「この状態で中国が引けば、日本の力に屈服したことになるから、中国は絶対に引かないだろう」

「……でも、今の状態が続けば、中国は経済的に困るから、遠からず折れるのではないでしょうか」

「その考えも甘いね。相手は、十三億人の民を擁する大国の面子が懸かっている。さらには発展の後れから、先進国の後塵を甘んじて拝してきた大国が、今では経済成長を遂げ、兵器を近代化し、アメリカに対抗し得る軍事力と自信を持って、世界の中心に駒を進めたのだよ。その中国が、威圧の手を緩めることはないね。日本だって引けないから、睨み合いはさらに厳しくなるだろう」

　そう言われても、高島寿男は納得がいかない。しかし、橘社長は続ける。

「隣国同士が睨み合いを続けて、偶発的な武力衝突が起きなければ良いが……」

「まさか……」

「そのまさかが怖いんだよ。それに、中国の反日感情が強くなったのは、一党独裁の共産党のせいだ、と見る向きも多い。だけどね、ソ連が崩壊して、ロシアは共産主義国家ではなくなった。それでも北方四島は還ってこない。自由と民主主義の価値観を共有する韓国にも、竹島を不当に占領されている。糅《か》てて加えて、歴史認識問題で反日感情を突き付けられている。この現実を、君はどう思うかね？」

「………」

橘社長の熱弁に呑まれて、高島は話を借金の件に戻せない。やきもきする高島を尻目に、社長の熱弁は続く。

「善隣友好を願って、仮に一歩譲ったとしても、現況では二歩踏み込まれるに違いない。そうした危惧を払拭し、『過去を二度と蒸し返されない』で、隣国同士が共存共栄するにはどうすれば良いか？　その道筋を模索する動きが出てくれば有り難いのだが、今は、その発想そのものが見えてこない」

そう大所高所から語られても、金策に無我夢中の高島寿男は、

「おっしゃる通りです」

と、気のない返事をするしかなかった。

「今やっているように、どちらも『こっちが正しい。相手が悪い』と主張し合っていたのでは、対立が深刻になるばかりで、どちらも引くに引けない。だから、緊張が解ければ観光客が戻ってくる、という期待を持つのは甘過ぎるね。それに、僕も金が無いのだ」

「えっ⁈……」

一縷の望みを断ち切る言葉に、高島寿男は色を失った。そこに追い打ちを掛けるように、橘社長がこう言った。

「見切り千両という言葉がある。事業は見切りも肝心だ。民事再生や自己破産という手もあるが、考えてみたらどうだ？」

「それが、そのう……民事再生は無理なので、やるなら自己破産ですが、それでもチャラにはならないのです。借金が帳消しになっても、担保物件のお義父さんの家が差し押さえられて、競売にかけられて人手に渡ってしまいます。お義父さんとお義母さんが追い出されて、路頭に迷ってしまいますから」

高島寿男が、岳父の家が競売にかけられる経緯を、縷々橘社長に説明する。

「それはご老体が困るだろう。何とかしてやりたいけど、我が社も大きな赤字が出た。それで、従業員の賞与をどう工面するか、頭を抱えているのだよ」

「社長にそのようなご事情がおありでは、無理にお願いはできませんね」

「気の毒だが、今の僕には君を助けてやる力が無い」

そう呟《つぶや》いた社長が、眉間に深い皺を寄せてこう続けた。

「君も大変だろうけど、僕も大きな損害を被っているのだよ」

「社長も損害？」

「中国からのレアメタルなどの輸入が滞って、我が社も荷役が激減したからさ」

高島はハッとした。自分のことで頭がいっぱいで気付かなかったが、そう言われてみると、毎日集めてくる作業員の数がめっきり少なくなっている。

橘社長も金策に悩んでいる。とても金を貸してもらえる状態ではない。最早自分に打つ手は無い。二進《にっち》も三進《さっち》も行かなくなって、大井町の「東横荷役株式会社」を辞し、練馬の自宅に帰る道々、橘社長にも言われた「見切り千両」「自己破産」という言葉が高島寿男の脳内を駆け巡る。

それにしても、尖閣諸島と称する島を巡る国家間の争いに、蟻ンコのような自分が首を絞められるとは……。そんな思いで地団駄を踏むと、マイホームのローンを組む時の銀行員と、観光バスを開業する際に融資を受けた信用金庫の担当者から、半ば強制的に『生命保険』に加入させられたことが思い出された。彼らは、融資が焦げ付いた場合、担保物件の差し押さえ、競売、そして強制執行という手段で、居住者を追い出しては世間体が悪い。だから、できればその前に……、高島寿男は、自分の命で借金を返すことを暗示されたような気がしてきた。すると、かつてこんな短歌が新聞の文芸欄に載ったことを思い出した。

保険料　一年掛けて　自殺する
　豊かな国と　言うはまことか

きっとこの一首は、日本は豊かになったとか、金余り、などと言われているけれども、中小企業の倒産は少なくない。そうした経営に行き詰まった社長らが、会社を思い、家族の生活を考えて、自分の命を、金に換えることを決意して『生命保険』に入り、自殺でも保険金が下りるまでの一年間を耐えて忍んで、自ら命を絶つ社会現象をテレビが報じた。それを観た人物が、世の不条理に憤懣やるかたなく詠んだ短歌に違いない。この暗然たる現象が時を経て、まさか自分が同じ立場に立たされようとは……。

高島もその社長らのように、従業員を思い、家族を案ずれば懊悩かぎりなく、輾転反側し、事ここに至って金になる物は、自分の命しかない。と、魔の淵に吸い寄せられてしまったのである。

しかしながら、自殺は、残された家族の心に深い傷を残す。そこで考えた高島寿男は、事故死に見せかけて自らの命を絶つことを思い付いた。それには、自動車に轢かれて死ぬ交通事故死が一番である。遺族には、自分の生命保険のほかに、対人賠償保険が支払われるからだ。それだけの金があれば、従業員の未払い賃金を払って、借金を全部返しても、かなりの金が我が家に残る。金さえあれば、大学生の英寿と高校生の友里恵がいて、いちばん金のかかるしんどい時期の我が家でも、彼らが社会人になるまで何とかなるはずだ、と。そこまで考えてハッと我に返った。交通事故死は、被害者が自殺した証拠がなければ、運転手が責任を問われて処罰される。飛び込まれた運転手は、とんでもない迷惑を被るのだ、と。その点、同じ運転手でも、電車の運転士は処罰されない。死ぬなら電車に轢かれた方が、相手に及ぼす迷惑が少ない、と高島は考えを変えた。

いずれにしても、原因は、尖閣問題に起因している。それさえなければ……。されど、今それを嗟嘆《さたん》している時間は無い。差し押さえの期日が差し迫っているのだ。自宅と岳父の家が差し押さえられる前に生命保険が下りるようにしなければ、自分の死が犬死にになってしまう。そう考えた高島寿男の足は、無意識のうちにJR京浜東北線に乗って、王子駅に向かっていた。王子には、彼が妻の幸子と初めて出会った飛鳥山公園が在る。

王子駅で降りると、「居酒屋さちこ」と書かれた看板が目に留まった。彼は、その看板に吸い込まれるように店に入った。飛鳥山公園に行くのをやめて。

席に案内されて、一応メニューに目を通した。けれども、嗜む酒でもない。味わう料理でもない。枝豆と焼き鳥を肴に焼酎の水割りをしこたま飲んだ。が、ちっとも酔わない。でも、血中のアルコール濃度は十分に上がったはずだ。検視があれば、酩酊状態と判断される。そう自信をもった高島寿男の脳裏に、ふと「自分の人生を狂わせた」そもそもの発端である、バブル経済とその崩壊、そして、リストラという言葉が浮かんだ。

昭和末期から平成初期にかけてバブル経済に踊った日本は、有り余るカネに物を言わせて、超高層ビルをニョキニョキ建てた。それを見て、「こんな時代がいつまでも続くはずがない」と思っていた彼は、新聞の文芸欄に掲載された、二句の川柳に目を留めた。

カネ余り　バブルの塔の　黙示録

宜《むべ》なるかな、当然の帰結としてバブルは弾けた。

不況の嵐が吹き荒れて、企業は生き残るために、大量の人員整理を行った。「リストラ」と称して。この言葉は、解雇、クビ、馘首、という企業の後ろめたさを晦《くら》ますから不思議である。

さらにこの社会現象を、川柳の詠み手はこう表現した。

枝打ちで　大樹は不況の　風に耐え

だが、しかしである。企業という「幹」を生かすために切り捨てられるのは、「トカゲの尻尾」でも、冬を越すために落とされる「木の葉」でもない。生身の人間である。何とかならないものかと胸を痛めていたら、他人ごとではなくなった。終身雇用が当たり前の時代、「寄らば大樹の陰」と思って長年勤め、年功序列型の賃金で、比較的高い給料を得ていた自分たちが狙われたのだ。会社は「クビ」とは言わないけれども、会社のため、多くの従業員とその家族の生活を守るためという大義名分と、その裏の言葉にできない圧力で、自発的に辞めるように仕向けてきた。その圧力に耐えられず、結局は自分も辞表を出してしまった。

かくして、長年観光バスの運転手をしていた高島寿男が、当時生きて行くには、潜りの観光バスと言われる「白バス」に縋るほかはなかったのである……。

「居酒屋さちこ」を出た高島寿男は、氷雨降る中を傘も差さずに、王子駅の北口に向かった。ふらつく足取りで。

「電車に轢かれて死ぬ」ことで頭がいっぱいの彼は、切符も買わずに、精算係員のいる改札口を通ろうとして、「乗車券を買って、自動改札をご利用ください」と係員に注意されて引き返した。

改めて自動券売機の上に掲げてある「乗り換え・運賃案内」を見ても、自分の往く先は、無い。彼は、券売機に金を入れて、表示されたタッチパネルの「入場券」を指でタッチした。そして自動改札を通って、エスカレーターには乗らず、階段を上って、最上段に腰を下ろして蹲《うずくま》り、改めて橘社長からもらった日本記者クラブでの、「小島章伸副理事長の質問と鄧小平の答弁」を読み直す。

「一方的であろうがなかろうが、相手に〝尖閣問題棚上げ論〟の口実を与えてしまったのだから、睨み合いが已むことはないだろう。僕の見立てが違って、観光客が戻ってくるとしても、それは遠い先になる」

と言った橘社長の外連味《けれんみ》の無い言葉が重く伸し掛かる。

——間もなく一番線に、各駅停車大宮行きがまいります。

危ないですから黄色い線までおさがりください——

と、駅のアナウンスが告げる。彼はおもむろに立ち上がった。そして電車を待つ人も少なくなったホームに上がり、右によろよろ、左にふらふら、千鳥足で大きく蛇行しながら、ホーム

の中央に進む。その足取りは、「死ぬ」「いやだ」「死ぬ」「いやだ」と葛藤する、彼の本音のようでもある。再び、

――間もなく一番線に、各駅停車大宮行きがまいります。
危ないですから黄色い線までおさがりください――

というアナウンス。電車が入って来た。高島寿男がふらふらっとホームの右端に寄る。電車のヘッドライトが目に入る。けたたましい警笛が鳴る。その時、

「ちょっと待て！」

と、もう一人の高島寿男が呼び止める。その声はさらに続く。

「電車を止めると、遺族が賠償金を請求されるぞ！」

ギョッとして、高島は目から鱗が落ちた。保険金が賠償金になっては、家族は生きて行けない。彼が、懸命に踏みとどまろうとして、トトトトッと踏鞴《たたら》を踏む。そして、かろうじて踏みとどまった。

踏みとどまってはみたものの、彼の気持ちはいっそう重くなった。どう考えても、答えは一つしかない。そこへ行く手段を、考えに考え、考え抜いて見付けたはずなのに、それが間違っていたのだから無理もない。彼が頭を抱えて王子駅を出ると、氷雨はやんでいる。なんの考えも浮かばないまま、足が勝手に、先ほど飲んだ「居酒屋さちこ」に向かった。

「いらっしゃいませ。お独り様でいらっしゃいますか」

「そう、独り……」

鸚鵡返しに小声で答え、案内されて席に着いた。

焼き鳥をつまみながら、焼酎の水割りを三杯立て続けに飲んだ。それでも、神経が昂っているせいか、ちっとも酔わない。その脳味噌が、先ほどホームの端で踏みとどまったのは、「死んではいけない」という神の啓示だったのかも知れない、と思った。そうだ、自分は、そんな弱い人間ではないはずだ。生きよう。生きてさえいれば……。だが、しかしである。金は作れない。お義父さんお義母さんの終の棲家が、人手に渡ってしまう。それはできない。畢竟《ひっきょう》、岳父の家を担保に入れたことが自分の命取りになった、と地団駄を踏む。すると、無性に腹が立って、さらに飲む。そしたら、身体の方が限界に達して拒否反応を起こした。むかむかっと込み上げてきた吐き気に、急いでトイレに向かった。が、間に合わない。廊下にゲェゲェ吐き出してしまった。従業員がすっ飛んできて掃除してくれたので、「申し訳ない」と小声で言って、そっと五千円札を出した。バイトらしき青年は辞退したが、無理やり手に握らせた。

「居酒屋さちこ」を出た高島寿男は、またも足の赴くまま、王子駅北口の方へ歩を進めた。千鳥足でバスターミナルの横を通り過ぎ、北本通りを赤羽方面に向かう。日付の変わる時刻になっても、車の流れは少なくない。でも、さすがに通行人はまばらだ。ふいと、平成二十年に国賓として来日した胡錦濤国家主席が、講演で早稲田大学を訪れた際、余興で、福原愛選手らと卓球をやってスマッシュを決め、観ていた福田首相はじめ、学生たちから拍手喝采を浴びる場面のテレビ映像が脳裏に浮かんだ。

するると、あの友好ムードからいくらも経たないのに、何故？　どうして？　との思いが鎌首をもたげる。先ほどやんだ氷雨が、また降り出した。恨めし気に空を見上げると、瞼に家族の顔が浮かぶ。女房、息子、娘の顔が……。死ぬ、と決めた決意が鈍る。……そうだ、死んではいけない。生きよう。生きてさえいれば、と思いを新たにして王子駅に戻ろうと踵を返した時、高島寿男は足がもつれてふらふらっと車道に寄り過ぎ、歩道と車道を隔てるチェーンの柵が途切れているバス停の、少しばかり段差になっている縁石を踏みはずしてガクンとよろけた。転ぶまいとする本能が働き、足がトトトトッと車道に踏み出す。慌てて止まろうとするが、前のめりになっていて止まれない。折悪しく通りかかったトラックの荷台に当たって弾き飛ばされ、路面に叩きつけられた。異変に気付いた運転手が急停車し、高島寿男を抱き起こす。目撃した通行人も駆け寄って救護に努める。だが、頭から血を流していて手の施しようがない。119番と110番に通報した。

救急車はほどなく到着したけれども、その時すでに、高島寿男は息絶えていた。右手に例の「小島章伸副理事長の質問と、鄧小平の答弁」の記録を握りしめたまま。

かくして木の葉のような舟に乗って、浮世の荒波を漂ってきた高島寿男の命は、尖閣諸島に突如として出現した火柱と、荒れ狂う大波に呑まれて、この世から儚く消え去ったのである。新聞にこのような記事を残して。

北本通りで死亡事故

24日0時15分頃、東京・北区王子1丁目の国道122号線（北本通り）で、トラックに接触した男性が死亡する事故が発生した。警視庁王子署が身元の確認と、トラックの運転手と目撃者から事情を聴いて、事故の詳しい状況を調べている。

（第2回文芸思潮賞「佳作」受賞）

註1「尖閣諸島」＝我が国の領土である南西諸島の西端に位置し、魚釣島、北小島、南小島、久場島、大正島、沖の北岩、沖の南岩、飛瀬などからなる島々の総称。日本政府が日清戦争の前から調査して、どの国の支配も及んでいない無主地であることを確認し、国際法上の無主地先占の法理に基づいて、一八九五年一月十四日に、明治政府が閣議決定し、我が国の領土に編入したものであるから、歴史的にも国際法上も我が国固有の領土であり、且つ、現に我が国が実効支配している。しかし、一九七〇年代になって石油等天然資源の埋蔵が確認されると、中国と台湾が領有権を主張するようになり、トラブルが生じている。

註2「鄧小平記者会見の議事録」＝代表質問者は、日本記者クラブ副理事長小島章伸（日本経済新聞編集局長）。

小島　尖閣諸島の帰属について我々は、日本固有の領土である、と信じて疑わない、という立場にあるわけですが、トラブルが中国との間に生じて大変遺憾に思っているわけです。この点、副総理はどう考え、この問題についてどうお考えになるか。

鄧小平　尖閣諸島は、我々は釣魚島と言います。名前も呼び方も違っております。だから、確かにこの点について、双方に違った見方があります。日中国交正常化の際も、双方この問題に触れないことを約束しました。今回、日中平和友好条約を交渉した際もやはり同じく、この問題に触れないということで一致しました。中国人の知恵からして、こういう方法しか考え出せません。というのは、その問題に触れますと、それははっきり言えなくなってしまいます。そこで、確かに一部の者はこういう問題を借りて、中日両国の関係に水を差したがっております。ですから、両国政府が交渉する際、この問題を避けるということが良いと思います。こういう問題は、一時棚上げしてもかまわないと思います。10年棚上げしてもかまいません。

我々の、この世代の人間は知恵が足りません。この問題は話がまとまりません。次の世代は、きっと我々よりも賢くなるでしょう。その時は必ずや、お互いに皆が受け入れられる良い方法を見つけることができるでしょう。

註3「国際司法裁判所」＝国連の主要な常設機関の一つで、オランダのハーグに在り、国家間の紛争を裁判によって解決する。但し、強制管轄権が無いので「選択条項受託宣言（裁判を拒否しない）」を行っていない、中国、韓国、ロシアなどの場合は、相手の同意がなければ裁判は成立しない。

前科者の家族

一

残業で疲れた萱野裕史《かやのひろし》が、木枯らしに吹かれて枯れ葉が舞う中を、家路を急いで自宅を目の前にした時、門前から黒いワンボックスカーが走り去った。それを見送るようにして、家族が呆然と立ち尽くしている。そのただならぬ様子に胸騒ぎを覚えて、

「どうした、何かあったのか？」

そう訊ねると、

「今、お姉ちゃんが警察に連れていかれた」

と次女の文香《ふみか》が、震える声で答えた。

「……？……」

「会社の金を横領した容疑だって」

長男の文雄《ふみお》は冷静だ。妻の真由美《まゆみ》は何も言わない。

「横領……？　文恵《ふみえ》は否定しなかったのか？」

「それが、なんの言い訳も抵抗もしないで、警察に連れていかれたよ。まるで、この日がくることを予知していたように」

そう文雄から聞かされても父親の裕史は、あの娘《こ》は悪いことをするような娘ではない、きっと何かの間違いだ、絶対に間違いだ――そうとしか考えられないので、

「警察に行ってくる」

と言い残して大通りまで急ぎ、タクシーを拾ってM警察署に駆けつけた。

担当の四十がらみの、いかにも柔道で鍛えたような巨漢の警察官に名刺を出して、さらに運転免許証を見せ、自分の身元を明らかにして娘に会わせるように申し入れた。

しかし警察官は、

「お父さんでも、今は面会が制限されているから駄目だ」

と、にべもない。

「うちの娘が、罪を犯すはずがありません。きっと何かの間違いです。足利事件〈註1〉の菅家利和さんみたいに、やってないことを、やったと言わされてはたまりませんから」

そう言ってしまって、ハッとした。でも、口から出た言葉は元に戻せない。案の定、警察官が権柄面《けんぺいづら》になって、ジロッと萱野を睨みつけて返事をしない。

「済みません、言い過ぎました。取り消します。ですから、本人に会わせて下さい」

「…………」

「娘の口から直に聞かないと、親として納得できないのです」

「………」

「何とかお願いします。助けて下さい」

萱野裕史が懸命に食い下がると、警察官がようやく口を開いて、

「そんなに警察が信用できないのなら、当番弁護士に相談するんだな」

と忌々《いまいま》しげに吐き捨てて、「当番弁護士」という制度があることと、その電話番号を教えてくれた。

携帯ですぐに電話を入れると、「Y弁護士会」は夜間の留守電になっていて、「用件を話して、明日の九時以降にまた電話して下さい」との音声が流れた。致し方ないので、焦る心を抑えて留守電の音声に従った。

——娘が警察に逮捕された。

面会もできない。父親の自分はどうすれば良いのか……。途方に暮れた裕史は、とまれかくまれ、「Y弁護士会」が業務を開始する明日の九時を待つしかない、と腹を決めた。一方、真実は必ず明らかになる、文恵はそれまでの辛抱だ——そう何度も自分に言い聞かせて、帰宅のためにタクシーを拾った。

しばらく走ると、携帯が鳴った。

「お父さん」

「うん。文雄か、どうした?」

「お母さんが……お母さんが倒れちゃったよ」

「えっ！」

　ドキン、と心臓が大きな音を立ててドキドキドキドキと早鐘を打ち始めた。

　還暦を過ぎた妻の真由美は高血圧症で、常に降圧剤を服用している。けれども、日常生活に支障をきたすほどのものではない。それが、自分の娘が逮捕されたショックで、倒れるほど血圧が上がったのかも知れない。

「お父さん！　お父さん！　聞いてる？」

「ああ、聞いている。それで、お母さんどんな具合だ？　救急車は呼んだのか？」

「うん。げえげえ吐いて蹲《うずくま》って動けないから、１１９番に通報したよ」

「救急車は来たのか？　まだ来ないのか？」

「来たよ。来たけど……引き受けてくれる病院がないから、今、方々に電話して探している。決まったらまた電話するよ」

「お母さん、意識はあるのか？」

「救急救命士さんが診ているけど……分からないよ」

　急激な血圧の上昇は、脳出血や脳梗塞などを発症させないだろうか？　裕史は気が気でない。

　いったん切った電話が、また掛かってきた。

　自分の血圧も上がってきたようで、頭がくらくらしてきた。

「病院が決まったよ。Ｙ市のＭ病院だって。僕と文香が付いて行くよ」

「分かった。お父さんもそっちに行く」

自宅に向かっていたタクシーの行く先を、急遽ＪＲ線Ｋ駅の近くに在る大きなＭ病院に変更した。

病院に着くと、文雄と文香が急患用の診察室の前の椅子に心配顔で座っていた。文恵の逮捕に続いて母親が倒れるという事態に動転したのか、裕史が、

「お母さん、どうだ？」

と訊いても、

「分からない」

と答えたきり、口をきかない。

じっと待っていると看護師が出て来て、

「先生から説明がありますので、中に入って下さい」

と、医者の指示を伝えた。

中に入ると、真由美はすでに酸素マスクと点滴を付けられて、ストレッチャーに乗せられている。

若い医師から、

「今は応急処置で落ち着きました。しかし、ＭＲＩなどの精密検査が必要です。検査のために一週間入院してもらいましょう」

そう告げられ、そのまま真由美は個室に入院することになった。

家族三人は、真由美に付き添ってまんじりともせず、病室で一夜を明かした。

朝のニュースが気になって裕史がテレビをつけると、自宅が映し出され、「インターホンを押しても、応答がありません！」と、テレビ記者の昂った声が流れた。

その声は、こう続いた。

「多額の会社の金を着服した疑いで逮捕された、萱野容疑者の自宅前から中継でお伝えしております」と。

急いでテレビを消して真由美の顔を見ると、小さな寝息を立てている。ほっとした。

「家には帰れないな」

「会社にも行けない」

「そうよ、行けないわよ」

「でも、嗅ぎつけたのは、Nテレビだけかも知れない」

「どうだか……」

「……九時になったら当番弁護士に電話する。それから考えよう」

家族の一人が突然警察に連行されて、うろたえるばかりの裕史にとって、頼みの綱は、当番弁護士という制度のみであった。

九時になって「Y弁護士会」に電話を掛けると、自分の電話番号と文恵の氏名と生年月日、それに逮捕された場所と留置されている警察署などを訊かれ、「当番弁護士」が接見してくれることになった。

首を長くして待っていた萱野裕史に、「当番弁護士」に決まった本多誠弁護士から、文恵に接見してきたと連絡があったのはその日の夕方である。萱野は急いで結果を聞きに行った。冷たい雨の降る中を、間違いであることを心の底から願いつつ。

本多弁護士の法律事務所は、Y地方裁判所に近い、いくつも法律事務所が入っていて通称「弁護士ビル」と言われるビルの一室に在った。『六法全書』や『判例時報』など、法律関係の書籍がびっしり並んだ書架を背にして座った本多弁護士は、検事を定年退官して弁護士になったそうで、俗に「ヤメ検」と言われている、などと、依頼者の緊張をほぐすかのような言い方で、自分の経歴を紹介した。そして、接見の時のことをこう切り出した。

「まず、警察の取り調べには黙秘権があることと、弁護士には守秘義務があるから安心して話して下さい、と告げてから事情を訊くと、文恵さんは、『男に唆《そそのか》されて、会社の金に手を出してしまった。男の名前も、何もかも、包み隠さず警察に話すつもりです』と打ち明けました。ですから、男は逃げ切れないでしょう」

そう聞かされても、入社して十三年間、三十五歳の今日まで真面目にやってきた娘が、と思うと、父親の彼は信じきれない。

「何かの間違い、ということはないのでしょうか？」

「お気持ちは解りますが、ご本人が素直に犯行を認めていましたから」

「でも、でも、まさか家《うち》の娘が……会社の金に手を付けるとは思えません。無理やり認めさせられた。そんな気がしますけど」

「会社に急な合併話が持ち上がって、臨時の社内監査があって発覚したそうです」

「………」

「事件は否定できない事実のようですね。それで、こうした本人が罪を認めている事案は取り調べが早く、すぐに起訴されます。裁判が始まれば、弁護人が必要になります。当番弁護士の自分が無料で接見するのは一回だけなので、どなたか弁護人を決めなければなりません。国が費用を負担する国選弁護人に任せることもできますが、やはり、信頼できる弁護士を弁護人に立てた方が何かと有利でしょう。事実関係を争う『否認事件』は、証拠調べなどで公判が何度も開かれて裁判が長引くので弁護士費用も嵩みますが、本件のような『自白事件』は、裁判が短期間で終わりますから、それほど費用はかからないはずです。要するに、その短い審理の中で、いかに『情状』を訴えて刑を軽くするか、そこが肝心です。そうしたことも考慮されて、どの弁護士を選ぶか、私も候補の一人として、ご家族と相談して下さい。なお、念のために申し上げておきますが、業務上横領罪の最高刑は、懲役十年です」

そう言われても萱野は、これまで裁判は疎《おろ》か、弁護士とも法律とも全く無縁だったので、どうすれば良いのか、全く見当がつかない。で、改めて中肉中背の本多弁護士の顔を見ると、元検事だったと自己紹介した割には、険が無い。むしろ垂れ目で、眉も八の字で、話し方も外連《けれん》味《み》の無い老境の穏やかな口調だ。それが、練達と信頼感を醸し出している。ほかに何ひとつ伝《つ》手《て》も知識も無い萱野裕史は、一も二もなく、本多弁護士に一切合切を任せることにした。家族に相談なしの、独断で。

本多弁護士の事務所を辞して、文雄と文香が待っているビジネスホテルに帰った。そこは、家に帰ればマスコミの目が光っているに違いなく、少しでも姿を見せればインタビューと称してマイクを突き付けられ、「ご家族の今のお気持ちは？」なんて訊かれる姿をテレビに映されるかも知れないので、取り敢えず仮の宿にしたホテルだ。裕史たちは、真由美の検査結果が判るまで、このビジネスホテルに泊まることにしたのである。

「真由美には、良い弁護士を紹介してもらったから、文恵のことは心配ない」

と、説明するように口裏を合わせて。

ビジネスホテルと病院を往き来していた一週間はあっという間に過ぎて、不幸中の幸いとでもいうべきか、担当医から、

「精密検査の結果、奥さんの血圧上昇は一過性もので、降圧剤の服用を続ければ心配ありません」

と診断の結果が告げられ、真由美が退院する日が来た。

しかし真由美は、

「マスコミやご近所の目が光っていて、針の筵《むしろ》に座るような家に帰れる訳ないでしょう」

と言って、帰宅を強く拒んだ。

その気持ちは、温度差はあっても家族はみな同じで、引き続きビジネスホテルに泊まって様子を見ることにした。お金はキャッシュカードで引き出せるので何とかなる。当面必要な物は、

裕史が夜中に戻って、こっそり持ってくることにした。

様子見のつもりで始めたホテル暮らしだったが、日が経つにつれて、かえってご近所の目が気になり、もうK市では暮らせない、と思うようになった。そして、犯罪者の家族が平穏に暮らせる場所は在るのだろうかとの思いがさらに強くなり、できるだけ人目に付かない所に家を借りて引っ越すことにした。

起訴されてから半年近く経って、ようやく文恵の裁判が始まることになった。

当初は三か月くらいで始まる見込みだったが、文恵を唆《そそのか》した男が逮捕されても、「自分は知らない」と白《しら》を切ったので、文恵の単独犯行の可能性もあると疑われたからだ。だが、そんな卑劣な男も、検事の厳しい取り調べで隠しきれずに白状し、事件の構図が「文恵の自供どおりである」と断定されるまで時間を要し、三か月も延びたのである。

事前の打ち合わせが行われ、本多弁護士の説明によると、「業務上横領罪は、被害金の弁済によって量刑に大きな違いが出る。全額弁済して示談が成立すれば、初犯でもあることだし、執行猶予が期待できる。金額的にそれが無理なら、ご家族が二千万円でも一千万円でも弁済して誠意を示せば、裁判官の心証も良くなって温情ある判決が見込まれる」とのことであった。

一千万円なら蓄えで何とかなる――と思った。しかし裕史は、そのことを妻の真由美に話せなかった。マスコミの目が気になり、親戚にもご近所にも合わせる顔がなくなって、夜逃げ同然にして引っ越したので、それらの費用が嵩んだばかりか、逆に収入は、彼の定年延長の話が取り消されて無くなった。そして年金生活になり、足りない分は僅かばかりの退職金を取り崩して、細々と暮らして行く他はなくなった。剰《あまつさ》え売りに出した門構えの自宅は、売り急ぐ足元を見られて買い叩かれ、通常の相場では買い手が付かず、それでも背に腹は代えられず、相手の言い値で売るしかなかった。糅《か》てて加えて、七十歳までの多額のローンが残っていたので、金は手元にいくらも残らなかった。そんなこんなで、真由美に「弁済金」の話をしたなら、彼女は目を剝いて、「私たちのこれからの暮らしをどうするのよ！」と言って血圧が上がり、また入院騒ぎになるに違いない。それらの諸々の事情があるので、文恵の裁判のことを考えると胸が締め付けられるのだが、どうしても裕史の口から「一千万円」のことは言い出せなかったのである。

文雄と文香も会社を辞めてしまった。家族が犯した罪で、自分が辞めなければならない理由はどこにも無い。と、気を取り直して出社してはみたものの、口さがない同僚の「大変ですねえ」などという言葉の裏の、好奇の眼差しに耐えられなかったのだろう。このように萱野家の子らは「自分がやったことではない」と、開き直る図太い神経を持っていなかったのだ。

Y地方裁判所で文恵の裁判が始まったのは、こうした状況の下であった。

公判の初日、萱野裕史は独りで傍聴に行った。大通りに面した正面玄関と、石造りの車寄せを残して建て替えられた裁判所には、得も言われぬ空気が漂っている。マスコミらしき姿は無い。彼らの目は、無差別殺人や、徘徊を繰り返す認知症の親に手を焼いた息子が暴力を振るって死なせてしまったなどなど、次々に起こる重大な事件に注がれていて、文恵の事件は忘れられた格好になっている。それがせめてもの救いであった。

法廷の傍聴人席に座ると、いつもは何気なく見ていたテレビドラマのシーンが、実物となって目の前に開けた。

手錠を掛けられて腰縄を打たれ、刑務官に連れられて来た文恵を見て、裕史はドキッとした。まるで別人のように窶《やつ》れている。弁護人席の前に在る被告人席に座らせられた文恵は、俯いたまま顔を上げようとしない。

黒い法服を纏った裁判官が三人入廷して全員起立し、開廷を宣言して公判が始まった。人定《じんてい》質問、起訴状朗読、黙秘権の告知、被告人・弁護人の陳述と、刑事訴訟法に則って淡々と進められ、犯罪の事実と検察が提出した証拠にも、被告人・弁護人が同意してスムーズに進行した。

ただ、情状酌量の余地については、見るからに検事に成り立てのような若い検察官が起訴状朗読で、別人と見紛うほど尾羽打ち枯らして被告人席で小さくなって顔も上げられない文恵を、

「いかに男に騙されたとはいえ、会社の信頼を裏切り、横領した金も巨額であり、且つ、社会に与えた影響も甚大で、その責任は重大である」

と、容赦なく糾弾した。

この糾弾に対して、被告人・弁護人の陳述で、文恵の陳述一切を任された本多弁護士が、

「被告人は生来、生真面目な性格で、犯罪に手を染めるようなことはなかった。今回はたまたま、狡知に長けた性悪な男に唆《そそのか》されたがための出来心である。また、人間にとって、金は、猫の前に置いた鰹節のような物で、自制心だけでは抑えきれないことがある。魔が差すことが

あるということだ。故に会社は、一人の係に任せっきりにせず、複数の上司による厳しいチェック体制を整えなければならない。にも拘らず、本件の会社は、肝心のチェックをなおざりにしていた。因《よ》って、本件において真に裁かれるべきは、着服を誘発させた会社の杜撰《ずさん》な管理責任であり、罰せられるべきは、情を通じて女心の弱みに付け入った、卑劣な男である。さらに付言すれば、被告人は何事も包み隠さず、取り調べ当初より一切合切を自白している。この事実は、被告人の反省の色が極めて濃厚であることの証左である」

と、堂々たる論陣を張って、文恵を弁護してくれた。

文恵は罪を認めている。事実関係に不同意がない。かくして第一回目の公判は終わり、一か月後に第二回公判が行われることになった。そこで検察の「論告求刑」が行われ、被告人・弁護人が「最終陳述」を行って結審し、二か月後の三回目に判決が言い渡されることになった。

二回目の公判が近づいた或る日、打ち合わせがあると言われて、萱野は本多弁護士の事務所にお邪魔した。そして、打ち合わせはこのように行われた。

「情状酌量の必要性を裁判官の胸に届けるには、お父上に『情状証人』として証言してもらうのが、最も効果があります」

「えっ、私が、ですか？」

「そうです。お父さんです」

「でも、どのようなことを話せば良いのか、見当がつきませんけど……」

「それはですね、文恵さんの『人となり』や、『日ごろの生活態度』など、文恵さんの『良い面』を証言して欲しいのです」

「その程度のことなら、私でもできそうな気がしますね」

「ただ、中には底意地の悪い検察官がいて、反対尋問で返事ができないような質問をして、証人を困らせることもありますが……」

「先生、そこですよ、問題は。私は歳のせいで頭の回転が鈍くなっていますから、心にも無いことを口走ったり、肝心なことを言いそびれて、後から地団駄を踏むことがしょっちゅうあるのです。まして法廷ですから、カチカチに緊張するでしょうし、それが『証拠になる』と思うとなおさらです」

「その時は何を聴かれても、『最善を尽くします』の一点張りで結構ですよ」

本多弁護士にそう言われて、父親の萱野裕史が証言台に立つことになった。

しかしながら証言台に立った彼は、結局のところ、

「文恵は家族思いの娘で、私が熱を出して寝込んだ時は、寝ずの看病をしてくれました。また、父の日と母の日には必ず、そして、兄妹の誕生日にもお祝いのプレゼントをする心の優しい娘です。なのに……私が悪いのです。娘が会社の金に手を出すほど苦しんでいることに、全く気付いてやれなかったのですから。大いに反省しております。ですから、これからは、娘を私の手元に返して頂ければ、身元引受人として、必ず更生させることを誓いますので、どうか、どうか、寛大なるお裁きをして下さいますよう、何とぞ、何とぞ、伏してお願い申し上げる次第

であります」

などと、ありきたりのことしか言えなかったのである。

萱野の一世一代の弁舌も、検察官は聞いているのかいないのか、底意地の悪い質問こそなかったものの、眉ひとつ動かさないで、

――因って被告人萱野文恵を、
業務上横領罪で懲役四年の実刑に処するを相当と思われます――

と、容赦のない論告求刑を行った。

対する本多弁護人は、最終陳述で、

「責任の大半は男に在る。過去の巨額横領事件においても、男には厳罰が科せられ、女には情状を斟酌した量刑が判例となっている。また、民事上の損害賠償でも、男約七、女約三の割合で弁済するケースが多く見られる。本件においても、民事上の賠償金は、会社が監督責任を認めて二千万円の請求権を放棄し、男が二千万円、被告人萱野文恵は一千万円を弁済することで、ほぼ示談が成立していることを付言する」

と、示談の成立が近いことを述べて、執行猶予付きの判決を求めたのである。

ところが、である。一か月後に言い渡された判決は厳しいものだった。

――被告人を懲役二年六月《ろくげつ》に処する――

実刑だった。執行猶予は付かなかったのである。やはり、示談が完全に成立しなかったのが影響したようだ。裁判官は、感情を殺す訓練でもしているのか、黒い法服を纏った裁判長が表

情を変えずに淡々と読み上げた判決理由は、裕史の耳には入らなかった。ただ、不服があれば十四日以内に高等裁判所に控訴できる、という言葉だけが、氷雨に打たれたような心境の、萱野裕史の頭に残った。

二週間はあっという間だ。手遅れにならないように、裕史も本多弁護士も拘置所に通って控訴することを懸命に勧めたのだが、文恵は、「これ以上家族に迷惑は掛けられない」と言い張って控訴を頑なに拒否した。そして実刑が確定し、栃木刑務所で服役することになったのである。

萱野裕史には、古くからの持論があった。それは、人間が人間たる所以《ゆえん》は、人間のみが享有する「自死」という究極の選択肢を持っていることだ。なのに、刑罰を受ける者は、その究極の選択肢さえもままならなくなる、という考えだ。

そうした特殊な世界で、あの神経質な娘が二年（未決拘留六か月が刑期に算入）もの間、どのような日々を送るのか。それが気掛かりで不眠症になった裕史は、爾後《じご》、女子刑務所に関する報道やテレビドラマに目を光らせ、関連する書籍を読みあさって、娘の生活の実態を知ろうと努めた。そして、受刑者に懲罰として科せられる日々の刑務作業などは序の口で、真の懲罰は、有無を言わさず受刑者を屈服させるための規則、規則の「規則漬け」ではないのか？　と想像した。しかし、想像はあくまでも想像で、実態は判らない。ただ言えることは、一癖も二癖もある人たちと枕を並べて寝るのだから、寝返り一つ打つにも神経をすり減らす。それだけは間違いなさそうだ。

二

刑務所の過酷な生活に二年も耐えた娘が、刑期を満了して出所する。「前科者」と刻まれた十字架を背負って……。父親の自分は温かく迎え入れてやりたい。でも、家族は納得してくれるだろうか？　文恵が起こした事件の巻き添えを食って、家族はみんな、多大な迷惑を被っている。文雄と文香は、正社員の職を失って派遣社員になり、妻の真由美は、華道の師匠という立場を失っているのだから。

文恵の出所は満期出所なので、家族はその日を知っている。なのに、誰も口にしない。避けているのだ。それでぐずぐずしているうちに、刑務所から文恵の刑期満了と出所に関する事前連絡が届いた。それでいよいよ切羽詰まって、「自分が言うしかない」と腹を決めた裕史が、夕食を終わるのを待って、こう切り出した。

「ふ、文恵が、刑務所を出て帰ってくる」

瞬時に空気が重く沈んだ。

短い沈黙があって、母親の真由美が冷たい眼をして言った。

「でも、家に入れることはできませんよ。私たちは散々な目に遭っているのですから」

「そうはいかないだろう、家族なのだから」

「家族だから困るのよ、『前科者』が家にいては！」

「もう、罪は償ったのだよ」

「罪を償っても、前科は消えませんからね」

「前科だって、やがては消え……」

「真っ白にはならないわよ。それに、一千万円の賠償問題だってあるのよ」

「そ、それは……、文恵が働いて少しずつ返すことになっている」

「前科者を雇ってくれるような、物好きな会社があるわけないでしょう〈註2〉」

「そこは事情をよく説明して……」

「無理なものは無理よ！　この際だから、文恵にはっきり言いましょう。萱野の戸籍から抜けて、縁を切って独立するようにって！」

裕史の言葉を遮り、女検事のような険しい顔をして、真由美がきっぱりと言った。その時、ふと、文恵が控訴しなかったのは、母親のこうした気性が怖くて、帰宅を躊躇《ためら》ったからかも知れないとの思いが彼の脳裏をよぎった。一方、真由美の気持ちも、無理もないことだ、とも思った。


文化人が多く住むK市で、真由美は長年華道の師匠をしていて、大勢のお弟子さんがいた。そのお弟子さんやご近所の皆さんから、先生、先生と呼ばれて一目も二目も置かれていたのである。それが、文恵の事件で皆さんに合わせる顔がなくなり、逃げ出したくなったのも無理からぬことで、我が家がK市から転居した最大の要因は、真由美の強い主張だった、と言っても過言ではない。

転居はしたものの、浮世の風は冷たく、人の口に戸は立てられず、どこからどう伝わるのか、噂に追われ、好奇の眼差しに耐えられず、三度も転居して、マンション嫌いの真由美が、ここY市のマンションでひっそり暮らす羽目になってしまった。

で、真由美は、現在のマンション暮らしを、

「マンションとは『邸宅』という意味だ、なんて体裁のいいことを言っているけど、K市の家に比べたら、ここは『ウサギ小屋』どころか、『ハチの巣』よ」

と言って、不遇をかこっている。

それもこれも本を正せば、有名大学を出してやり、まあまあの企業に勤めた自慢の娘が、狡知に長けた男に誑《たぶら》かされて、貯金を下ろして貢ぎ込んだ挙句、貯金が底をつくと、文恵が経理担当であることを知った男に唆《そそのか》されて会社の金に手を出してしまい、後は男の手練手管に操られて、ずるずると五千万円もの大金を横領し、その金を全て男に巻き上げられるという破廉恥なことをやったからで、真由美は、自分の娘でも許すことができないでいる。文恵が刑務所から真摯に詫びる手紙を何度書いても、真由美は返事どころか、開封さえもしなかった……。

しかしながら、そう言っておれないのが血を分けた親子なのだ。

「お前の気持ちも解るけど……」

「だったら、文恵とは縁を切って下さい」

「でもね、文恵だって家族のことを思えばこそ、辛い日々を我慢して、早めに出られる『仮釈

放』の申請もしないで、刑期が満了するまで辛抱していたのだよ」

「まだそんなことを言うの！　大体、あなたが甘やかしたからこんなことになったのよ」

「だけどお前、行く所が無いのだから、家族が受け入れてやるしかないだろ！」

裕史も感情的になって、つい強い口調になった。

「……お姉ちゃん、可哀そう……」

歳の離れた妹の文香が、瓜実顔《うりざねがお》の眉間に皺を寄せてぼそっと呟く。

「何が可哀そうよ。身から出た錆《さび》じゃないの」

「でも……」

「でも、じゃないわよ。文香ちゃんだって、彼氏に振られたじゃないの」

文香は、文部科学省の職員と結婚を前提に付き合っていたのだが、文恵が事件を起こすと彼はさっさと逃げてしまった。家族に前科者がいると、公務員は出世に障りが出るからだ。

「いいのよ、あの人の本性が分かったから。私は、私が本当に困ったときに、肩を貸してくれる人と結婚するから」

歳が離れているせいか、文恵はことのほか妹を可愛がり、妹は姉を慕っていた。

「お前は若いからいいだろうけど、僕のことも考えてくれよ、なっ！」

顔を強張らせて、兄の文雄が文香を睨みつける。彼はワケありで結婚は諦めていたのだが、たまたま縁があって婚約したばかりなのだ。

母からも兄からも強く言われて、言い合いが苦手な文香は暫く俯いていたが、何も言わずに自分の部屋に引き上げてしまった。文香は、自分を可愛がってくれた姉を助けたい。なのに、上手く言えない。それがもどかしいようだ。

沈黙が続き、リビングの掛け時計に目をやると、夜の十一時を過ぎている。

妻と息子は真っ向から反対している。父親として何とかしたい裕史は、味方の文香を部屋に迎えに行った。文香は泣きはらした目を上げて、家族が受け入れなかった場合、刑期が満了した姉はどうなるのか？　それが心配でネットを駆使して調べたと言って、結果をこう語った。

「ねぇお父さん。お姉ちゃんは満期出所でしょう。だから、『更生保護施設』に入るのが難しいそうよ。行く所がないのよ。お母さんもお兄ちゃんも、ひどいわよ」

確かに、仮釈放の場合と違って、刑期を満了した受刑者は、行く先の有る無しに拘わらず刑務所を出される。で、そうした行き場のない出所者を支援して社会復帰させるために「更生保護施設」などが在るのだが、収容人員に限りがあるので、「仮釈放者」の受け入れが優先される。「仮釈放」は、身元引受人がいることが条件になっているからだ。斯様な次第で、施設が満員になれば、「満期出所者」は浮世の荒波に放り出されてしまうのである。刑務作業で得た僅かな「報奨金」を渡されただけで。それでは出所者がまた罪を犯してしまうので、「更生保護施設」の充実を求める声が強いのだが、遅々として進まないのが実情だ。

「それはお父さんも解っている。だからお前も出てきて、二人でお母さんとお兄ちゃんを説得しよう。ね、そうしようよ」

文香が頷いて、二人はリビングに戻った。

文香の協力に力を得た裕史が、話を戻した。

「文恵だって懲り懲りしたはずだ。二度と男には騙されない。更生するに決まっている」

「そうよ。でも、それには家族の支えが必要なのよ。私たちは家族なのだから、お姉ちゃんを温かく迎えてあげてよ。お願いだから」

姉を思う一途な気持ちが文香を強くした。これまでになかった文香の強い口調に驚いて、いっとき他の者は口を閉ざした。

文雄が沈黙を破った。

「お前は若いからそれでいいだろうけど、文恵が帰ってきたら、僕に『前科者』の妹がいることが判ってしまう。婚約を解消されたら、僕の人生はどうなる」

「…………」

文香は返す言葉が無い。でも、帰る家がなかったら、姉はホームレスになるか、また悪いことをして刑務所に戻るしかない――そんな思いと、兄の言葉が胸中で葛藤しているようだ。その文雄だって、できれば文恵を家に入れてやりたいに違いない。けれども、彼は今、一生を左右する岐路に立っている。

イケメンとはほど遠く、真面目だけが取り柄の文雄だが、若い時には人並みに恋をした。なのに、その恋が失恋の連続で深傷《ふかで》を負い、それで恋愛恐怖症になり、もう恋はしないと誓って実践躬行《じっせんきゅうこう》していた。ところが縁は異なもので、四十歳の大台を目の前にして、救いの女神が現れた。そして婚約した。しかしながら、その際、文恵のことを言いそびれてしまった。だから、「前科者」の妹がいると判れば、婚約は解消される、破談になる――そう思っている文雄は、文恵が家に帰って来ては困るのだ……。

母親の真由美は、文雄にとってはこの縁談がラストチャンス、息子のためにも「前科者」の文恵とは縁を切りたい。そこで、

「あなたは、真面目にやっている文雄と、家族を苦しめた文恵と、どっちが大事なのよ」

と言って、裕史に詰め寄る。

「そ、そんなことは言うまでもない。親ならどちらも大事だよ。だけど、迷える一匹の子羊の例えもあるだろう。今は取り敢えず……」

「私は反対ですよ。絶対に嫌ですからね！」

「でも、一旦は家で引き取るしかない……」

「いい加減にして！」

こめかみをピクピクさせた真由美が、ぴしゃりと言った。そして、こう決意を告げた。

「あなたがどうしても文恵を家に入れると言うなら、私は離婚します」

そう切り札を突き付けられては、裕史が引かなければ事は収まらない。また血圧が上がって倒れられては、彼女の身体に障る。彼は反駁するのをやめて湯飲みに冷や酒を注ぎ、一気にあおった。

前後不覚に酔い潰れたかったが、飲めば飲むほど、逆に神経が冴える。掛け時計の針は、真夜中の一時半を指している。いたたまれなくなって寝床に入り、布団をかぶってはみたものの、

眠れるわけがない。輾転反側《てんてんはんそく》を続けて朝を迎えた。

家族を取り纏めることができず、自分の夫婦関係まで怪しくなった裕史は、本多弁護士の力も借りて、「更生保護施設」など、文恵を受け入れてくれる施設を探したのだが、施設からは、

「身寄りのないお年寄りなど、もっと行き場に困っている人が沢山いるのです。そうした人たちさえも断るほど、今、施設は余裕がないのです。あなた様のところは、立派なご家庭がおありなのですから、ご家族で力を合わせて、娘さんを更生させてやって下さい」

と釘を刺されて、断念せざるを得なかった。

家族からも、施設からも、文恵は受け入れを拒否されて行き場が無い。裕史はこのような場合、世間様ではどうしているのだろうと思い、本多弁護士に率直に訊いてみた。すると、

「家族だからといって、出所者を受け入れなければならない義務は法的にはありませんが、国は暗黙のうちに、肉親が受け入れてくれることを期待していますね。でも、前科者を見る世間の目は厳しいし、ご家族だってそれぞれに事情があるわけですから、誰も無理にとは言えないので、飽くまでもご家族次第、というのが実状ですね」

と教えられて、頭を抱えてしまった。

その二進《にっち》も三進《さっち》も行かなくなった裕史の脳裏を、ふとよぎるものがあった。それは、かつてテレビが報じた、家族の一人が罪を犯して、ある日突然「犯罪加害者の家族」になって困惑する人たちのことである。

「先生、犯罪被害者の家族には、救済の制度もできたようですね。それに加害者の家族の方に

も、『NPO法人・ワールドオープンハート』と称する組織ができて、いくらか目を向けられるようなったらしいですが、私らでも相談に乗ってもらえるのでしょうか？」

「それはですね、殺人や性的暴行など、他人様に身内の者が危害を加えた場合のことで、本件のような、家族が『業務上横領罪』に問われた事件とは、次元の違う話ですよ」

そう言われて、（白い目で見られる点では同じでしょう）と言いたいのをぐっと呑み込んで、本多弁護士と別れて帰宅した。

で、畢竟《ひっきょう》、自分が何とかする他はない——と、裕史は腹を括った。とは言っても、真由美を説得できる当ては毫も無い。万策尽きた彼は、一縷の望みを託して、自分たちの仲人をしてくれた会津の叔父さん「萱野裕次郎」を訪ねることにした。


萱野裕史が独りで会津若松駅に降り立つと、駅前に在る白虎隊の立像が、近頃多くなったゲリラ豪雨に打たれている。叔父さんの家に行くには、バスで三十分近くかかる。時刻表を調べると、次のバスは二時間後。バスを降りてからも徒歩で約十五分、その間を歩いたらずぶ濡れになってしまう。タクシー乗り場の行列に並んだ。

裕史の乗ったタクシーは市街地を通り抜け、戊辰・会津戦争の際に、鶴ヶ城に砲弾を撃ち込んで城内を阿鼻叫喚の地獄にしたアームストロング砲を新政府軍が押し上げて発射したことで知られる「小田山《おだやま》」の近くに在る叔父さんの家に向かった。

その家はかなり古くなっているけれど、山茶花の生け垣に囲まれた、入母屋造り、瓦葺き、軒反《のきぞ》り屋根の立派な家だ。叔父さんは会津若松市で長年、地元密着のミニコミ誌を発行していたのだが、連れ合いを亡くしたのを潮に、後進に道を譲って引退した。それ以来、独りで暮らしている。

裕史が叔父さんの家に着くと、

「おお、土砂降りの中よく来た。さあ上がれ」

と言って歓迎してくれた。

若い時は、元プロボクサー・ガッツ石松を思わせる偉丈夫だった叔父さんも、歳には勝てず、叔母さんに先立たれたことと相俟《あいま》って、めっきり老けたように見える。

彼はまず、叔父さんに、

「これ、つまらない物ですけど」

と言って手土産のシュウマイを差し出し、叔母さんの三回忌以来のご無沙汰を詫びた。

「これは丁寧に、有り難う」

そう言って土産を受け取った叔父さんから、「みんな変わりないか」と訊かれた。

訪問の目的を知らせていなかった裕史が、「ええ……」と言葉を濁して、「まず、叔母さんに線香を上げさせて下さい」と断って仏間に行き、仏壇に手を合わせた。

それから叔父さんの待つ居間に戻って、長女の文恵が刑期を満了して刑務所から出てくることを報告した。

「そうか、それは良かった。おめでとう」

叔父さんは、心から喜んでくれた。その屈託のない笑顔を見ると、裕史は本当のことを言い出せない。もじもじしていると、

「どうした？　裕史、お前嬉しくないのか」

と、怪訝な顔をする。

「それが、そのうー」

裕史が口籠もりながら、「前科者」と烙印を捺《お》された文恵を、家に入れるか入れないかで意見が割れて、妻の真由美が離婚まで口にするので困ってしまい、それで叔父さんに相談に来ました――と、用向きを掻い摘んで話すと、渋い顔で聞いていた叔父さんが、こう苦言を呈した。

「琴瑟相和《きんしつあいわ》したお前たちらしくもない」

「申し訳ありません」

裕史が居住まいを正して、深々と頭を下げる。叔父さんが言う。

「前科者と言ったって、文恵ちゃんはきちんと罪を償ったのだろう？」

「ええ、そのことは、真由美にも口を酸っぱくして言い聞かせたのですが……」

「訊く耳が無いのか？」

「そうなんです。まるっきり訊く耳が無いんです」

「困ったもんだ」

「ほとほと困りました」

「出所者の再犯率が高いのも、当然だな。身内にも社会にも受け皿が無いのだから。俺が小耳

にした『刑務所は、入る不安と同じくらいに出る不安がある』という話は、正鵠を得たものかも知れないな」

「…………」

「文雄君と文香ちゃんはどうなんだ？」

「実は……」と言って、裕史が、家での家族のやりとりをありのままに話すと、

「犯罪者の家族は白い目で見られるから、お前たちも大変だな」

と叔父さんは、親身になって案じてくれる。

「叔父さんにも迷惑を掛けます」

「噂も此処までは届かないよ。心配するな」

「真由美さえ説得できれば、文雄と婚約者は、何としても私が納得させたい、と思っているのですが」

「文雄君はいくつになった？」

「もうすぐ四十の大台です」

「うむ……」と叔父さんが唸って、天井を仰ぐようにして目を閉じる。

暫く思索に耽っていた裕次郎叔父さんが、ふと笑みをこぼすと、

「文恵ちゃんは書くのが好きで、むかし小説を書いて、コンクールで入賞したことがあったな。お前も覚えているだろう？」

と、文恵が学生のころ、出版社が行った一般公募の文芸コンクールで、優秀賞を受賞した時

のことを懐かしそうに語る。

「ええ、三十万円の賞金も貰いました」

努めて明るく答えたが、胸にグサッと来た。文恵が事件を起こして以来、あの時、文恵の才能を認めて伸ばしてやれば良かったものを、と毎日、懊悩煩悶していたからだ。かつて、こんな経緯があって……。


清作少年（後の野口英世）が、「手ん棒、手ん棒」と心無い子供らから囃し立てられる辛さを、一枚の綴り方（作文）に吐露した。それに目を留めた小林栄先生が、いじめっ子らを集めて「いじめられる身になってみなさい」と言って聞かせると、いじめっ子らが一転、心を改め、清作少年の、火傷で棒のようになった手を手術するために必要な費用を、皆でカンパしたエピソードを知り、また、母シカが我が子に会いたい一心から書いた手紙に胸を熱くして、裕史が文章の持つ力に目覚め、触発されて、文章を書くことが好きになり、子供に文雄、文恵、文香、と名前を付けるほど夢中になって、さらにその気持ちは、作家になることを夢見るほど膨らんだことがあったのだ。なのに、自分が力不足で挫折したことに気付かないで、文恵も無理だと決め付けてしまい、文恵には手堅い道をと願って、普通の企業への就職を勧めた。それが裏目に出て、文恵の人生を狂わせる結果になってしまった。それで裕史は、悔悟の念に苛まれて、苦悩の日々を送っている……。

そんな裕史をじっと見ていた叔父さんが、思案顔になって、

「車の運転だが、文恵ちゃんは、免許はあるのか？」

と、話題を転じた。

「それは大丈夫です。塀の中でも、免許の更新はできるそうですから」

「それは良かった」

そう言って叔父さんは、自分で淹れたお茶を暫く飲んでいたが、腹を決めたらしく、錆声でこう言った。

「俺は炊事洗濯も慣れたから、独り暮らしも気楽で悪くないと思っている。なのに、東京にいる息子が心配して、『オヤジも歳で反応が鈍くなっている。だから運転はやめろ。免許を返納しろ』ってうるさく言っている。だけどここはご覧の通り、スーパーまで二キロもある。足腰が弱った上に、脊柱管狭窄症《せきちゅうかんきょうさくしょう》を患っている俺は、車がなくては生活できない。息子は東京に来いと言うけれども、嫁さんは他人だ。お互いに気を使う。それに俺の身体は、足腰以外は頗る《すこぶ》健康だ。できるだけここにいたいと思っている。それで何か妙案はないか、と思案していたところだった。そこで相談だが、文恵ちゃんが家に来て車の運転をしてくれれば、俺は免許を返納できる。給料は出せないけど、小遣い程度なら何とかなる。そうして俺は、文恵ちゃんにもう一度小説を書かせてやりたいのだ。車の運転は買い物くらいで、書く時間は十分ある。

これは俺の推測だが、塀の中には各人各様、千差万別、人殺しもいれば美人局《つつもたせ》もいる。それらの人間を一つの鋳型に嵌め込むのだから、実態は面従腹背《はら》で憎悪を孕んでいるに違いない。

それらを掘り下げれば、書く素材はいくらでもあるはずだ。それをリアルな小説に練り上げれば、塀の中の過酷な現実を知って、犯罪に手を染める一歩手前で踏みとどまる者が出るかも知れないから、犯罪の抑止にもなる。

もちろんこれは、生半可な努力ではできないことだが、文恵ちゃんには才能がある。時間もたっぷりある。俺だってミニコミ誌とはいえ、著述業の端くれをやっていた。多少は力になれるさ。そもそも文学は、禍を福に転じる力も秘めている。その力を、文恵ちゃんならきっと活かせるよ。ま、そうは言っても、活字離れが進んで出版業界には厳しい時代だ。売れない作家は消えてゆく。そんな事情があるから、ヒットを狙うような高望みはしないで、地道にこつこつと、物書きの端くれでやっていければいい、というくらいの覚悟が必要だけど。文恵ちゃんが前科を知られないためにも、ペンネームで通せる物書きになった方がいいと俺は思うのだが、どうだ、裕史。もちろんこれは、文恵ちゃん本人が良ければの話だが……」

「叔父さん……」

と言ったきり、裕史は熱いものが込み上げて言葉に詰まった。その脳中を、地獄で仏、大海の木片、闇夜の灯火、願っても無い助け舟などの言葉が駆け巡り、暫くして、ようやく胸の痞《つか》えが取れたので、つと姿勢を正し、

「そうして頂ければ、我が家にとって正に干天の慈雨です。文恵も救われます。文恵に異存のあるはずがありません。叔父さん、宜しくお願いします」

と心底から礼を述べて、深々と頭を下げた。

「そんなに大仰に言うな。俺だって助かるのだから」

裕次郎叔父さんはそう言ってくれたが、経済的に余裕があるのだから、有料老人ホームに入所するなど暮らしの立て方はいくらでもあるはずだ。そう思うと、裕史は下げた頭が上げられない。そんな彼の胸中を察して叔父さんが微笑みながら、

「ま、そうと決まれば一杯やるか」

と言って、台所に立って行った。

外に目をやると、来る時に降っていたゲリラ豪雨はいつしか上がって、木々の緑が夕日に映えている。ビールとつまみの鮭缶を持って戻ってきた叔父さんが、裕史のコップに注いで「やれ」と勧める。

「恐れ入ります。遠慮なく頂きます」

「裕史、文恵ちゃんは俺に任せておけ。案ずるな」

「有り難うございます。地獄で仏です」

「それから、真由美さんには後から電話でよく話しておくよ。なんたって実の親子だ。多少時間はかかっても、心の氷が解ける日がきっと来る」

「重ね重ねのご配慮、もう感謝の言葉もございません」

「ま、それはそうとして、独りで飲む酒は旨くない。今日は久し振りに話し相手がいるから、取って置きの、会津の銘酒も封を切るぞ。さあ、どんどんやれ」

そう言って今度は、立派な化粧箱に入った一升瓶を出してきた。それを、叔父さんが取って

くれた出前の寿司を摘みながらご馳走になっていると、裕史は肩の荷を下ろした安堵感からめっぽう早く酔いが回って、こっくりこっくり船を漕ぐ始末。話し相手が欲しかった叔父さんを、がっかりさせてしまった。

翌朝、そのことに気付いて反省した裕史は、「穴埋めしたいから、もう一晩泊めて下さい」と、叔父さんにお願いしたのである。

註1「足利事件」＝平成二年五月十二日、栃木県足利市に在るパチンコ店の駐車場から当時四歳の女児が行方不明になり、翌朝、近くの渡良瀬川の河川敷で遺体となって発見され、菅家利和さんが犯人とされた冤罪事件。

註2「出所者の雇用問題」＝法務省が民間頼みの支援を反省し、遅まきながらも平成二十七年四月より、刑務所や少年院からの出所者を雇用した「協力雇用主」に、一人当たり最大七十二万円の報奨金を支払う制度を創設した。

泣血氈《きゅうけつせん》

「泣血氈」――この前代未聞の文字を語るには、およそ一七〇年前に遡る必要がある。

嘉永六年（一八五三）六月、アメリカのペリー提督が黒船四隻を従えて浦賀沖に来航した。そして、艦砲の威力を見せつけて恫喝し、我が国に開国を迫った。

鎖国を続けていた徳川幕府は驚天動地、未曾有《みぞう》の国難にどう対応するか。幕閣が鳩首《きゅうしゅ》協議した結果、徳川幕府だけでは無理なので、当時賢人の呼び声が高かった、徳川慶喜《よしのぶ》や島津斉彬《なりあきら》、それに松平春嶽《しゅんがく》と山内容堂《やまのうちようどう》、さらに伊達宗城《むねなり》らが知恵を出し合い、朝廷と幕府が手を携えて国難に当たることにした。

その具体策として、皇女和宮《かずのみや》と第十四代将軍徳川家茂《いえもち》が結婚し、すなわち「公武合体」によって、無辜《むこ》の民を苦しめる戦を避けて、多少時間をかけても、新しい時代に対応できる国の形に変えようとしたのである。

しかし、関ヶ原の恨みを持つ薩摩と長州にとって、「公武合体」が成っては、徳川幕府を倒して怨念を晴らし、さらに、天下を横取りする目的を果たすことができない。そこで彼らは、黒船来航を勿怪《もっけ》の幸いに暗躍し、「尊王《そんのう》・攘夷《じょうい》」を声高に叫び、京の都を人斬りが横行する恐怖の巷に陥れ、徳川幕府に揺さ振りをかけたのである。

手を焼いた徳川幕府は、尊王の志が厚く、尚且つ、幕府に対しても「大君（徳川宗家）の義、一心大切に忠勤を存ずべく……」と記された先祖伝来の家訓《かきん》を尊ぶ会津藩に、治安の回復を託して「京都守護職」に任じた。

家臣の反対を押し切って拝命した会津藩主、肥後守松平容保《かたもり》は、家臣一千名を連れて京に上り、黒谷の金戒光明寺《こんかいこうみょうじ》に本陣を置いた。それで体制が整うと、藩主容保は病を押して陣頭指揮を執り、粉骨砕身、昼夜の別なく不逞浪士《ふていろうし》を取り締まり、京の都の安寧秩序《あんねいちつじょ》を取り戻し、孝明天皇の大御心を安んじ奉った。

孝明天皇は大層お慶びになられて、藩主松平容保に「御宸翰《ごしんかん》（天皇自筆の文書）」と「御製《ぎょせい》（天皇が自ら詠まれた詩歌）」を下賜された。

このように、会津の働きは誰の目にも明らかで、都の民草の間でこんな歌がはやった。

会津肥後様
京都守護職つとめます
内裏繋盛公家安堵
トコ世の中ようがんしょ

ところが、都の安寧で倒幕が難しくなった薩摩と長州は、帝を「玉《ぎょく》」と呼び、帝を利用して幕府を倒し、自分たちが天下を取ろうと狙っていたので、大政奉還と孝明天皇の突然崩御の虚を突いて、貧乏公家の岩倉具視《ともみ》と結託して御所に入り込み、国家の政治権力を横取りした。この器でない下級武士らが権力を握ったものだから、彼らは権力を取り返されるのを極度に恐れた。それで、その予防策として、新しい帝の名を借りて己を「官軍」と称し、「朝敵・賊軍」を創り出して戊辰《ぼしん》戦争を勃発させたのである。

それでも会津藩は、朝廷に逆らう気持ちは微塵もなかった。その証拠は、会津に帰った藩主松平容保は若松城（鶴ヶ城）には入らず、城下で謹慎していたことである。だから、江戸城同様、鶴ヶ城も「無血開城」ができたのである。

なのに薩摩と長州は、「藩主松平容保の首を差し出せ」などと無理難題を吹っかけて、突如として武力攻撃を加えてきた。要するに薩摩と長州は、やる必要のない戦争を始めたのだ。一方の会津藩は、孝明天皇に忠勤を尽くして、「御宸翰」と「御製」を賜るほどの働きをしたのだから、まさか「朝敵・賊軍」の汚名を着せられ、さらに武力で攻撃されるとは思いもしなかった。なので、兵力の備えも万全ではなかった。

薩摩と長州はそこを見透かして、戊成《ぼなり》峠を突破して怒涛の如く会津若松城下に雪崩れ込んできた。会津藩は急遽、年端もゆかない少年白虎隊までが命がけで立ち向かった。しかしながら多勢に無勢、力及ばず鶴ヶ城に立て籠もった。

薩長兵の狼藉は凄まじく、城下は焼き尽くされ、財宝は奪われ、婦女子は凌辱され、そのうえ鶴ヶ城は小田山に据え付けられた最新式の大砲、アームストロングの砲弾を毎日数千発も撃ち込まれてボロボロになった。斯くして籠城一か月、ついに力尽きて矢玉止めの下知《げち》が出て、慶応四年／明治元年（一八六八）九月二十二日、「降参」と書かれた白旗が鶴ヶ城に揚がった。飯盛山で少年白虎隊士十九名が自刃するという悲劇を残してのことである。

白旗の後には、正式な降伏式が必要になった。その式場を鶴ヶ城大手門前、甲賀町通りの路上に、薄縁《うすべり》という縁布を付けたゴザを敷き、その上に十五尺（約四・五メートル）四方の緋毛《ひもう》氈《せん》を敷いて準備を整えた。

そして、九月二十四日昼過ぎ、入念に準備された式場で降伏式が行われた。会津からは藩主松平容保と喜徳《のぶのり》父子が、薩長側からは、かつて「人斬り半次郎」と恐れられた桐野利秋が臨んで式が始まった。

松平容保は万感の思いを胸中深く押し込めて、「降伏謝罪文」を読み上げた。そして読み終わると、その「謝罪文」を薩長側に差し出し、桐野利秋が受け取った。

同時に、式に臨席した会津藩の重臣たちは、式場に敷かれた緋毛氈を血涙で濡らしながら、「戦の責任は我らにある」、なので「藩主容保父子へは寛大な処置を願う」という趣旨の嘆願書を提出して、降伏式は終了した。

式が終わると、会津藩公用方秋月悌次郎《あきづきていじろう》が血涙の滲んだ緋毛氈を小さく切り、「泣血氈《きゅうけつせん》（無念の血涙が滲んだ緋毛氈という意味）」と名付けて、藩士一同に配った。

それを受け取った会津藩士は、孝明天皇に忠勤を尽くし、「御宸翰」と「御製」まで賜った尊王の会津藩を、権謀術数を弄して「朝敵・賊軍」に貶《おとし》めた「薩摩と長州」への怒りを胸に刻んで、「泣血氈《きゅうけつせん》」を後生大事に持ち続けたという。

料金受取人払郵便

新宿局承認

2525

差出有効期間
2025年3月
31日まで
(切手不要)

郵便はがき

160-8791

141

東京都新宿区新宿1－10－1
(株)文芸社
愛読者カード係 行

ふりがな お名前			明治 大正 昭和 平成 年生 歳	
ふりがな ご住所	□□□-□□□□			性別 男・女
お電話 番 号	(書籍ご注文の際に必要です)	ご職業		
E-mail				
ご購読雑誌(複数可)			ご購読新聞 新聞	

最近読んでおもしろかった本や今後、とりあげてほしいテーマをお教えください。

ご自分の研究成果や経験、お考え等を出版してみたいというお気持ちはありますか。

ある　　ない　　内容・テーマ(　　　　　　　　　　　　　　　　　)

現在完成した作品をお持ちですか。

ある　　ない　　ジャンル・原稿量(　　　　　　　　　　　　　　　)

名				
買上 店	都道 府県	市区 郡	書店名	書店
			ご購入日	年　月　日

書をどこでお知りになりましたか?

1.書店店頭　2.知人にすすめられて　3.インターネット(サイト名　　　　　)

4.DMハガキ　5.広告、記事を見て(新聞、雑誌名　　　　　)

上の質問に関連して、ご購入の決め手となったのは?

1.タイトル　2.著者　3.内容　4.カバーデザイン　5.帯

その他ご自由にお書きください。

(　　　　　　　　　　)

本書についてのご意見、ご感想をお聞かせください。

①内容について

②カバー、タイトル、帯について

弊社Webサイトからもご意見、ご感想をお寄せいただけます。

ご協力ありがとうございました。

※お寄せいただいたご意見、ご感想は新聞広告等で匿名にて使わせていただくことがあります。

※お客様の個人情報は、小社からの連絡のみに使用します。社外に提供することは一切ありません。

とまれかくまれ、これで戦《いくさ》は終わったことになっている。

しかしながら、戦《たたか》いはこれで終わらなかった。日本の最北端、極寒不毛の火山灰地「斗南《となみ》」に追いやられた会津藩士を待っていたのは、矢玉を潜って助かった命を失わないための、飢えと寒さとの戦いの日々であった。

その実態を、当時数えで十歳だった柴五郎が晩年「血涙の辞」〈註1〉という題名で、次の如く著している。

——いくたびか筆とれども、胸塞がり涙さきだちて綴るにたえず、むなしく年を過ごして齢《よわい》すでに八十路《やそじ》を越えたり。〈中略〉落城後、俘虜《ふりょ》となり、下北半島の火山灰地に移封されてのちは、着のみ着のまま、日々の糧にも窮《きゅう》し、伏するに褥《しとね》なく、耕すに鍬なく、まこと乞食にも劣る有様にて、草の根を噛み、氷点下二十度の寒風に蓆《むしろ》を張りて生きながらえし辛酸の年月——

註1＝「血涙の辞」を、石光真人〈註3〉が編書して『ある明治人の記録・会津人柴五郎の遺書』と題名を付けて、中央公論社から1971年に初版、2012年に52版が発行されいる。

註2＝柴五郎＝日本の陸軍大将、軍事審議官。中佐時代に「北京公使館」付武官として着任した。そして、西暦1900年に勃発した義和団の乱（北清事変）に当たり。欧米軍の指揮を任されて北京に駐留する民間人を、援軍が来るまでの五十五日間にわたって義和団の攻撃から守り切った。その沈着

冷静な判断と采配がコロネル柴（柴中佐）と世界から高く称賛され、多くの勲章を授与された。

註3＝石光真人（いしみつまひと）＝明治37年1904年東京生まれ。昭和5年1930年早稲田大学文学部哲学学科卒業、同年7月東京日日新聞（毎日新聞）編集局勤務。昭和17年以降、日本新聞協会、同連盟勤務を経て1963年より日本ABC協会専務理事。

開かずの金庫

仄聞《そくぶん》によれば、少年白虎隊が若い命を散らした悲劇の地、会津若松市の市長は、かつて官軍と称して、会津藩を攻め滅ぼした薩摩・鹿児島と、長州・萩の市長とは、会津戦争から一世紀半になろうとする今なお、全国市長会などで顔を合わせても挨拶のみで、握手は絶対にしないという。真か否か私は知らない。

だが、しかしである。家内の実家、会津の義兄は、「薩長の奴らは謀略を巡らせて、会津に〝朝敵・賊軍〟の汚名を擦《なす》り付け、理不尽にも武力で会津藩を滅亡させた」と言って地団駄を踏む。薩摩・長州が用いた奸知な手段と苛虐な仕打ちに憤然とし、折に触れて先祖の怨念を晴らすが如く、薩長弾劾の熱弁を振るう。それ故に会津若松の市長が握手を拒むのも、私は肯《うなず》けるのである。

その古武士を想わせる義兄が、この金庫は昔、祖父様《じいさま》が買った物で、中に左甚五郎作の大黒様が入っているはずだ。でも、番号を忘れたので開けられない、とぼやきながら、明治を想わせる観音開きの金庫を持っていた。それをひょんなことから私が預かることになって、我が家の物置にしまっておいた。

それから十数年。すっかり忘れていた金庫が、我が家の転居で日の目を見たのである。

家内と二人で荷物を整理していると、押入れの奥から寄木細工の小箱が出てきた。まだ息子が小さかった頃、家族で箱根に行った時に買ってやった物だ。蓋を開けるには絡繰《からく》りがあって、順番に操作しないと開かない仕掛けになっている。家内が記憶をたどって開けようとした。が、開かない。私が代わって挑戦する。やはり開かない。振ってみるとカソコソ音がする。何か入っているに違いない。こうなると確かめたくなるのが人情。家内がせっせと荷造りしている傍らで、寄木細工に夢中になること小一時間、ついに蓋が開いた。(どんなもんだ) 得意顔の私に、家内は時間を掛ければ私だって開けられた、と言いたそうな顔をする。

「……何だろう、この番号?」

箱の中から出てきた紙切れには、6を右に2回、3を左に5回などと、何やら数字が書いてある。暫く考えて、ハッとした。これは義兄《にい》さんから預かった、金庫を開ける番号かも知れない、と。同時に、私の欲の虫が蠢《うごめ》きだした。その欲の虫は、かつて知人から聞いた、こんな話を私の脳裏に蘇《よみがえ》らせた。

――昔、裸祭りで有名な、柳津《やないづ》の虚空藏様《こくうぞうさま》(福満虚空蔵尊圓藏寺)を再建する時のことである。その造営に使う木釘作りを命じられた男は、破れ単衣に身を包み、丸太の上に座ったまま何日もぼうっとしている。見かねた周りの者が、「仕事をしないと、お奉行様に首を刎《は》ねられるぞ!」と脅すと、男は「汝《うぬ》らの目ン玉は節穴か!」と叫んで立ち上がった。

するとどうだ。一本の丸太がばらばらになって、忽《たちま》ち木釘の山になったという。その男こそ誰あろう、天下の名工左甚五郎だった――

会津にはこうした言い伝えがあるのだから、義兄さんが「中にある」と言った左甚五郎作の大黒様は、きっとあるに違いない。

「開運！なんでも鑑定団の中島誠之助さんに鑑定してもらったら、かなりの値が付くよ。それに、中には大黒様だけでなく、ひょっとしたら金の延べ棒が……」

私の欲の皮はますます突っ張る。しかし家内は、

「そんな財産があるなら、お祖父《じい》ちゃんは、皆に平等に分けたわよ」

と、冷めたことを言う。

それでも私は、息子はお祖父ちゃんに特別に可愛いがられていたから、金庫を開ける番号、そっと教えてもらった可能性がある。その時のメモかも知れない、と家内に話すと、そう言えばあの子が小学生の頃……と、思い当たるフシがありそうな顔をする。どうやら家内も、淡い期待を持ち始めたようだ。

で、試してみるのが手っ取り早いのだが、当の番号らしきメモは、1か7か、5か6か判然としない数字や、記号みたいなものも交じっている。ここは手堅く、息子に確かめてからやることにした。

引っ越しの当日、息子が孫を連れて手伝いにきた。私は顔を見るなり寄木細工の箱と、中から出てきた紙切れを広げて訊いた。可愛い孫に声を掛けるのも、気になる空模様のことも忘れて。

「お前、これ憶えているかい？　この数字」

「……？……」息子が首を傾げる。

「これはお前の字だ。思い出せないか」

「そう言われても……、あっ！」

私は固唾を呑む。

「そうだ、思い出したよ。これ、僕が小学生の時、ルービック・キューブの県大会で優勝したの、オヤジ憶えている？」

「憶えているさ。それがどうした」

「これはね、どうやったら早くできるか、色々研究して、ルービック・キューブを回す順番を、僕が考えた数字だよ」

「ええっ！」謎は解けた。だが、見てしまった夢は容易に覚めない。

「……お、お前、家に古ぼけた金庫があるの、知っているだろう？」

「ああ、あの物置の、骨董品みたいなやつ」

「中に大黒様が入っているはずだ。鍵はあるけど番号が分からない。これは器用なお前でも、無理か……。でも、一応は見てくれよ」

息子が二つ返事で金庫の前に立つ。しかし、腕組みして凝視したまま、何も言わない。

「お前を特別に可愛いがっていた曾祖父《ひいじい》ちゃん、金庫を開ける番号、教えなかったか」

「訊けばよかったな。僕になら教えたかもよ」

と答えた顔には、困惑の色が滲んでいる。

「何とかならないかなぁ……」

私は往生際が悪い。だが家内は、

「見切り千両って言うわ。捨てましょうよ」

と、断捨離を言い出した。

「ちょっと待ってよ」

真顔で考えていた息子が、以前、裏ネットで見たのを思い出した、と言って、金庫のダイヤルを回し始めた。それからは夢中になって、手伝いはそっちのけになった。

時間が経って、私も家内も諦めた頃である。

「開いた！」息子が素っ頓狂な声を上げた。な、なんと、開かないはずの金庫が、裏ネットの技か偶然かは知らないが、開いたのである。

「入っているよ」

中には義兄さんが言っていたとおり、大黒様が入っていた。身の丈二十センチほどの大黒様は、煤けたように黒ずんでいる。

「どれどれ……」

「ちょっと待ってよ」

「わたしに見せて」

大人が三人、奪い合いを始めた。私が強引に取ろうとした瞬間、大黒様の首が取れて、ぽろりと落ちた。

「バカ！　壊れてしまったじゃないか」

「あんたが無理やり引っ張るからよ！」

「あーあ、せっかく大黒様が世に出たのに」

「あっ！　何か入っている」

大黒様は頭部が外れる仕掛けになっていて、胴体が空洞になっている。その空洞から油紙の端が覗いている。

「何だろう？」

全員、息を呑んで顔を見合わせる。

私が取り出して油紙の包みを解くと、小さく折り畳んだ紙片が出てきた。広げて見るとその黄ばんだ和紙には、

會津は朝敵賊軍に非ず
孝明天皇から
御宸翰と御製を賜るほどの

覚え目出度き
尊王忠勤の藩に御座候
慶応四年戊辰九月弐拾弐日
會津藩士　神保儀右衛門

と記されて、家内のご先祖様の名前には血判が捺《お》してある。流麗な毛筆と血判には魂魄が漲っているようで、見る者を棒立ちにさせた。そして私の脳裏に、作家の津村節子が、会津の悲劇を著した『流星雨』の中で、

「敗戦のあとに、大砲や銃よりももっと恐ろしいものが待っていたことを、あき（小説のヒロイン）は痛感した。薩長は、会津の町や山野を焼き払ったばかりでなく、生き残った人々の精神までも滅ぼしてゆく。なぜ会津は、ここまで痛めつけられねばならないのか……。」

と書いた、悲痛な場面を思い出させた。

さらにこの小説は、「矢玉止め」の御触《おふ》れが出て、殺し合いの戦争が終わっても、会津の人々にとっては、生きるための永く悲惨な、新たな戦争が始まったことを物語っている。

薩長の戦後処理は過酷を極め、会津藩士は禄を失い、赤貧に喘ぎ、飢えに苦しみ、剰《あまつさ》え戦火を潜って生き延びた命が、飢えと寒さで死に至る暮らしを余儀なくされた。糅《か》てて加えて、〝朝敵・賊軍〟の成れの果てよ、と蔑《さげす》まれる屈辱……。それら全てを耐えて忍んで、儀右衛門様は生き抜かれた。そして子孫を残された。それだからこそ、家内が、息子が、孫が、今ここに生きている。この命の重さを改めて嚙み締め、儀右衛門様の胸奥を忖度すると、金庫の中の血判書は、

――人の命は、先祖、親、自分、子、孫、曾孫、玄孫《げんそん》、来孫《らいそん》、昆孫《こんそん》と永久《とこしえ》に続くもの。故に、〝命はゴールの無いリレー〟なのだ。なのに、戦争は、白虎隊のような若者の命を数多《あまた》奪って、一度切ったが最後、二度と繫ぐことのできない命のリレーを断ち切った――

と、怒りと哲理の、もう一つのメッセージでもある、と私は推察した。すると、金の延べ棒が……なんて夢見た、己の欲ボケ、平和ボケが恥ずかしくなって、全身が凍り付いた。

会津若松鶴ヶ城に、血涙の滲んだ白旗が掲げられてから、百四十三年の星霜を経た平成二十三年、晩秋の出来事である。

（文芸思潮エッセイ賞「奨励賞」受賞）

会津の奇譚

再従妹《またいとこ》の外山ユキさんの人生は、何が因果か不幸の連続で、思い当たる節と言えば……想いを巡らせている時に目にしたのが、芥川賞作家、津村節子著の『流星雨』だ。

この作品は、京都守護職として孝明天皇に忠勤を尽くし、『御宸翰』と『御製』を拝領するほど信頼の厚かった松平容保《かたもり》に対して、如何なる魔の手が動いたのか、忠君の会津が一転して、朝敵、賊軍の汚名を着せられ、官軍を自称する薩・長中心の新政府軍に攻め滅ぼされた上に、極寒、不毛の火山灰地の斗南に追いやられた。この理不尽な戦争に翻弄されて、会津の婦女子が被った辛酸の年月に光を当てて、女流文学賞に輝いた小説である。

彼女らの無念もさることながら、私には幼かった頃、「あの風呂敷の中さ入ってた宝物は、何だったんだべ」と曾祖母たちが、話していたことを想い出させた作品である。

――『流星雨』のヒロイン「あき」の上田家は、三百石取りの身分。戦火から婦女子が避難する際には、十分な金包みを持って家を出た。しかし同じ会津藩士でも、下級藩士は暮らしに追われて貯えが無い。かと言って薩長兵から見れば、会津藩士に相違は無い。で、迫りくる薩長兵の狼藉から逃れるには、手近な金目の物を持って避難する他はなかった。

坂下《ばんげ》バカ三里とは、同じ三里でも若松から坂下は、他所の三里よりも遠く感じられたから。その坂下の豪農であった外山ユキさんのご先祖、平沼平助さんの所にも、無情の雨に打たれて濡れ鼠になりながら、戦火を逃れて来た侍の奥方と幼い子がいた。

「行き暮れて難儀しております。どうか一夜の宿をお願いします。これは我が家に伝わる家宝です。これをお礼に差し上げますので」

と言って、風呂敷包みを差し出したのだが、『会津藩士の身内を匿《かくま》った者は、一族もろとも厳罰に処す』と書いた、新政府軍の御触書が届いていたので、

「泊めてやりてぇのは山々だけど、藩士の身内を匿うと、おらたちが厳罰を受ける。お気の毒だが、お泊めすることは出来ねぇ」

と事情を説明して、断るしかなかった。

すると侍の奥方は、「末代までも呪ってやる」と捨て台詞を残し、幼い子の手を引いて、無情の雨の中に消えて行った。その一部始終を、まだあどけない平沼家の姉妹が見ていて興味をそそられ、脳裏に焼き付いた。

斯様な出来事など忘れた頃に、平沼平助さんは不幸に襲われた。借金した本人が夜逃げしたので、連帯保証人の平沼さんが返済の肩代わりを迫られた。しかし、金額が大きすぎて返済できない。だからといって、債権者は容赦しない。田地田畑、家屋敷を競売にかけられて、平沼さんは全てを失った。畢竟、家族ともども若松城下に移り住み、作業員をして、手間賃を稼い

で暮らす他はなくなった。

初めてひもじさを知った幼い姉妹は、かつて侍の奥方が「我が家の家宝」と言って差し出した風呂敷包みを思い出して、「あの風呂敷の中さ入っていた宝物は、何だったたべな」と話し、それが代々語り継がれたのである。

それでも、平沼家の家系が絶えることはなく、四代後のユキさんに繋がった。

平沼家の不幸は、外山家に嫁いだユキさんが背負わされたのか？　一姫二太郎と授かって喜んだのも束の間、二人とも原因不明の病で夭折した。三番目に授かった女の子は順調に育ったのだが、小学校一年生の時に、交通事故で命を奪われた。で、結局、四番目に生まれた男の子だけが残った。

一人っ子になってしまった息子の幸彦に、ユキさん夫婦は全幅の愛情を注いで育てた。息子も期待に応えて一流大学に合格。卒業して会津の酒造会社に就職した。そして五年、会社の信頼を得て、経理を任されるまでになった。正に順風満帆。あとは嫁取りと孫の誕生を待つばかりだった。

ところが、好事魔多し、月に叢雲《むらくも》、花に嵐の例えの如く、息子は、男の最大の弱点である性欲に負け、温泉芸者に入れあげて貯金が底をついた。金の切れ目が縁の切れ目になれば幸いだったが、金蔓《かねづる》を手放したくない女に唆《そそのか》されて、会社の金に手を出してしまった。

悪事がいつまでもバレないはずがない。社長に見つかってこっぴどく叱られ、「弁償しないと警察に突き出す」と引導を渡された。切羽詰まった幸彦は、両親に泣きついた。

その時ユキさん夫婦は、金は持っていたけれども、或る人生案内に、『親が助けると、子は懲りずにまた同じ過ちを繰り返す』と書いてあったのを思い出して、心を鬼にして助けなかった。すると息子は、苦し紛れに盗みを働き、捕まりそうになって警察官を突き飛ばし、公務執行妨害罪に問われた。皮肉にも、小さな罪を逃れるために、大きな罪を犯したのである。そして懲役五年の実刑が確定して、宮城刑務所で服役した。

そして五年の歳月が流れ、刑期満了に伴う出所の通知が届いた。喜んだ外山ユキさんと連れ合いは、二人揃って迎えに行った。

しかし息子は、両親とは目も合わせず、言葉も交わさず、制止を振り切って行方を晦《くら》ました。それから二十年間、息子の行方を知ることが出来ないまま時は流れた。

八十路《やそじ》の坂を登り始めた外山ユキさんの連れ合いは、突然脳梗塞で倒れ、帰らぬ人となった。と同時に、連れ合い名義の預貯金が全て凍結されてしまった。凍結を解除するには、相続の手続きを完了しなければならない。なのに、息子、幸彦の行方が分からず、肝心の「遺産分割協議書」が作れない。例外として下ろせるのは、百五十万円だけ。外山ユキさんはほとほと困って、頭を抱えている。私は、ユキさんの不幸を知るたびに、一夜の宿を得られず、幼い子の手を引いて、無情の雨に打たれながら夕闇の中に消えて行ったという、侍の妻と子の、その後が気になって仕方がないのである。

悪ガキは見た

お互いに引っ越すことができない隣国同士でありながら、尖閣諸島を巡って我が国と中国が睨み合いを始めて緊張が高まり、万一戦争になったら……。不安を覚える僕の脳裏をよぎったものは、戦争が終わって爆弾の雨が止んでも、なお続いた飢餓との戦いである。せっかく爆弾の雨をかいくぐって助かった命までもが、食う物が無くて失われた悲劇である。さらには、そうした地獄のような食糧危機を生き抜く中で垣間見た、人それぞれの究極の生き方が、僕の瞼《まな》裏《うら》に浮かび上がったのである。

僕はその日も母に連れられて、鮨詰めの汽車に乗って農村に行き、農家を何軒も回って拝み倒し、母はとっておきの晴れ着を差し出して、ようやく米一斗と交換してもらうことができた。しかし、警察の目が光っている。母は知恵を絞って、半分を僕のズック製のランドセルに入れて背負わせ、残りを自分の腹に巻いて妊婦を装った。

帰りの汽車も超満員で押し潰されそうだった僕は、下車する駅に着いてほっとした。ところが、汽車から降りると警官が大勢いる。ヤミ米の「一斉取締り」だ。捕まっては元も子もない。必死の形相で、『命綱の米』を抱えて逃げ惑う人々。それを取っ捕まえて、容赦なく没収する警官。妊婦を装った母の米も没収されてしまった。だが、ドキドキした僕のランドセルの米は、警官も気が付かなかった。胸を撫で下ろす僕の傍らで、「何日も食べてない子供が待っているんです。この米がなければ死んでしまいます」と『命綱の米』にしがみつき、警官に「あなた方だって裏でこっそりヤミ米を食っているでしょう。食わなければ生きていないわよ！」と哭《な》き叫んで抵抗する若い母親がいる。それに反論できない警官が、「言いたいことは署で聴く」と言って、力ずくで連行する。僕は恐ろしくなって、膝がガクガクして止まらなくなった……。

こうした食糧危機は、一面の焼け野原となった大都市がいっそう深刻で、無差別空襲の焼夷弾の嵐に九死に一生を得た命が、飢餓で失われる現実に、「一千万人の餓死者が出る」と言われるほど逼迫していた。このどん底に喘ぐ祖国に、外地から同胞が続々と引き揚げてきた。命からがら、着の身着のままで。

祖国の土を踏んだものの、無一物になった人たちのために、僕の住んでいたA市は、旧陸軍の兵舎を改造して「引揚者住宅」にした。その「引揚者住宅」に住む悪友の満男が、「俺ン家に来いよ、いいことがあるぞ」と僕に耳打ちしたのは、前述の如く国民が食糧危機に苦しみ、その日その日の糧を血眼になって求めていた最中のことである。

彼は、満州（現、中国・東北部）からの引揚者で、家ではろくに飯が食えないらしく、ガリガリに痩せて青白い顔をしていた。僕も栄養失調で似た者同士、友達になった。それからは腹が減って倒れそうになると、二人で他人様の畑に行き、生で食える大根や人参をがつがつ食って飢えを凌いでいた。大人に見つかってコラッとどやされ、ほうほうの体で逃げ帰ることがあっても、ひもじさが高じると背に腹は代えられず、またこっそり畑に行って、大根などを失敬していたのである。

そんな悪友満男の誘いなので、僕はてっきり食う物だと思った。なのに、「食う物じゃねえ」と言われて、腹がグ、グーッと鳴った。

「食う物じゃねえなら、何だ？」

「おもしれえことだ」

満男がニッと笑う。

「いったい、何がおもしれえんだ？」

「それは、口じゃ言えねえことだよ」

「もったいぶるな、言えよ！」

「隣の息子が小遣いもらって映画に行った。今日は間違いねえ」

と答えをはぐらかした満男が、こう続けた。

「母ちゃんも姉ちゃんも仕事に行ったから、俺ン家には誰もいない」と。

この二人のひそひそ話に、「ちょい悪」の昭男が首を突っ込んで三人になり、ともかく満男の家に行ってみることにした。

旧陸軍の兵舎は木造二階建てで、「引揚者住宅」になっても外観は曩時《のうじ》の威容を保っている。

玄関を入ると、「しー」と満男が人差し指を口に当てる。僕らは忍び足で廊下を進み、彼の家に入った。家の中は旧兵舎の一室を薄っぺらな杉板で仕切って二部屋にしたもので、杉板一枚の隣には別な家族が住んでいる。でも、仕切りの杉板は高さ二メートル足らずで、旧兵舎の高い天井まで届かない。その届かない空間は紙を貼って塞ぎ、それぞれの家族は、一応プライバシーを保っている。

僕らが息を潜めて空き箱を踏み台にし、背伸びして仕切り板の上の、紙の穴から隣の部屋をそうっと覗くと、真っ昼間なのにカーテンが閉まって薄暗い。そこに男と女が……男の顔には見覚えがある。金縁眼鏡の、町で評判のヤミ成金だ。女は、部屋の主の戦争で夫を亡くした奥さん。ヤミ成金と奥さんの、特に奥さんの、息子には見せられない姿を目にして、「アッ」と出そうな声を殺して固唾を呑む。同時に、やましさに襲われて逃げ出したくなった。にも拘らず、視線は吸い寄せられて瞬き一つできない。心臓が止まりそうな衝撃に、凍りついたイガグリ頭が三つ、好奇の眼《まなこ》を丸くしているとは露知らず、一戦終わると奥さんは、モンペを穿《は》いてそそくさと出て行った。

するとまもなく、別な女の人が入ってきた。な、なんと、その人の清楚な容貌は、永遠の処女と言われた女優、原節子を想わせる。「娘だ」と満男が囁く。ヤミ成金が垂涎三尺《すいぜんさんじゃく》、娘に挑んでいった……。満男が口じゃ言えねえことは書くのも難しく、詳細は省略する。

それからほどなく、件《くだん》の美人母娘は息子も連れて、一戸建てに越して行った。「カネはヤミ成金に出させた」との噂を残して。

新居に移ると、当時A市では稀な洋式の飲み屋、「バー」の開店準備を始めた。その店は、男相手の水商売、ホステスが多いに越したことはないので、磨けば光る「隠れ美人」の満男の姉、倫子《みちこ》さんに目を付けて、美人母娘はこう言って口説いたという。

「お金の無い者は、顔の無い人間と同じで人格が無いの。生きている意味が無いのよ」

なるほど、世間とはそういうものか——と思った。僕らが「大根飯弁当」も満足に持って行けないのに、「お金持ち」の家の子は、毎日教室で銀シャリの「白米弁当」を存分に食っている。札束を積む「お金持ち」の屋敷には、ヤミ屋がヤミ米を届けるからだ。

それでも満男の倫子姉さんは、美人母娘に、

「人間は、生きていること自体に意味があると思います。私はそう信じておりますから」

と言って、きっぱり断ったそうだ。

とまれかくまれ、美人母娘が始めた「バー」は、若作りの母親もさることながら、原節子に比肩する娘の美貌がモノを言って、一部の「お金持ち」は例外で、日本中がノーマネーのご時世に、どこでカネを工面するのか知らないが、鼻の下を長くした野郎どもがせっせと通って大繁盛。かくして美人母娘は、着た切り雀のその日暮らしから、「お金持ち」への階段を上って行ったのである。

親が「お金持ち」になると息子も潤い、新しい服を着て、ポン煎餅やコッペパンを頬張り、ラムネを旨そうに飲む姿が矢鱈と目につくようになった。それをカネの無い僕らは、指を銜《くわ》えて見ているしかなかった。それが惨《みじめ》で、いっそう空きっ腹を刺激する。

「俺ン家の朝飯、さつま芋がたったの一本、もう腹ペコだよ。お前、カネ持ってないか？」

「一銭も持ってねえ」

訊くまでもなかった。

「今は畑に行っても、大根も何も食える物がねえ。これじゃ死んじまう」

「死ぬ、なんて容易《たやす》く言うな！『人は生きるために生まれたのだから、命を粗末にしてはいけない』って、倫子姉ちゃんが言っている」

と、目を剝いた満男が、

「実はオレも腹がペコペコだ。何か食う物を手に入れる方法はねえか？」

と思案顔になる。その渋い顔が暫くすると、「そうだ！」と目を輝かせて膝を打った。

「あの息子からカネ借りよう。ヤミ成金と母ちゃん、それに姉ちゃんのこともあるから、その辺を突っつけば、ダメとは言わねえべ」

「うむ……借りるなら、三人の方がいい」

例の「ちょい悪」の昭男も誘って、悪ガキが三人揃った。それで気が大きくなり、息子を人目につかない路地裏に引っ張り込んだ。

「頼みがあるんだ。少しカネを貸してくれ」

「な、何すんだ。カ、カネなんか無いよ」

「だったら、財布の中を見せてみろ」

「手を放せ！　放さないと母ちゃんに言うぞ」

青くなった息子が、「母ちゃんに言う」と口走ったその一言で、「お前の母ちゃんの秘密を誰にも言わないから」と、恩に着せて借りるつもりだったのが、逆に、何も知らない息子が、母と姉の秘密を知ったら……との思いがふとよぎって、言葉に詰まった。で、

「必ず返すと言っているのだ。貸せ！」

と、僕が凄んで見せると、渋々ながらも財布を出した。それを丸ごと貸してもらった。

「誰にも言うなよ、絶対に。分かったな！」

「うん」

と、息子が頷いた。僕らは安堵してコッペパンを買い、夢中で平らげた。

食べ物が胃袋に入って腹の虫が大人しくなると、つと我に返った。「借りた物は早く返さないと、ヤバイことになる」と。

目から鱗が落ちた僕らは、「何とかして早くカネを返す」ことに決めた。だが、肝心の「何とか」が思い浮かばない。懸命に模索していた。なのに、息子が「カネを奪われた」と母親に言いつけ、母親からヤミ成金へ。そして悪ガキ三人は、目から火花が散って鼻血が噴き出し、顔が歪《いびつ》になるほどぶん殴られた。その痛さに、「恐喝まがいのことをしてはいけない」と、僕らは目を覚ました。

一方ヤミ成金は、美人母娘に注ぎ込んだカネをヤミ商売で取り戻そうとしたらしく、一段と危ない橋を渡り、「柿箱」に「ヤミ米」を入れて五十箱も貨車で東京へ発送した。その際、中身を「特産品の柿」と偽って、まんまと警察の目をすり抜けた。ところが、途中で箱が壊れて

米粒が漏れ落ち、「柿箱」の中身が「ヤミ米」であると発覚、御用になったのである。

（文芸思潮エッセイ賞「入選」）

マドンナの一生　僕の一生

「喜寿記念同期会」の案内状が届いた。それを見て考えさせられた。添え書きに、「同期生もすでに四分の一の方が身罷り、同期会ができるのも、これが最後かも知れない」と書いてあるからだ。

僕は、惨めだった中学時代のことが尾を引いて、これまでは、

同期会　羽振り次第の　参加です

と、心境を川柳に吐露して参加しなかった。それが案内状を見ているうちに、朧《おぼろ》な記憶が蘇って、このままかつての同期生に一度も会わずに一生を終えて良いものか、達者なうちに一度くらいは参加しても罰は当たるまい、との思いに至ったのである。

戦後の教育改革で、新制中学校が誕生した。が、校舎がない。で、僕たちは、旧軍隊の兵舎を改造した臨時の校舎に入学した。その校舎で授業が始まったけれども、まだ終戦期の食糧難を引きずっていた時代。弁当も満足に持って行けない僕は、教室の隅っこで小さくなっていた。

それから六十一年を経た初秋のことである。僕が初めて参加した、昭和二十五年度卒業の「喜寿記念同期会」が開催されたのは。場所は会津の東山温泉。約四百名いた同期生の中から七十名が参加した。冒頭に、生涯を閉じた同期生と、東日本大震災で犠牲になられた方々への黙祷で、同期会は始まった。

光陰は無情である。六十一年前のイガグリ頭はハゲか白髪に変わっている。烏の濡れ羽色だったオカッパ頭は白髪染めの世話になり、柔肌には染みができて皺が刻まれ、誰が誰やら見当がつかない。それでも「羽振り」の吸引力は変わらない。一流大学を出て大企業の重役になり、運転手付きの社用車で送迎されるほど出世した者がいれば、NHKが放送した「社長になった金の卵たち」のモデルのような、中卒で社長になった者もいる。それに、家業の小さな店を継いで大きなスーパーに育て上げた者、さらに名家に嫁いだ女性たち、キャリアウーマンの魁《さきがけ》のような市の要職に上り詰めた女性もいる。

地元の名士になった者が司会を務めて式次第が順調に進み、「暫く自由にご歓談下さい」と告げると、自然に彼、彼女らの周りに皆が集まった。

僕は独りぽつねんと、会津の酒をチビリチビリやりながら、兵舎を改造した教室の片隅で小さくなっていた往時に想いを馳せていた。

「此処いいかしら」

はっとして我に返ると、ひときわ目を引く和装の女性が立っている。地味な人生を歩んできたた僕に、着物の良し悪しを見る目は無い。そんな節穴の自分にも、とびっきりの上等に見える。上品な顔立ちは八千草薫を想わせる。ふさふさした髪の毛は、地毛とは思えない。心地よい香りは、値の張る香水のようだ。資産家に違いない。

「どうぞどうぞ」

掌《てのひら》で着座を勧める。

彼女は軽く会釈して腰を下ろした。

「ねぇ、今夜は思いっきり飲みましょうよ」

猫なで声で僕に酌をすると、「イッキ、イッキ」と煽る。思わぬ展開に戸惑いながらも一息に飲み干すと、「私にも頂戴よ」と返盃を求める。かなり飲んでいるようだ。少しヤバイかなと思ったが、彼女は返盃を待っている。軽く注いでやると、イッキに飲み干した。

空になったコップに暫く憂い顔で目を落としていた彼女が、口調を変えて、

「私の話、聞いて下さるかしら？」

と、言って僕の顔を見る。話し相手が欲しかった僕に異存はない。

「僕で宜しければ……どうぞ」

と、快諾した。彼女はいっとき間を置いてから、意を決したように語り始めた。

「私の一生は、姑《はは》との戦争で始まったの。そしてね、息子の嫁との戦争で終わるのよ」

そこで大きな溜め息をつき、こう続けた。

「姑は、息子の嫁は知り合いの資産家の娘って、決めていたのね。それを知らずに嫁いだ私は、

針の筵《むしろ》だったわ。男は駄目ね。結婚してからはまるで人が変わったように、雲行きが怪しくなると、さっさと飲みに行ってしまうもの。私は古い女なのね。子供をひとり親にしたくなかったから、離婚はできなかったわ。それでね……」

話しが嗚咽で途切れた。

まさか、華麗な装いの女性の口から出た言葉とは思えなくて、僕は我が目と耳を疑った。すると、卒業記念に登山した会津磐梯山が瞼に浮かんだ。雄大な山容の表磐梯と、岩肌剝き出しの荒々しい裏磐梯、その表裏の違いである。そして、人の一生にも表と裏が在ることを悟った。けれども、表も裏も生きていればのこと。交通事故で若くして生涯を閉じた同期生もいたのだからと、しばし「人の一生」に想いが飛んだ。

欠席した同期生の近況報告も、「ゲートボール大会と重なり」といった達者な者は少なく、大方が「主人の介護で家を空けられないので」、「入院中につき欠席」、「連れ合いを亡くしたばかりなので」——などと、この世の旅が終わりに近づいていることを物語っている。彼、彼女らにもそれぞれの人生があったはず。いずれにしても、終わりよければ全て良し、とか。皆が残り少ない日々を、平穏に過ごせることを願った。同時に、自分の来し方も顧みた。

年がら年中空きっ腹を抱えていた僕は、先生から「寮があるからタラフク食える」と聞かされて、一も二もなく東京・蒲田の鉄工所に就職した。まだ「就職列車」や「金の卵」という言葉がなかった時代のことである。仕事は「職工見習い」で、掌に血まめを作りながらヤスリで鉄板を削る作業から始まった。それから三年、戦後復興のビル建築ラッシュで繁盛していた会社が、何故か突然倒産した。僕たちに真相を知る術はない。仲間は散り散りになってしまった。

管財人に寮を追い出された僕が、食うためにあり付いた仕事は、「建設作業員見習い」だった。その日暮らしのお先真っ暗な中で将来を考えると、モータリゼーションの幕が開き始めていた。そこで僕は、自動車の運転手になろうと考えた。しかし運転免許を取るのに、自動車学校へ行く金など、元よりあろうはずがない。トラックの助手になって運転を教わり、運転免許を取って運転手になれた。

それから数年、運転手になったからには観光バスの運転手になりたい、という夢を持つようになった。しかし、当時の観光バスの運転手は、運転免許を持っているからといって、誰でもなれるものではなかった。長年の運転経験と、無事故・無違反の実績がなければなれなかったのである。それ故に、法規を守って安全運転に努め、地理と接客マナーを身に付けて条件を満たし、難関中の難関だった観光バスの運転手になることができた。思い立ってから十年を経てのことである。

職業が安定したので結婚した。相手は平凡な家庭の地味な娘で、新婚生活は四畳半一間の間借りから始まった。子供を二人授かり、部屋が狭くなって２ＤＫの団地に転居した。それでスペースは広くなったけれども、家賃が月額八千五百円もして、家内は厳しいヤリクリを余儀なくされた。まだ人々の口の端に、フランク永井が歌う給料が『１３、８００円』という歌が残っていた時代だったから。

そんな高額な家賃に頭を抱えていた折、日本住宅公団（現UR都市機構）が、抽選で住宅を分譲していることを知った。渡りに船と応募はするものの、倍率が厳しく、十七回の落選を経てようやく当選し、初めてマイホームを持つことができたのである。

一方、仕事は十五年間の無事故・無違反の実績を買われて、管理職に抜擢された。ところが、それが裏目に出て、収入がガクンと落ちてしまった。お客さんからの心付けや、土産物店にバスを着けた際に受け取っていたリベートなどの税金のかからない副収入がなくなった上に、給料も、運転手の時のような早出・残業代や休日出勤手当がなくなったからだ。で、家のローンがずっしりと重くなって、

除夜の鐘　ローンローンの　響きあり

と川柳が一句、自然に脳裏に浮かんだ。

だが、しかしである。「新しき明日の来るを信ずといふ……」啄木の言葉に嘘はなかった。時代は右肩上がりの高度経済成長期。賃金が年々上昇し、僕自身も部長に昇進して収入が増え、長期ローンを十年も早く「繰上げ完済」をすることができたのだから。

一頻《ひとしき》り肩を震わせた彼女が、気を取り直したように語りだした。

「姑との戦争は、私が自分を殺して看取るまで続いたの。それでね、これからは自分の心に正

直に生きようと思ったの。ところが今度は、息子の嫁との戦争が待っていたのよ。息子の嫁は、二言目には『離婚』を口にするの。それを言われると息子は何にも言えなくなるのね。歯痒いったらありゃしないわ」

胸の痞《つか》えを吐き出し終えたらしく、彼女は、堰を切った涙をハンカチで押さえた。

彼女の外連味《けれんみ》のない告白に、僕は氷雨に打たれたような心持ちになった。その一方で、夫の浮気、暴力、ギャンブルなどが原因で離婚し、赤貧に喘ぎながら子育てをした少なからぬ女性を見て、

　連れ添った　男次第の　苦楽です

と、川柳を詠んだことを思い出し、赤貧の辛酸に比べれば、資産家の嫁姑問題は少し贅沢な気もして、「夫の暴力に泣かされる人もおります。それに比べれば……」と口が滑りそうになって、慌てて呑み込んだ。

それにしても、（彼女は誰だったかな？）と、懸命に記憶をたどった。けれども、見当がつかない。胸の名札を見ると「○○優子・旧姓○○」と書いてある。ドキッとした。彼女は中学三年の新学期に、東京から来た転校生だ。父親が大きな会社の会津支店長に赴任したので、家族ごと越して来たのである。

ズウズウ弁が飛び交う教室に、突然現れた標準語とセーラー服。垢抜けした彼女の姿は、思

春期のオラたちにとって眩しく映り、たちまち「マドンナ」のような存在になった。その〇〇優子さんが、学習院大学を卒業して、有名な素封家の跡取り息子に見染められて嫁いだ、という噂は、僕も耳にしていた。才色兼備の彼女なら当然の「玉の輿」と思っていたのである。それが、まさか……。

かつての「マドンナ」は気丈にも、名門・素封家の奥様という表の顔のみを輝かせて、夜叉が棲み着いたような裏の顔は曖《おくび》にも出さず、他人に見せることはなかったに相違ない。それが、独りぼっちで寂しそうに飲んでいる僕を見ると、ついつい心の箍《たが》が緩んでしまい、胸の奥に閉じ込めておいた懊悩を抑えきれなくなったようだ。六十一年の歳月を経て、いま目の前にいるのは、朧《おぼろ》な記憶の中に在ったかつてのマドンナに違いない。

「おめさん、三年生の春に東京から転校してきた、〇〇優子さんだべ」

当時を想い出して、つい会津弁が出た。

「………」

彼女は答えない。でも訊きたい。

「な、転校生の〇〇さんだべ」

彼女がコンパクトで化粧を直しながら、頷いたような、そうでないような……。

僕ははっきりさせたくて、カマをかけた。

「やっぱ〇〇さんだ。マチゲネエ《まちがいない》」

彼女は迷っているのか、小首を傾げる。

何か決め手は無いかと思案を始めた時、横槍が入った。

「あら、優子ちゃん、こんな所にいたの。こっちにおいでよ」

誘われた彼女は、

「ご免なさいね。お陰様で少し楽になったわ」

そう僕の耳元で囁き、軽くお辞儀をして羽振りのいい人たちの輪に入って行った。その上等な着物の中に憂いも包んだ後ろ姿と、年金で細々暮らす今の自分を重ねて、複雑な思いが湧いてきたのである。


（文芸思潮エッセイ賞「佳作」受賞）

管理職者の悲哀

バブルが弾けて、日本中が右往左往した時代のことである。

本社の電話が激しく鳴った。

「お宅から本校の生徒に対して、『東大には入れない』なんて言われる筋合いはない！」

「えっ、何のことでしょうか？」

「何のことかは、バスガイドに確かめなさい。今後一切、お宅の観光バスは使いませんからね！」

ガチャンと電話が切れた。

一体何の話だ？ 東大に入れないとは？ 何はともあれ、お客様がカンカンに怒っている。

本社は大騒ぎになった。

よく調べてみると、バスガイドの麻生智子《あそうともこ》が浮かび上がった。

私が所長をしている城南営業所の智子が、九州から修学旅行に来た高校生を案内して本郷三丁目を通る際、

「左手に見えてまいりましたのが、『本郷もカネヤスまでは江戸の内』と川柳にも詠われ、江戸時代から続くカネヤス小間物店でございまあーす」

と名調子で説明したまでは良かったのだが、東大の前を通る時にやってくれたのである。

「右手に見えてまいりました赤いご門が、東京大学、東大でございまあーす。皆さんには関係ありませんけどね～」

途端に車内は、お通夜のようにシーンとなった。

本社を驚かせた電話は、彼女の失言で、大事なお客様である高校から取引停止の引導を渡された電話だったのである。当然、斡旋した「K旅行」からも叱責の雷が落ちた。

本社から、城南営業所に飛び火した。

「所長！　直ちに本社へ出頭しなさい」

事情を知らない私が本社へ行くと、社長、専務、常務が、顰《しか》めっ面をして待っていた。

「所長、君の責任だ！　君がガイドに甘い顔をするからだ！」

「……？……」

寝耳に水の私は、首を傾げる。

「所長が知らないで済まされるか！」

ポンポコとの渾名が付いている狸親父、相手によって面相を変える常務が、居丈高に追い打ちを掛ける。智子のしでかした不始末を聞かされて、私は頭を抱えてしまった。

「お客様に申し訳ない。ガイドは、一か月出勤停止の社内処分をしなさい」

おっしゃることは正論だが、経営の安定に算盤《そろばん》をはじく偉いさんと、慢性的なガイド不足に四六時中、四苦八苦している現場の責任者とでは、立場に乖離がある。しかしながら、肩書きには逆らえない。

「はい、分かりました」

「君には監督責任が在る……」

偉いさんたちが鳩首の結果、「ガイドは一か月の出勤停止、所長はボーナス半額カットの処分をした」という既成事実を作っておいて、本社から営業担当の取締役常務、城南営業所から私と、バスガイドを配置した配車係との三人で、学校に謝りに行くことになった。

私と配車係は事前に実態を把握するため、智子を呼んで確かめた。

「君、本当に『東大は皆さんには関係ない』って言ったの？」

「あら、わたしそんなこと言ったかしら」

彼女はケロッとしている。

「バカにされたって、学校カンカンだよ」

「でもあの学校、本当に東大は無理ですよ」

智子は、自分も妹も九州の高校を出たから、その高校のレベルはよく知っていると主張する。

「君ね、いくら本当のことでも、言ってはいけないことがあるだろう。君には一か月休んでもらうよ。これは、けじめだからね」

「あら、一か月なんて言わないで、わたし、永久に休みますわよ」

次の日、智子が辞表を持ってきた。角を矯《た》めようとしたら、牛が死んでしまった。

九州に竹馬の友がいる。彼も観光関係の仕事をしているので、事情を探ってもらった。すると、意外な裏事情があることが判った。

その高校では、今度こそ自分が校長になれると期待していた教頭が、またしても後輩に飛越されてしまった。その上、教頭が毎年、修学旅行は「Bツーリスト」と斡旋業者を決めていたのに、新校長が「K旅行」に替えたのでギクシャクしている、というのだ。

飛行機もさぞ重かろうと懸念するほどの鉛を呑んだ気分で、空路、九州に向かった。


壁に蔦《つた》を這わせた校舎は、ペギー葉山が歌う『学生時代』が聞こえてきそうな雰囲気を醸し出している。

受付で来意を告げると、事務員が出て来て応接室に案内された。途中のウィンドーに何かの優勝旗と優勝カップ、それに賞状がいくつか飾ってある。横目で見ながら歩くと、廊下が軋む。かなり傷んだ校舎だ。応接室に入ると、歴代の校長の写真が飾られている。

出されたお茶を前にして待っていると、校長を先頭に教頭と教務主任が入って来た。学校の先生という先入観からか、校長は、小説『坊っちゃん』に出てくる山嵐、教頭はうらなり、教務主任は赤シャツを連想させる。

私たち三人は一斉に起立して、手土産のとらやの羊羹を差し出して最敬礼した。

社内では権柄面《けんぺいづら》の常務が頭をペコペコ下げて、揉み手をしながら猫なで声で切り出した。

「御校の生徒様方に対して、弊社のガイドが大変失礼千万なことを申し上げまして、真《まこと》にもって申し訳ございません」

部下には無理難題を押し付けて矢鱈と威張る、いつもの常務とはまるで別人。彼の処世術は、正に芸術的だ。

「いやぁ、実に困りましたよ……」

山嵐校長が、顔に似合わぬ困惑した表情で語る。そこへうらなり教頭が、尖り声を挿《はさ》む。

「本校は、優秀な生徒が学ぶ進学校に大転換中です。今、生徒たちは東大を目指して、猛勉強をしている最中ですよ。それを……」

「真に、真に申し訳ございません。弊社は言葉だけでなく、お詫びの証しにガイドは即刻解雇(実際は自分から辞めた）して、所長は、ボーナス半額カットの社内処分を致しました」

「本校は長年、修学旅行は『Bツーリスト』を使って楽しくやってきたのだよ。今年から『K旅行』に替えた校長先生の立場がありません。どうしてくれるのですか！」

うらなり教頭が、校長の立場を慮《おもんばか》ったようなことを言う。裏事情を知っている私は、校長に当て擦りを言っているのが見え見えで可笑しかった。とはいえ、当方には言われて当然の弱みがある。常務と配車係と私、大の男が三人、ガン首揃えて平身低頭、米搗きバッタよろしく頭を下げ続けて、ようやく勘弁してもらうことができた。

次は「K旅行」である。謝罪に向かう道中、「K旅行」の担当者の剃刀眼《かみそりまなこ》が瞼に浮かんだ私は、貧血を起こして意識を失った。

気が付いたら、救急病院のベッドの上にいた。

その後、私は部署を異動しながら、何とか定年まで勤めて退職した。その間、例の高校から、東大に合格した生徒が出たとは聞かなかったし、優秀な生徒が学ぶ進学校に変わった、という話も聞かなかった。

（随筆春秋賞入選）

私の職業

新聞に投稿したら、有り難いことに採用された。狭き門を通って紙面に載ったのだから、家内もきっと喜んでくれる、と思ったのが甘かった。

「この『無職』ってところ、何とかならないの」

と、渋い顔で注文を付けられた。

改めて投稿欄を見ると、氏名の上に会社員とか自営業、学生、教師などと「職業」が書いてある。結構多いのが主婦だ。無職は少ない。稀に会社役員とか医師、大学教授と書かれた、誇らしげな職業を見ることがある。家内にすれば、自分の連れ合いが「無職」では、世間さまに対して肩身が狭いのかも知れない。

その点女性は都合がいい。何故かと言えば、女性なら誰でも、職業「主婦」と書いて不自然でないからだ。そこで、自分は「主夫」と書く手もある、と考えた。だが、これはまだ社会的に認知されていないし、何よりも「主夫」と書いたら、家内に、

「あら、これからは家事をやってくれるのね」

と言われて、炊事、洗濯、掃除一切を押し付けられる危険がある。これは剣呑なので、やめることにした。

ならば……自分は無職で仕事に拘束されない。自由なのだからと、職業『自由業』で投稿した。これも有り難いことに採用された。ところが、今度は友人からケチがついた。

「オマエ、いつから作家になった」と。

「どうしてそんなことを訊く」

「だって、新聞に職業『自由業』って書いただろう。自由業はね、作家とか弁護士さん、お医者さまなどの、偉い先生方の職業を指すんだよ」

そう言われても、私は腑に落ちない。何故なら、作家は締め切りに追われ、ことと次第によっては、自由どころかホテルに缶詰めにされて原稿を書かされる。それに、弁護士についてはこんな思い出がある。


或る文章教室でのことである。受講生の弁護士が書いた作品の出来が良かったので、先生が皆の前で朗読させせた。その内容は、「裁判の期日に追われる毎日が続く。勝つためには、依頼者との綿密な打ち合わせが欠かせない。証拠の掘り起こしに、全力を注がなければならないこともある。今日もこれから家に帰って、期限に遅れないように徹夜で答弁書（相手の主張に対する反論）を書かなければならない」云々と、自分の職業の大変さを書いたものだった……。

お医者さまだって、そんなに自由があるとは思えない。一応は、病院の診療時間は決まっている。だが、患者の病状は年中無休、終日営業だ。なのに、国の医療費抑制をまともに受けて、当直、日直の交替要員確保もままならず、連続勤務で疲労困憊。医師のなり手が少なくなった。

おまけに、大きな手術の執刀中なら、親の死に目にも会えないのだ。

　こうした現実に比べて、

「オレの自由は本物だ」

　と彼に胸を張った。すると、

「それは、仕事に拘束されないだけだ。自由業と称するからには、『業』にともなう収入がある。オマエの自由は、ナンボのカネが取れるのだ」

　と切り返されて、沈黙せざるを得なかった。

　しかし内心では、（バカを言え。〇〇特殊法人とか、××公益法人などに天下った元官僚の連中なんか、業らしい業も、仕事らしい仕事もしないのに、たんまりカネを取っているではないか）と言いたかった。

　そんなことがあって、私は職業なるものに改めて興味をもった。『職業とは何か』と題名を付けた本も出ている。大手出版社の雑誌を見ると、寄稿者名には〇〇大学名誉教授、作家、エッセイスト、ジャーナリスト、元〇〇庁長官、著述業、絵手紙作家などと多様な職業が添えてある。こうなると職業というよりも、「肩書」と拝見すべきなのかも知れない。目立つのが、元〇〇会社社長や元大学教授、元アナウンサーなどの、元を付けた肩書だ（元を付ければオレだって……）。

『うぶだし屋』と称する職業があることも知った。毎朝、新聞の死亡欄を丹念に見てはその家に駆けつけて、亡くなった方の遺品の中から目ぼしい物を買い取ってくる。それを、骨董品として売り捌く職業、とのことである。

自分の職業をどう書くべきか、と悩んでいた或る日のことである。スーパーに買い物に行ったら、

「これは絶対にお得ですよ」

と言って、クレジットカードの会員になることを勧められた。勧誘するのは、今を盛りと咲き誇る若い娘だ。女偏に良いと書く漢字の妙に感心して、はっと我に返った。こんな内心を家内に覗かれたら、「男偏には良い悪いも、偏に付く旁《つくり》さえ無いわ。昔の人はちゃんと見ていたのよ」と言われるに違いない、と。ま、それはそれとして、熱心な彼女の勧めにほだされて、カードの会員になることにした。

ところがどうだ。住所、氏名、年齢を記入して、職業欄に「無職」と書いたら、彼女からにこやかな笑顔が消えた。どうやら、会員に取り込んでもカネを取りそこねては元も子もない。「収入元を確認できない者は入会させるな」と、上司に厳しく言われているようだ。（バカめ！職は無くてもカネはある）と言いたかったが、彼女の研ぎ澄まされた職業眼に映る私の風体・人相は、どう見ても金満家には見えないらしい。（何をやって食っている）と言わんばかりの顔をする。

「年金暮らしですからねえ……」

肩をすぼめて、私の口から本音がぽろりと漏れた。

するとどうだ。彼女はたちまちニコニコ顔に戻り、

「あら、だったら『年金』と書きましょうね」

と言って、「無職」と書いた職業欄を「年金」と書き直したではないか。

考えてみれば無理もない。派遣浪人から金は取れないし、一流企業の社員だって、リストラと称していつ首をチョン切られるか分からないご時世。今日のエリートは、明日のホームレスかも知れないのだ。

その点、いかに信頼が根底から揺らいでいる年金とはいえ、現在の受給者からは手堅くカネが取れる。そう睨んでいる会社の社員なのだから、彼女はきっと、内心（しめた）と思ったに違いない。満足げな微笑みを見せた。

相手がそうなら、こちらにも秘策の返し技がある。会費無料の一年間だけ割引を利用して、後は「ハイそれまでよ」と、カードをやめるつもりだ。

それにしても、己の職業を「年金」と称してよいものか……私はいまだに結論を出せないでいる。


（随筆春秋「奨励賞」受賞）

マンション理事長奮闘記

「理事長さんのお宅でしょうか?」

電話の声から察すると、年配の女性だ。

「え?　はい、そうですが……」

「A棟の安倍なんですけど、ハチが巣を作ったんです。窓から入ってくるんです」

「困りましたねぇ……」

「ほんとに困りました」

「困りました」の中身が違っている。管理組合の理事長に、ハチの巣云々《うんぬん》を持ち込まれても困ると言いたかったのだが、安倍さんは、ハチに刺されそうで困っているのだ。

「ちょっと待って下さい。考えてみますから」

分譲団地（集合住宅）の、管理組合の理事長に祭り上げられて三日目のことである。

我が団地の管理組合の役員は、一年交替の輪番制を採っている。十年ぶりに順番が回ってきた時、「広報」とか「植栽」などの、それなりの「役」に就くのは覚悟していたが、まさか理事長に祭り上げられるとは思いもしなかった。私にすれば、日ごろ「言うべきこと」を言っただけなのだが、周囲からみれば「何かとうるさい奴」だったのだろう。「今度はあいつにやらせろ」との裏工作があったのかも知れない。

何もしなくても、一年の任期は終わる。しかし、例えば外壁のヒビだって、放置すればやがて内部の鉄筋が腐食して膨張し、割れ目が拡大してコンクリートが剝がれ落ちる。管理を怠れば、結局は高い付けになって自分自身に回ってくるのだ。引き受けたからには全力で取り組もう、と気を引き締めたばかりだった。

「ハチの巣の始末も、理事長の役目かなぁ」

ぶつぶつ呟《つぶや》いていたら、家内が、

「安倍さんは旦那さん亡くして、娘さんと二人だけなのよ。女所帯よ、なんとかしてやりなさいよ」

と、女の立場で同情する。

「そうだね。理事長の役目かどうかは別にしてね」

行ってみると、安倍さん宅の前の木に足長蜂がかなり大きな巣を作っている。夕暮れに帰巣《きそう》を始めて、巣の周りをブンブン飛び回っている。

安倍さんがハチコロリを買ってきた。私は聞きかじりの知識で雨合羽を着、ビニール手袋を二重にはめて完全武装をした。精いっぱい手を伸ばして、恐る恐るハチコロリをビューッと吹き付けた。文明の利器の威力は凄い。沢山のハチがコロリと逝った。火挟みで巣をもぎ取って一件落着。理事長の仕事は、ハチ退治から始まった。

一階のベランダに「ヘビがいる」との知らせが届いた。「あっしには、関わりのねぇことでござんす」と喉まで出かかったが、言えなかった。行ってみるとヘビはどこかに隠れてしまった後だった。

住宅公団が、バブル前に分譲した団地だ。広い敷地に、豆腐を横長に立てたような白いコンクリートの中層の建物が八棟建っている。芝生が広い。樹木も多い。藪と呼んでも過言でない所もある。ヘビが住み着いてもなんの不思議もない。また出たら厄介だ、と思って念のために動物園へ電話して訊いてみた。

「この季節は出るんです。また出ますよ」

と、にべもない。

こっちにとっては一大事なので、出た時の対策を保健所に訊いた。

「出たら、交番に相談して下さい」

そっけない返事しか聞かれない。

交番に相談しろと言われても、天下の治安を司るお巡りさんに、ヘビの捕獲をお願いするのはいかがなものか、と躊躇せざるを得ない。

とはいうものの、ヘビは苦手だ。とてもじゃないが手では摑めない。そこで、パイプの中に針金を通し、その先端をL字に曲げたヘビ捕り器を考案して創った。用意は一応整えたが、出ないに越したことはない。胸の中で「もう出るな」と神に祈った。

祈りも空しく、翌日「また出たぁー」との連絡が入った。さっそく新兵器を携えて駆けつけた。大きな青大将が、ベランダのコンクリートの上で気持ち良さそうに日向ぼっこしている。おっかなびっくり、新兵器でぎゅっと挟んだ。大成功！　と思ったのだが、手が震えて力が緩んでしまった。青大将は藪の中へ……。

数日後のこと、

「今度は、近藤さんのベランダに出たって、青大将が……」

集会所にいた私に、女房が電話してきた。

「いま手が離せない。ちょっと待って」

私が渋っていると、

「交番に行ってくる」

女房は、さっさと出かけて行った。

その時の交番での一部始終を、女房が後でこう語った。

見るからに屈強そうな、若いお巡りさんが二人いた。巨漢の彼らは、女房の相談をこう言って断った。

「ヘビはダメ！　ダメダメダメ！　子供の時のトラウマがある」

「僕もダメ！　長いものは鰻も食べない」

「住民が困っているんです。保健所に訊いたら、交番に行ってお巡りさんに相談しろって」

「人間なら、どんな凶暴な犯人でも逮捕するけど……」

「警察学校でも習わなかったしねぇ……」

その時、年配の小柄なお巡りさんが帰ってきて、

「僕が捕まえてやるよ」

と言って、女房の案内で団地に来てくれた。

理事長という立場上、挨拶をせねばと私も駆けつけた。

青大将は気配を察したのか、ニョロニョロと藪を目指して逃げ出した。「逃がさじ」とお巡りさん、さっと手を伸ばして尻尾を掴んだ。掴まれた青大将は、その手に咬《か》みつこうとして鎌首を向ける。咬みつかれては一大事。お巡りさんがぱっと手を放す。青大将はまた逃げ出す。掴んで引き戻す。鎌首を向ける。放す、逃げ出す、掴む、放す、逃げる、引き戻す――繰り返すこと数回、ついに青大将は御用となった。

ビニール袋の中で、青大将がぐったりしている。

「どうするんですか？」

と訊いたら、

「近くの山に逃がしてくる」

とのこと。何故かほっとした。

このヘビ騒動がきっかけで、樹木の多さが問題になった。組合の経費を調べてみると、毎年、剪定・枝打ちにかかる費用が、予算の中にどっかり胡坐《あぐら》をかいている。この費用を節約する上からも、間引きを検討すべきであると考えた。

だが、しかしである。木一本といえども、住民全員の共有財産なのだ。勝手なことをしたら、

何を言われるか分からない。アンケートで皆さんにお伺いすることにした。「貴重な緑をもったいない」などの意見もあったが、大方の賛同を得た。これでOKと思って、はっと気が付いた。肝心要の、間引きを業者に頼む予算がない。予備費もない。頭を抱え込んでしまった。すると、副理事長の森下さんが温厚な顔で、

「業者に頼まず、自分たちでやりましょう」

と提案した。

「事故が起きたら大変だ」

「何があるか、分からないわよ」

との意見もあったが、理事を中心に有志の協力もあって、自分たちで無事に伐採した。多額の費用が節約できたので、疲労感も心地よかった。


次々に発生する雑事に追われる日々だが、理事会本来の責務は、なんと言っても皆さんの暮らしの安全、財産の保全、経費節約のはずだ。理事長は、最終的にその責任を負わなければならない。特に、予算には気を使う。

細かなことだが、広報などを作成する際、紙の大きさに関係なく、コピーが一枚十円かかる。そこで、A4の原紙を並べて、倍の大きさのA3の用紙にコピーして半分に切った。手間はかかるが、費用は半額で済む。年間にすればバカにならない。

業者に発注していた外灯の球の取り換えなどなど、体を動かせばできることは自分たちで汗

を流した。

雨水の排水管が、完全に詰まって駄目になった。業者は、「排水管の上の石垣を崩して元通りに直さないとまずい」と強硬に主張した。しかし、近くのU字溝に新たな排水管を引けば、石垣を崩す大仕事が省ける、安く上がる、と激しくやりあって五分の一の費用で済ませた。

このようにして、経費を大幅に節約した。

過ぎてしまえば一年はあっという間、任期満了の総会を迎えた。自分としては、やれることはやったつもりだ。だが、「口うるさいあいつを……」と、手ぐすね引いている連中がいるのではないか、との思いが払拭できない。隙は見せられない、と身構えて臨んだ。

しかし、見る人は見ていてくれたのだ、汗を流す姿を。議案が次々に承認されて、総会は平穏に終わった。その瞬間、肩から力がすっと抜けた。

その晩、理事が集まってのご苦労会。総会が無事済んだのも、理事皆さんの協力のおかげだ。一年間、固いことばかり言ってきたので、盛り上げようと思ってエッチな話をしたら、「意外な面がある」と驚かれた。

四十年ぶりに飲み過ぎてしまった。


（随筆春秋「奨励賞」受賞）

「文《ぶん》が苦《く》」が「文楽《ぶんがく》」に

第一四四回芥川賞を受賞した際の記者会見で、「風俗に行かなくて良かった」と発言して注目を集めた西村賢太。その芥川賞受賞作『苦役列車』を読んだ時、私の心がうきうきして楽しくなり、「五行歌」〈註1〉がすっと脳裏に浮かんだのである。

死してなお
どうにも救い難い少年を
芥川賞作家に生まれ変わらせた
藤澤清造の『根津権現裏』
だから「文学の力」は凄いのだ

私にとって「文学」は、とても手の届かない高嶺の花である。でも、根が下手の横好き〝盲蛇に怖じず〟の譬《たとえ》の如く、時折ちょっかいを出してはその都度、近代文学的代名詞や古臭い接続詞などはダメ、と強く戒められていた。

この正論に対して才の足りない私は、文章を書くことに悩み苦しみ、「文学」とは「文《ぶん》が苦《く》」であると思えと、己に言い聞かせて、脳味噌に鞭打ってはみるものの、書くに書けなくて頭を抱える日々を送っていた。

ところがそんな或る日、真っ当な出版社の編集者に、「あなたの助詞や接続詞の使い方は文法上成立しておらず、はな、と言うのも日本語として、到底認められるものではない」とまで言わしめた西村賢太が、『苦役列車』で芥川賞を受賞したのだから、世の中、神様は何処にいるか分かったものではない。

で、私も、第一四四回芥川賞受賞作品なるものを買って読んでみた。すると内容は、佐藤春夫が存命なら「品がない。こんなものは便所の落書きだ」と評したかも知れない代物。さらに、良い文章を書く上でのお手本としてロングセラーになっている、岩淵悦太郎編著の『悪文』(1979年、日本評論社)に照らせば、「美文」でも「平明な文章」でもない。どちらかと言えば「悪文」の類いに入りそうな文体だ。だが、しかしである。読みだしたら面白い。とにかく面白いのである。

何処が面白いかと言えば、まず、初っ端に出てきた「囊時《のうじ》」という漢字に面食らった。続いて、男の若さと健康の証明である「パンパンに朝勃《あさだ》ちした硬い竿……」と、立ちの字に勃起の「勃」の字を当てた、ずばり正鵠を射た用字に思わず膝を打った。と同時に、自分のそれは半世紀以上も前のこと、と我に返り、矢の如き光陰が恨めしくなってきた。

さらに読み進めて、次々に出てくる初めて目にする漢字や、現代社会が罰当たりにも忘却の彼方に追いやった、味わい深い言葉や旧字体などに、私の脳裏に眠っていた何かが呼び覚まされた。それは、例えば「飽き足りない」に「慊《あきたりな》い」の字を用いたことや、そのまま書いては憚るようなことを、臆面もなく描写した度胸の良さにも恐れ入ったからだ。

で、『小銭をかぞえる』、『廃疾《はいしつ》かかえて』、『暗渠《あんきょ》の宿』、『瘡瘢《そうはん》旅行』、『膿汁の流れ』、『二度はゆけぬ町の地図』など、西村作品全てを読了した。すると案に違わず、死語を生き返らせたような、目を見張る文言、漢字、文章が在るわ、在るわ……。そして、その漢字本来が持つ力を活かした使い方に脱帽した。

　こうなると、ただ読んで終わりにするのが惜しくなって、気になる所を一字一句辞書に照らし合わせて確認した。そうするうちに天啓のようなものが閃いて、西村作品の中から目ぼしいものを拾い出し、手持ちの辞書・辞典の類いを総動員して、老眼鏡では見えないほどに衰えた我が眼《まなこ》に、拡大鏡を当てて覗いて鞭打って、私のオリジナルによる『賢太言葉大辞典』の編纂を始めるに至ったのである。

　内容をちょっとだけ紹介しよう。

「因《いん》である＝原因である」、「番度《ばんたび》＝その都度」、「該地＝其の地」、「黄白《こうはく》＝金と銀。転じてカネ」、「孜孜《しし》の心がけ＝熱心に励むさま」、「莞爾《かんじ》＝悠然と微笑むさま」、「揶揄い＝からかい」、「贏《か》ちえる＝勝ち得る」、「嵩《かさ》押《お》し＝嵩にかかって」、「突兀《とっこつ》＝物が高く突き出ているさま」、「牢籠《ろうろう》＝引きこもる」、「廃疾《はいしつ》＝身体障害をともなう回復不能の病」、「奢侈《しゃし》＝度を越えた贅沢」、「叱呵《しっか》＝叱責」、「金輪《こんりん》奈落《ならく》＝金輪際」、「帙《ちつ》＝文つつみ」、「緩頬《かんきょう》＝顔色を和らげる」、「焉＝なんぞ・いずくんぞ」、「悪巫山戯＝悪ふざけ」、「瘡瘢《そうはん》＝きずあと」、「蔵《くら》って＝しまって」、「指を啣《くわ》えて＝指を銜《くわ》えて」、「恬然《てんぜん》＝物事にこだわらず平気でいるさま」、「欷泣《ききゅう》＝すすりなく」、「国手＝名医」、「ふとこって＝懐に入れて」、「嬉戯《きぎ》＝喜び遊ぶ」、「女をすなどって＝女を漁《あさ》って」、「駭魄《がいはく》＝驚くこと」、「幾諫《きかん》＝穏やかに諫める」、「凌礫《りょうれき》＝ふみつけにする」、「膚受《ふじゅ》＝皮膚を切られるように感じる」などなど。

さらに文学音痴の私には大発見もあった。〝ママ〟のルビは、そのままでは編集者が「誤字」を見落としたことになる。そこで著者に確認したが、著者の意向が強いので仕方なく、大手出版社の編集者も折れて、「原文のまま」出版した、との意味であることが分かったことだ。

これはほんの一部で、さらにこれを進めたら新たな発見が楽しくて独り悦に入り、そうだ、「音楽」は音を楽しむと書いてみんなが気軽に楽しんでいる。「文学」も誰もが文を楽しめるように「文楽《ぶんがく》」と表現すれば良い。と、そんな思いが湧いてきた。で、これまでの「文《ぶん》が苦《く》」が、有り難いことに「文楽《ぶんがく》」に変わったのである。但し、これは「ぶんらく」と混同される、とおっしゃる向きもあるだろう。だがその時は、「ぶんがく」とルビを振れば良いだけのこと、と言い返してやるまでだ。

それもこれも、著者がモデルと思われる『苦役列車』の主人公北町貫太のような、どうにもこうにも救いようのない少年が、藤澤清造の小説『根津権現裏』に出会ったことで文学の持つ偉大な力に目覚め、芥川賞作家に上り詰めたからに他ならない。

とは言え、凡人はせいぜい熱烈なファンになるのが関の山。それを彼、西村賢太は、近代文学書を全て読破して極め、言葉づかいや漢字を辞書何十冊分も暗記して、それを何処でどう使いこなすかまで頭に叩き込んだ上に、旧字体までも自分の血にして肉にしたに相違ない。そこが芥川賞受賞の所以《ゆえん》だろう。

だが、しかしである。彼をそうさせた原動力は、飽くまでも藤澤清造の『根津権現裏』なのだから、その作品の持つ力は如何ばかりか？　私もぜひ読んでみたい、と思って図書館に急いだのである。ところがどうだ。単行本は存在せず、『根津権現裏』が収載されている全集は既に貸し出され、予約待ちが百人もいる稀覯本《きこうぼん》、とのこと。芥川賞の権威とその波及効果の絶大さに、改めて恐れ入った。

それから暫く経った或る日、新潮社が『根津権現裏』の文庫本を出版した、と友人が教えてくれた。で、今度は買えるだろうと思って書店に行ったのだが、それが甘かった。またしても残念無念、既に売り切れていたのである。無いとなると余計欲しくなるのが人情というもの。私はいつか必ず手に入れて、この目でしかと読んでみたいと思っている。

ま、それはそれとして、私としては、これまでの「文《ぶん》が苦《く》」が「文楽《ぶんがく》」に生まれ変わったのだから、こんな嬉しいことはない。


（随筆春秋「奨励賞」受賞）

註1「五行歌」＝口語で自由に表現できる詩歌。決まりは、①五行で書く。②一行を一息で読める長さにする。それだけ。

誘拐事件顛末記

バスガイド二年生の平野みどりが、「課長、わたし辞めさせてもらいます！」と言って、退職願を持ってきた。バブル絶頂期の人手不足の時代のことである。理由を訊くと、

「松島一泊のお客さんを案内して仙台の青葉城に向かう途中、『これから参ります青葉城には、荒城の月を作詞したツチイ（土井）晩翠の胸像がございます』と案内した。すると、運転手の宮沢宗男に『バカ！　ドイ晩翠って言うんだ』って怒鳴られて、お客さんの前で大恥を掻かされたんです」

　と口を尖らせる。

　私は首を傾げた。自分も「ツチイ晩翠」と教わった記憶があったからだ。

　秋の観光シーズンの真っただ中、ガイドの退職は直ちに仕事に支障が出る。彼女を慰留するには、宮沢の前で「ツチイ晩翠」が間違いでないことを証明するのが、もっとも有効だ。しかし、件の運転手もかなりの耳学問がある。迂闊に注意すると、逆捩じを食らう虞《おそれ》がある。

　晩翠は「ツチイ」か「ドイ」か？　どちらとも判断がつかなくなった私は、ガイドの教育係、武村智子《たけむらともこ》を呼んで訊くことにした。

　彼女は直ぐに来た。だがその間、私は運転手を含めた社員教育の立案に意識を移していたの

で、土井晩翠がなかなか出てこない。

「えーと……えーと……」

「えーと、えーと、じゃ分かりません」

武村は長年会社でバスガイドを務め、成績優秀で凜としていることから、ガイドの教育係に抜擢された経歴の持ち主だ。聡明で理知的、教え子からは慕われている。だが、上司にとっては少々手強い相手でもある。

「あれ……あれ、あれ」

「あれ、あれじゃ、余計分かりません」

「そうだよね。えーと、ほら、あの滝廉太郎じゃなくて、『荒城の月』を作詞した……」

「ツチイ晩翠のことですか？」

「そうそう、その晩翠。本当はツチイだっけ、ドイだっけ？」

「ツチイ晩翠です。絶対に間違いありません」

彼女が、自信満々に答える。

「そう、それじゃ間違いないね」

そう言って武村を帰した。しかし、私は念のために、青葉城の在る仙台市の教育委員会に問い合わせた。そして、仙台では「ツチイ晩翠が、ドイと読みを変えたので、名誉市民『ドイ晩翠』と呼ぶのが一般的」との回答を得た。

どうやら、東北の学校では改称後の「ドイ」を尊重し、東北以外では、彼の絶頂期の「ツチイ」をそのまま教えているようだ。

宮沢運転手は「ドイ晩翠」と同じ仙台の出身。故郷へお客さんを案内するので張り切っていた。なのに、ガイドが「ツチイ」と案内したのでカッとなり、思わず怒鳴り声が出たらしい。

調べがつけば万全だ。私は平野と宮沢を呼んで、教育委員会の回答を聞かせた。宮沢は反論できず納得した。けれども一方の平野は、頑として辞意を撤回しない。お客さんの前での、宮沢の一言に深く傷ついたようだ。

本当に間違えても、「あら、間違っちゃった。ごめんなさいね」と言って、愛嬌で切り抜けるガイドもいるのだが、その点、平野は真面目過ぎたし、言い出したら自分を曲げない勝気な面も持ち合わせている。

私が平野の慰留に苦慮していると、ガイド寮の管理人から電話が掛かってきた。「平野みどりが、荷物をまとめて出て行った」と。

駅に向かったに違いないと思った私は、急いで車で追いかけ、かろうじて駅の手前で追いついた。「制服など、会社からの貸与品を返納してから行くように。離職票や年金手帳など、会社から君に渡す物もある。きちんと手続きをしてから辞めるように」と説得した。すると彼女は、渋々ながら車に乗った。

会社に向かって暫く走ると、サイレンを鳴らしてパトカーが追ってきて停止を命じる。怪訝な思いで停まると、お巡りさんが二人降りてきて、私を挟むように車の両側に立った。運転席側に立ったお巡りさんが相手を射すくめる眼で、運転免許証の提示を求める。

「何か違反しましたか？」

彼は質問には答えないで、差し出した免許証と私の顔をジロジロ見くらべる。そして、後ろの座席にいる平野みどりに視線を移す。

雰囲気が尋常でないので、私は身分を示す「〇〇観光バス会社教育課長」の名刺も出した。

しかし警官は、名刺を見ても何も言わない。不安を募らせていると、またしてもけたたましいサイレンを響かせて、パトカーが二台来た。

そのパトカーからも警官が四人、ばらばらっと降りて、私の車を取り囲む。その中に、長年柔道で鍛えたのだろう、ごっつい体格をしたひと際目立つ警官がいた。顔見知りの荒川警部補だ。

「あっ！　ああ、あら、あら……」

荒川警部補と言おうとしたが、口籠もって荒川が出ない。そんな私を一瞥《いちべつ》して彼は、先に到着していた警官から小声で報告を聞くと、

「課長、このお嬢さんは？」

「うちのガイドなんですけどね。無断で寮を引き払ったものですから、貸与品の返納など退職の手続きをきちんとするようにって、言い聞かせたところですよ。君、そうだよね」

「………」

平野みどりは返事をしない。

「課長、署まで来てもらおうか」

荒川警部補が任意同行を求める。

「じょ、冗談じゃない！　何で私が?!」

「話は署で聞く！」

警部補は有無を言わせない。ヤジウマが見守るなか、私は署へ連行されそうになった。

「平野君、本当のこと言ってくれよ」

私が悲鳴に近い声で彼女に返事を促す。

「は、はい……課長のおっしゃるとおりです」

ようやく彼女が、小さな声で答えた。

「本当ですか？　間違いないですね？」

荒川警部補が、猫なで声で念を押す。

「……すみません。間違いないです」

平野の口から「間違いない」という言葉が出たので、警部補もようやく警戒を解いた。

「いやあ、どうも失礼しました」

彼らが、軽く敬礼して去ろうとする。

「ちょっと待って下さいよ。私を犯人扱いにしたのだから、理由を説明すべきでしょう」

と私が抗議すると、荒川警部補が「実は」と前置きして、「いやがる娘さんを、オジサン風の男が無理やり車に乗せて連れ去った」と、車のナンバーを控えた都民から110番通報があったので、本部が「略取・誘拐事件」の疑いで緊急指令を出した、と説明した。

平野が正直に答えなければ、私は誘拐の現行犯として逮捕されるところだったのである。

「いったい何処の誰ですか？　お節介な一一〇番したのは！」

「それは……、都民の通報で犯人を逮捕したケースもありますから」

「それはそうでしょうけど、私にすればとんでもない迷惑ですよ！」

「と……ところで課長、またガイドさんとクリスマス・パーティーやりましょうよ」

言い訳に困った警部補は、話をすりかえた。

彼が話題を転じたパーティーは、ここ二、三年はやっていないけれども、かつては「警察署は女っ気が少ない」からと、若い署員のクリスマス・パーティーに、会社のバスガイドを参加させていた。それが縁で結婚したカップルもいる。

「そうですね。社内の根回しを考えましょう」

堪忍袋の緒を腹の中で握り締め、私が承知したフリをすると、彼らは一転ニコニコ顔でパトカーに乗り、青空の下を引き上げて行った。

それにしても土井晩翠の改称が、巡り巡って誘拐事件の目撃通報となり、私が犯人扱いされるとは、正に青天の霹靂《へきれき》であった。

もしもあの時、平野が正直に答えなかったら……冤罪事件を描いた周防正行監督の映画、『それでもボクはやってない』（２００７年）を観た私は、主人公「徹平（加瀬亮）」と当時の自分が重なった。

（随筆春秋「奨励賞」受賞）

一字違いの顚末

「あんた、大丈夫。〝ケンパイ〟じゃなくて、〝カンパイ〟だよ。間違えたら大変よ」

そう家内が案ずるのも無理はない。昔は集まりと言えば、慶びに満ちた白いネクタイが主だったが、光陰は無情にして私も齢《よわい》すでに八十路《やそじ》となり、近頃は黒ネクタイの法事ばかり。そして集えば長幼の序から〝献杯〟の挨拶を私がしばしばやっているからだ。

そのような私が有り難いことに、『随筆春秋』の「執筆十周年努力賞」を頂けることになり、その表彰式に続いて行われる懇親会という目出度い席で、乾杯の音頭を取ることになったものだから、ケとカの一字を間違えて、献杯と言ってしまっては一大事、と家内が気を揉む。

「感謝のカ、カ、カのカンパイって、頭に叩き込みなさいよ。それに挨拶は短くね」

「分かった。乾杯は感謝のカで、挨拶は鴨の脛《はぎ》より短く、執筆は象の鼻よりも長く、だね」

そうは言ったものの、紋切り型の前置きでは余りにも芸が無い。気の利いた笑いの一言くらいは添えたいものだ、と考えたら、以前どうしても直らない自分の会津訛りを逆手に取って、「訛りが無いから、東京の人でしょう、って言われるんですよ」と話して、かなりウケたことを思い出した。しかし今回は、「言葉の世界」のプロ中のプロ、小説や脚本をお書きになっている先生方がお見えになる。下手な芝居はかえって興醒めだろう。

それはさておき、途中で言葉に詰まったら……、私の不安を察して家内が知恵を絞った。

「あんたは人前に出るとシドロモドロになるんだから、メモを読みなさいよ」

「そうだね。それに近頃は、物忘れが滅法ひどくなったから、メモがいちばん手堅いね」

斯様な経緯から〝乾杯〟の音頭に添える言葉のメモ創りに着手した。

目出度い席で失礼があってはいけない。余計なことを言うと顰蹙を買う。でも、必要最小限の言葉は欠かせない。時間はおおむね一分間――と、肝心な点を心に刻んで、一字一句吟味し、推敲を重ねて次のメモを書き上げた。


――ええ、まことに僭越至極ではございますが、ご指名を頂戴しましたので、カンパイの音頭を取らせて頂きます――


さて出来栄えや如何に、と家内に見せると、

「ズウズウ弁のあんたが、つっかえつっかえ読んだって様にならないわ。言い訳考えて、遠慮しなさいよ」

〝乾杯〟の音頭そのものを辞退しろと言う。

「でもね、中村美律子の『♪ここが男の舞台なら～』じゃないけれども、このチャンスは、地道にコツコツ、雑草人生を歩んできた僕に、神様がくれたご褒美、冥土の土産の花道だよ」

「何が『花道』よ。言葉に詰まって、一字違いの『恥道』になるのがオチよ」

「でも、今さら断れないし……僕はやるよ」

と告げると、家内の顔が、あの日あの時の習近平国家主席〈註1〉みたいなご面相になった。

いよいよ表彰式の当日、会場に着いて案内されたのが、なんと佐藤愛子先生、堀川とんこう先生、竹山洋先生と同じテーブル。わけても佐藤愛子先生の真向かいの席。願っても無い位置だが、ドキドキもする。他のテーブルには、コンクールの優秀賞や佳作、それに審査員特別賞、年度賞などを受賞される方々が着座する。このような錚々たるお顔ぶれを前に、一分程度の前置きを、ポケットからメモを出して読むのも見苦しい。かといって、メモ無しでは自信が無い。と、その時、天啓のように閃いたのが次の一手だ。

（――えーと、えーと……認知症予備軍になってから、言葉を忘れることがままありますので、むかし東大の試験に合格した時、と申しましても、トウダイはトウダイでも、岬の灯台でございますが、その時の秘密兵器を用意して参りましたので――と言い訳をしてから、おもむろにメモを取り出して読む……。

しかしこの手は、如何にもわざとらしくて、疑惑の「クローズアップ現代」になってしまうで、結局、メモ無しでやることにした。

酒に目が無い私には、有り難い逃げ口上がある。「酒は百薬の長」という諺だ。それに此度の宴席は、酒量に制限が無かったものだから、ついつい手が出てしまい、帰宅した時にはハイな気分が残っていた。

そんな私の顔を見るなり、家内が、

「あんた、〝ケンパイ〟って言わなかったでしょうね」

と、〝乾杯〟の首尾を問い質す。

「任せて安心、クロネコヤマトと我が家のトオチャン」

「酔っ払っているの？　怪しいわね」

「信じる者は救われる。疑う者はバチ当たる」

「ふん、話は明日、素面《しらふ》になってから訊いた方がよさそうね」

「まあまあそうおっしゃらないで、これを見て頂戴」

こんなこともあろうかと、事務局の方にはお手数をお掛けして申し訳なかったのだが、持参のカメラを動画モードに切り替えて、私が乾杯する姿を撮影して頂いた。それを再生して家内に見せると、背中が丸くなった自分が映っている。姿形は冴えないが、言葉は明快に「カンパイ！」と言っている。女房殿とは有り難いもので、発声する時に彼女の顔が脳裏に浮かんだからだ。が、それを明かすと負い目が残る。私はダンマリを決め込んだ。

ところがどうだ。私のズルい考えは、再生動画と、持ち帰ったメモを突き合わせた家内の、容赦のない指摘となって跳ね返ってきた。まず、「えーまことに『恐縮』至極ではございますが」

と切り出した所を突っついて、

「何よ、何度も辞書を引いて、ここは『恐縮』よりも『僭越』が適切だって、メモを直したじゃないのよ」

「あっ……どうしよう」

「どうにもならないわよ。それにここも間違えてるわ。メモには『ご来臨を賜りました』って書いたでしょう。まだまだあるわよ」

「…………」

「いつも文学、文学って、文学に夢中になっているくせに、『そして、そして』って、同じ言葉を何度も使って、やっぱりあんたは文学音痴。だから挨拶もイマイチなのよ。諦めた方がよさそうね」

と、白髪頭に表情皺、しょっちゅう認知症の気配を見せてる割には、言うことが鋭い。

私は泣き所を突かれて返す言葉が無い。

でも、だが、しかし、「メモとの違いがあったにせよ、「カンパイ」は何とか済ませたのだ。況《ま》してや自分にとって文学は――今は夢　いつか正夢　僕の夢――なのだ」と、喉まで出かかった言葉をぐっと呑み込み、財布の紐よりも堅く口を結んで、一件落着したのでありました。

（随筆春秋「奨励賞」受賞）

註1＝平成二十六年、歴史認識を巡って日中関係がギクシャクする中、行き掛かり上、安倍総理と渋々

会うことになった習近平国家主席は、目を合わせることもなく、ニコリともしないで、手だけ握った。

ワタシハフカデ

受話器を取ると、相手は、司法書士の本田正子《ほんだまさこ》と名乗った。「辺見佳乃《へんみよしの》さんの件で」と言われた途端、もしや、との想いが脳裏を掠《かす》める。案に違わず、「亡くなられました」と続いた。いつ？　何処で？　どうして？　葬儀は？　などなど、矢継ぎ早に質問を放つ。すると相手は、「私は辺見さんの〝成年後見人〟をしている者です。このたび、彼女の住むマンションの管理人から連絡があって駆けつけました。手掛かりが少ない中、あなた様宛の、途中まで書いた手紙があったので連絡させて頂きました」と、沈んだ声が返ってきた。

当の辺見さんは、以前、僕たちの団地に住んでいた人で、K市に在るサークルを生き甲斐にしていた。それが何故か、二年前からぷっつり音信が途絶えてしまった。で、訊きたいことが山ほどある。だが、「今日は取り敢えず連絡のみ」と言われて、次のことが判明した。

亡くなったのは一か月前。遺書に「葬儀は長年暮らした横浜・港南区の葬儀場」と書いてあったので、その通りの手配を済ませた。それで、ご遺体を一時預けておいた業者から、明日引き取って葬儀を行うことにした。だが、喪主がいないので、自分が主宰して「お別れ会」の形式を執る。唯一の親族である姪の北橋真利子様には、もちろん連絡しました。でも、来るか来ないか判らない。同じ団地の方で連絡したのは、あなた様だけ——そう告げられた。

僕から、故人と付き合いのあった近所の方七人に連絡して、葬儀に参列した。

黒いパンツスーツ姿で現れた辺見さんの後見人から、この「お別れ会」の後、故人の遺言で「火葬は久保山斎場で行う。遺骨は故人がすでに購入している樹木葬墓地に納骨する」との説明があり、「公正証書の遺言」が示されて「お別れ会」が始まった。

とは言っても、有名人の「お別れ会」と違って、普通の「告別式」と変わらない。違いは、喪主と僧侶がいないことと、香典が無いこと。で、参列者十名が焼香してあっという間に終わった。僕は花に埋もれた棺の中の辺見さんが、かつての肥満が縮んで、別人かと見紛うほどの変わりように、一入《ひとしお》の涙を誘われた。

「見送る人が少ないから火葬場まで」と後見人に頼まれて、僕たちは全員快諾する。孤独死を悼むかのように降る氷雨の中を、僕たちが乗ったマイクロバスは火葬場に向かった。

東条英機らが火葬されたことで知られる横浜市営の久保山斎場は、平成七年に現在の施設に生まれ変わっている。当時の、高秀秀信横浜市長の揮毫を彫った石碑に迎えられ、マイクロバスは正面入り口の車寄せに着いた。

お骨上げまでは約一時間半、そう告げられて、控室で待つことになった。喪主を辞退した姪御さんは、夫の暴力に耐えられず離婚し、その後、「男はもう懲り懲り」と言って独り暮らしを通した辺見さんが、没後の遺産整理から納骨まで、一切合切を後見人に託していたことに複雑な思いがあるのか、僕たちから距離を置いて、独りぽつねんと着座した。

作家の吉永みち子を想わせる風貌の司法書士は、僕たちの所に来て、自分が〝成年後見人〟になった経緯から語り出した。

「辺見さんは詳しいことは話しませんでしたが、『もうK市にはいたくない。早く何処かへ引っ越したい。でも、鬱になってしまったし、歳も歳だから自分でやるのは難しい。代わりにやってくれる後見人を探している』とおっしゃるので、〝任意後見制度〟に基づいて、私と〝成年後見人〟の契約を結びました。それで、隣町に手頃なマンションを見付けて差し上げたのが二年前のことでした」

「そうでしたか……それで音信が途絶えてしまったのですね」

「転居の挨拶状を出すように勧めたのですが、彼女は、『いいの、ビジネスのあなた以外、私は誰も信用しない』と、人間不信を顕わにして耳を貸しませんでした。時間が経って落ち着けば気が変わるかも知れないと思って、契約に基づいて間々お伺いした際には、必ず〝絆〟の大切さをご説明申し上げたのです。それでも彼女は、『痛い目に遭うのはもう懲り懲り』と言いまして、頑なに心を閉ざして聞き入れませんでした。そうしているうちに鬱がひどくなって、落ち込む一方でした。でも、稀にですが躁の日もあって、その日は、こんな意味のことを話しておられました」


——私がサークルのために研究を重ね、試行錯誤を繰り返してやっと編み出したノウハウを、パクラレテしまった。相手は、それまで「自分はできないから」と、何もかも私に押しつけて、「おんぶに抱っこで申し訳ない」って、言っていたのよ。その言葉を真に受けて、心を許した私が甘かったのね。相手はノウハウを覚えたら掌《てのひら》を返して、私を除け者にしたわ。「傷つけてご免なさい」なんて、本心とは裏腹な言葉を使って――

「彼女の話は抽象的なので、もっと具体的に話して、と私がお願いすると、彼女は『いいのよ。どうせ事実に基づく批判と、誹謗中傷の違いも解らない人たちなんだから』と投げやりに言い、最後に『パクリハキタナイ　ワタシハフカデ』と謎めいた言葉を残して、口を閉ざしたのです」

僕は、若いころ電話交換手をしていた辺見さんから、簡潔な表現の例、「来た見た勝った」「一筆啓上火の用心」「本日天気晴朗なれど波高し」などの簡単明瞭な文を勉強したと聞いたことがある。彼女は今回そうした簡潔文の中から、「ダンナハイケナイ　ワタシハテキズ」という有名な文に擬《なぞら》えて、自分の心の傷は手傷ではない。「……ワタシハフカデ（私は深傷）」を負った、と訴えたかったたに違いないと思った。だが、何故か言葉が出ない。

後見人が、お茶を一口飲んで続ける。

「私は辺見さんの不可解な言葉が気になって、何とか本音を聞き出そうとしたのですが、駄目でした。でも彼女は内心、事の真相を、真に理解してくれる人を探しているようでした。

しかし徐々に気力も衰え、彼女の鬱は重くなるばかりでした。私は心配になって管理人と民生委員の方に頼んでおいたのです。けれども彼女は、そうした人たちも信じないほど、心を固く閉ざし続けたのです。不幸中の幸いは管理人さんの気配りでした。新聞が溜まっているのを目にし、警察へ通報してくれたので、彼女の永眠を発見できたのですから。死因は〝セルフ・ネグレクト〟に因るもので、死後三日目、とのことでした」

そう語り続けた後見人は、肝心なことに気が付いたように、ハッとしてこう言った。

「辺見さんが本当の理由を知って欲しかった相手は、皆さんだったのかも知れませんね」

辺見さんが人間不信に陥った過程は、僕にも似たような体験がある。その時僕は、

信頼も　腹八分目が　秘訣なり

と、心境を川柳に吐露して己を戒め、これを、後々の処世訓にすることで乗り切った。

（随筆春秋年度賞「優秀賞」受賞）

八十路《やそじ》の曇天日記

老いてなお、矍鑠《かくしゃく》たるお方は別格だけど、かつては「人生僅か五十年」。それが長生き社会に様変わり。けれども七十路《ななそじ》の坂を越せないで、浄土へ旅立つ方もいる。私はとうに八十路《やそじ》坂。身体の老化に比べれば、望外の長命を授かった。このうえ欲を出したなら、「命長ければ恥多し」と言われるように、「老残の身を晒す」ことになる。糅《か》てて加えて、知らなけりゃ悩まずに済んだ事柄も、知ったが故に懊悩輾転することも。それにもまして怖いのは、コロリ観音様に嫌われて、胃瘻《いろう》、寝たきり、下の世話——これらで迷惑かけること。だからその前に旅立ちたい。これが誰にも言えない私の秘密。そっと日記に書いておく。

ともあれ浮世はままならず、今朝も四時に目が覚めて、今日という日が始まった。先ずパソコン開いてメール見る。けれども知己《ちき》の大方が、鬼籍の人か寝たきりで、メール無いのも仕方ない。そこでヤフーニュースに切り替えて、世界の出来事チェックする。命からがら避難した、シリア難民行き場がない。国連無力でじれったい。心痛めどできるのは、貧者の一灯が関の山。昔の我が身を思い出す。「一千万人の餓死者が出る」と言われた敗戦当時の飢餓地獄。骨と皮になった日本人が次々斃《たお》れ、次は自分と諦めたとき、進駐軍からヤミで流れたコッペパン、そのおこぼれにありついて、無我夢中で貪《むさぼ》り食った日のことを。

故に朝はパンと決めている。今朝もトーストいただいて、新聞取りに一階へ。足腰弱ってしんどいが、エレベーターは使わない。階段の昇降が、省エネと寝たきり予防の一石二鳥。だが新聞記事の内容は、ネットやテレビで見たものばかり。

♪三日前の古新聞〜

なんて歌があったけど、それは昔の歌であり、いま家内が見たいのは、折り込み広告チラシの類い。わけても近くのダイエー、ローゼン、高島屋、それらの店の特売品。但し「高島屋」は別名「高品屋《たかしなや》」。倹《つま》しい我が家は似合わない。

今日もどんより曇り空、洗濯日和じゃないわねと、家内は掃除に取り掛かる。ところが掃除機すぐ止まり、「フィルターを掃除して」と言い残し、主婦の腕の見せ所、スーパーの安売りへ。

奮発して買ったサイクロン式掃除機は、フィルターが詰まると止まるので、「掃除機」を「掃除する」妙な作業が降って湧く。

それらは大したことじゃない。最も瞠目すべき出来事は、文学の持つ底力。活字離れもなんのその、お笑いタレント又吉直樹の『火花』が二百五十万部も売れたこと。

ならば冥土のお土産に、私も心機一転し、ペンを執ってはみたものの、とかく日本語は難しい。例えば、因って、依って、由って、拠って、の使い分けのややこしさ。「ほか」だってそうだ。「外」か「他」と漢字で書くべきか。それとも「ほか」と仮名に開くべきか？　正解があるやら無いのやら。暗中模索したけれど、答えは遂に見付からず、夢から現《うつつ》に逆戻り。

詮無きことに骨を折り、疲れて一杯ほしくなったけど、のべつ幕なし呑んでは資源の浪費。

己の老化も考えて、中三日の「休肝日」。次に飲めるのは弥《や》の明々後日《しあさって》。これも日記の片隅に。で、真ん中に書くことは、「これは半額五割引き、さらに五円、三円安く買ったわ」と、出づるを制した家内のお手柄、ご苦労だ。それも私に甲斐性が無いからで、もしも力があったなら、

♪こ〜ん〜な苦労も　かけまいに〜

と、寅さんの歌の一節、脳裏をよぎる。

なのにお上のやることは、庶民の願いとは逆さまの、物価を二%上げるため、マイナス金利を導入し、物が有り余っていることを省みず、貴重な資源を浪費して、地球環境を破壊する、大量生産、大量消費の策を立て、民に無用の消費を奨めてる。そんなことをやってまで、四百兆円近くも溜め込んで、「内部留保」で太ってる、企業をさらに太らせて、一体どうするつもりなの。地球を壊してしまったら、人間住むところあるまいに。と、案じていたら、プラス金利の運用で、長年続いた「企業年金基金」から、「此度のマイナス金利のあおり受け、継続できなくなりました。やむなく解散いたします」と一方的に告知され、我が家の命綱の一本が、消えてなくなるトバッチリ。

そもそもカネというものは、「入るを量りて出ずるを制す」とのことだけど、入るは年金のみにして、そこから税金や介護保険等々を、問答無用で天引きされ、かなり減った手取りから、主食、副食、光熱費、その他もろもろに消えてゆく。糅《か》てて加えて見もしない、NHKの視聴料まで、「出づる」がどうにも止まらない。

だから家内はスーパーの、レシートだって信じない。具《つぶさ》に調べて目を剝いた。

「あら、長芋なんか買わないのに、『長芋八百円』だって。間違えてるわ」

とはいっても相手は大スーパー、一筋縄ではゆくまいと、怯む心に鞭打って、まなじり決してクレームへ。

妻帰る。ニッコリ微笑みこう語る。

「『これ、おかしいから調べて下さい』って言ったのよ。そしたら、一も二もなく『済みません』って、確かめもしないでおカネ返したのよ」

なるほど……三波春夫のフレーズじゃないけれど、やっぱりこの世は、

♪お客様は神様です～

ということか？

いやいや口に出しては言わないが、そのフレーズのほんとの意味は、

♪おカネ様が神様です～

との説もあり、さあてどっちが本当なのだろう。と首を捻ったら、性暴力罪で逮捕され、厳罰必至の○○容疑者が、示談金と称する「おカネ様」にもの言わせ、無罪放免、お咎め無し。

それだけではなさそうだ。南シナ海を巡る争いに、国際仲裁裁判所が出した判決を、「そんなものは紙屑」と決め付けた、傍若無人の中国は、「国際世論」を歯牙にも掛けず、アメリカの「軍事力」だって恐れない。その根拠となるものは、軍備の増強もさることながら「チャイナ・マネー」で面倒みている国があり、それらの国々にとっては「国際法」がどうであれ、中

国の意向には逆らえない。それゆえ「一千数十兆円の借金大国ニッポン」と、それに「似たような借金抱えるアメリカ」よりも、「チャイナ・マネー」の方がはるかに大事。これが国際社会の現実で、国家でさえもカネがなければ立ち行かず、国家財政破綻した、ギリシャの轍を踏むことに。そうなっては一大事。それ故この世は要するに、「おカネ」と言わず「経済、資金」などと言い換えて、体裁を取り繕っているけれども、その実態はやっぱり、

♪おカネ様が神様です〜

と、本当のことが見えてきた。

しかしそれではいけない人の世は、カネより心が大切と、思う私の脳中に、ふいと先ごろ日記に書いた、二つの出来事蘇る。

先ず一つ目が、人間の際限のない欲望に覆われた、暗雲裂いて日が射すように、世界で最も貧しい大統領と言われたホセ・ムヒカ氏が来日したこと。その人となりをテレビで見て、本で調べてハッとした。「真面目に働き、質素に暮らし、いざに備えて蓄えを」と説いた、二宮尊徳翁の教えを墨守してきた自分だが、いつしか消費社会に毒されて、電気掃除機使ってる。これではいけない明日からは、「隗より始めよ」地で行って、ホウキとチリトリ持って掃除する。と、決心したけれど、果たして実行できるやら。

二つ目は、「パナマ文書」が暴露され、世界の名だたる政治家と、しこたま持ってる資産家の、課税逃れが明るみに。彼らはタックスヘイブン（租税回避地）と称する手を使い、法の不備つく裏技で、タンマリ儲けているようだ。こんなあくどい裏技に、メスを入れずにおいたから、

貧富の差が拡大し、争いの種が世界中に飛び散った。

で、喫緊の課題、環境問題は要するに、ホセ・ムヒカ氏が「ドイツ人が一世帯で持つ車と同じ数の車をインド人が持てば、この惑星はどうなるのでしょうか。息をするための酸素がどのくらい残るのでしょうか」と警鐘鳴らしたように、人間の身勝手さに傷め付けられた地球が、遂に逆襲を始めたのではあるまいか。阪神・淡路や東日本レベルの大地震が地球のあちこちで起こり、さらに台風、ハリケーン、サイクロン、津波、竜巻がしばしば発生して、家屋も町も木っ端微塵に破壊する。糅《か》てて加えて、集中豪雨が大洪水となって大暴れ。かと思えば旱魃《かんばつ》で、干上がる大地が未曽有に拡大し、草木は枯れ果て、家畜は餓死し、人間の飢餓が蔓延する。なので人類滅亡までの、残り時間を示す「世界終末時計」は、核兵器のみならず、人間の「カネ儲け」も絡んでいるようだ。

それに劣らずヤバいのが、地球環境も人間社会も破壊する戦争だ。なのに「不戦の誓い」は何処へやら、言葉遊びじゃあるまいに、戦争に使う〝武器〟を〝防衛装備品〟などと、もっともらしい言葉に言い換えて、「武器輸出三原則」をなし崩し、〝武器〟を売ってカネを稼ごうとしているらしく、なにやらキナ臭くなってきた。

それで良いのか悪いのか、お天道様にうかがえば、

――天災は、忘れなくてもやってくる――

――戦争は、忘れたころに牙を剝く――

とおっしゃるに違いない。

だから私はあの戦争を忘れないために、ＤＶＤを買い求め、「三月十日の東京大空襲」や「ヒロシマ・ナガサキ」の惨状を、時折見ては記憶の糸を手繰っている。

斯様《かよう》に皆が平和を求め、ホセ・ムヒカ氏の言葉に耳を傾け、自然を敬い、資源の消費に節度を保ったなら、「日本安寧、地球健全」の時代がきっとくる——と信じていいかしら。ともあれ今日という一日も、「曇天ながらも無事終わる」と日記に書いて鉛筆を擱《お》く。

さて明日のお天気は……。

四匹目の猿

「どうしてこんなこと書くのよ」

と言って妻が投げてよこした新聞の読者欄には、私の投書が載っていた。

「だってお前、細井さん、三十年も住み続けた我が家に、結局は居られなくなったのだから気の毒だよ。原因を作った格好の半田さんだって、後味が悪いだろう」

「だったら管理組合の総会で、そうはっきり言えばよかったのよ」

「だけどね、多数決で決める時は『みんなが手を挙げる方に挙げるのよ』って言ったの、お前だよ」

それだけではない。私には、渡世の難しさを骨身に刻んだ、若い時の出来事がある。

それは、子供の学校のＰＴＡ保護者会の席上だった。皆が周りの顔色をうかがって発言しないので、靴屋を営む石橋さんが、勇気を出して本当のことを言った。すると、それまで「靴屋の息子賢治」と呼ばれていた彼の子供が、「リクツ屋の息子」って呼ばれていじめられた。以来私は、「見ざる、聞かざる、言わざる」の三猿主義を処世訓にしてきたのである。


ことの起こりは、私が住んでいるマンションでのことだ。「三階の半田さん、足が不自由で難儀している。マンションにエレベーターを付けよう」との案が持ち上がった。

入居当時は壮健だった住民を、三十年の歳月は子供が巣立った後の老夫婦に変えていた。エレベーターの話に一番喜んだのは、五階の住民だ。一方、一階の住民にすれば何のメリットもない。費用は負担したくないのが当然だ。なので、この費用負担が大問題になった。

「共同住宅なのだから、みんなで均等に負担するのが当然だ」

と五階の住民が主張すれば、一階の住民は、

「五階の連中は、エレベーターが無いのを承知で買ったではないか。当初は、『五階は見晴らしが良いから快適だ』って鼻にかけていたくせに……勝手すぎる」

と収まらない。

住民の対立に妥協の糸口が見つからないまま月日が流れると、どこからともなく、

「半田さんが難儀しているのを平気で見ている一階の奴らは人でなしだ」

との囁《ささや》きが流れて、マンション中を支配した。この「人でなし」が効いて、結局は一階の住民も均等負担に応ぜざるを得なくなった。

しかし同じ一階でも、細井さんだけは頑として費用の負担に応じなかった。かつて子供が同級生の間柄だったので、入居時からそれなりの付き合いがあった私は、忠告のつもりで喫茶店で話し合った。

「細井さん。私もね、一階も五階も同じ百万円の負担には納得いかないんですよ」

「でしょう。年金暮らしには堪《こた》えますよ。でも……許せないのは五階の黒川理事長です」

コーヒーを口に運ぼうとする細井さんの皺だらけの手が、怒りに震える。一番エレベーターが欲しいのは自分なのに、半田さんをダシに使っている。それに、一年交替の決まりをないがしろにして、三年も理事長に居座っている。業者との関係も「胡散臭い」と言うのだ。

「そうはいっても、居づらくなりますよ」

「まったく使わない一階の我々には、『協力してもらえませんか』って、理解と協力を求めるべきでしょう。それを多数決で押し切って……」

自分だって、協力を求められれば同意する。それを、多数決だと言って数の力を利用している。「そうしたやり方には屈したくない」と細井さんは息巻く。

しかし、理事長が協力を求めることもなく、細井さんが折れることもなかった。結局は白い目に耐えられず、細井さんはマンションを出て行った。

こうした事例は、多くの集合住宅の参考になると思い、次の一文を新聞に投書した。


「住民の高齢化にともない、四～五階建ての分譲マンションで、エレベーターを付けようとの動きがある。だが、問題は費用の分担だ。なんのメリットもない一階も、もっとも多く利用する五階も同じでは、住民の合意は難しい。こじれて転居した悲劇だってある。そこで考えられるのが受益者負担の原則だ。この方式は、ドイツのマンションで取り入れていると聞く。

例えば、五階建ての階段室型マンションの場合、一千万円の設置費用を十戸で均等に負担すると、一戸当たり百万円の負担になる。これを受益者負担に換算すると、五階が一戸二百万円、四階が百五十万円、三階が百万円、二階が五十万円の負担となり、一階は負担がゼロになる。

しかし、これではあまりにも合理的過ぎて、同じ住民としての連帯感がない。そこで半額の五百万円を均等に負担して、残りの五百万円を受益者負担で割り振るのだ。そうすれば五階の負担が百五十万円に減り、一階は五十万円を負担することになる。こうした理と情の折衷案だって有る。長年なれ親しんだ住まいを手放すのはよくよくのこと、悲劇を招かないように知恵を出したいものだ。」

「投書なんかして、正人が『屁理屈屋の正人』って、いじめられたらどうするのよ」

「正人は一緒に住んでいない」

「こういう話は、どこまでも広まるのよ。三猿主義が世渡りの秘訣だって言ってたくせに」

妻は、石橋さんの息子さんがいじめられた時のことを知っているので、孫の正人を心配して不満をぶっつける。

「見ざる、聞かざる、言わざるとは言ったが、書かざる、とは言ったことがない」

「…………」

反論を封じられた妻は、目ン玉をひん剝いた仁王様のような目で、私を睨んだ。

（随筆春秋年度賞「佳作」受賞）

どうなる日本語　どうする令和

青空に誘われて散歩に出掛けたら、飯沼さんにばったり会った。挨拶もそこそこに、「ホームセンターへ行って『モッコ』ありますかって訊いたら、『モップ』を陳列してある所に案内されたので、『モップ』じゃない『モッコ』だよ、って言ったら、係が店長を呼んできたけど、店長も『モッコ』を知らないんだ」

と、呆れた顔で言う。

そう言えば、私も「カミソリ」を買いに行ったのに、「シェーバー」と言わないと通じなかったことがある。

ともあれ、一面の焼け野原となった国土を、空腹に耐えながら、ツルハシを振るって「モッコ」を担ぎ、大汗を流して日本を再建させた、あの苦労を知らない平成の人たちは、「モッコ」そのものを死語に追いやったらしい。これでは、最後の簣《もっこ》一杯分の土が足りないと、山は完成しないことを例えた「九仞《きゅうじん》の功を一簣《いっき》に虧《か》く」という戒めも、意味不明になるだろう。

それにしても、今どき「モッコ」を使うことがあるのかと思ったら、小さな荷物を纏めて運ぶ時に、クレーンの先に吊るして使うそうだ。

昭和に「モッコ」と言えば、棒を通して人間が担ぐものだった。またどんなに重い物でも、梃子《てこ》と転《ころ》（下に敷いてころがすための丸い棒）と滑車を使い、知恵と工夫と技で動かしていた。それが平成の世になると、何もかも機械で処理されるようになったのだから、有り難いことではあるけれども、「モッコ」が通じなくては仕事に支障が出る。だから言葉は大切なのだ。

なのに、「モンペ」などという言葉を耳にする。戦時中の女性の「モンペ姿」を想い浮かべたら、何と、「モンスターペアレント」の略だと言う。どうして「理不尽な保護者」と、簡潔な日本語で言えないのかしら。

数え上げれば切りがない。

公約＝マニフェスト
説明＝プレゼン
革の保湿油（ミンクの皮下脂肪を使ったレザーオイル）＝ミンクオイル
申し入れ＝オファー
絵文字＝ピクトグラム
部品＝パーツ
歯科医＝デンタルクリニック
精神科医＝メンタルクリニック

などなど。

このような言葉の変化を見ると、一体全体、これから日本語はどうなってしまうのか、と案じられる。とりわけ次のような言葉の操作は、戦争の濫觴《らんしょう》になりはしないか。

武器＝防衛装備品
戦闘＝武力衝突
軍艦＝護衛艦
大佐＝一佐
政治の安定＝やりたい放題

などである。これらの言葉は、かつて、

全滅＝玉砕
非業の戦死＝散華
人間爆弾＝桜花
人間魚雷＝回天

と言い換えて、兵士の無念の最期を美化し、遺族に悲しみさえ許さなかった軍国主義時代に一脈通じるものがありそうだ。

折しも元号が「平成」から「令和」に代わった。この「令和」の「令」の字には、良いと素晴らしいという意味が含まれている一方、上意下達の命令の「令」でもある。

昭和十六年十二月、大日本帝国陸軍は、参謀総長が発令した「大陸令第五七二号（暗号電文ヒノデハヤマガタトス）」に従い、十二月八日未明に、イギリス領マレー半島のコタバルに上陸して大東亜戦争に突入。海軍はその約一時間二十分後に、軍令部総長が発令した、「大海令第九号（暗号電文ニイタカヤマノボレヒトフタマルハチ）」に従ってハワイの真珠湾を攻撃した。そのことを考えると、令和の「令」の字を、手放しで歓んでいいものか。

そもそも、二百六十五年もの永きにわたって太平の世を築いた徳川幕府に、関ヶ原の戦いに敗れて恨みを持っていた薩摩と長州は、折があれば幕府を倒そうと狙っていた。しかし、自力では倒せない。なので、尊皇、尊皇、尊皇と、尊皇を呼号して倒幕に成功した。

薩長が呼号した尊皇が、真の尊皇であるのなら、日本を、天皇親政の絶対君主制の国にすべきなのだ。しかし薩長の尊皇は、徳川に代わって権力を握るための尊皇なので、絶対君主制では都合が悪い。それでも徳川を倒せたのは、天皇を政治利用してのことだから、天皇を立てないと具合が悪い。そこで新しい国の形を、天皇を奉ずる立憲君主制の形にして、国民の目を晦ました。

体裁を整えると、裏で、権力を握った薩長が、何ごとも自分たちで決定する仕組みを創った。そうしておいて、外国の脅威を声高に唱え、「徴兵制度」を敷き、「富国強兵策」を推進した。

さらに天皇を神格化して、「上官の命令は天皇陛下の命令と心得よ」と兵隊を徹底的に教育し、平和を願う天皇の大御心に沿わない内容の、薩長政権が発する命令を、恰《あたか》も天皇の命令の如く装って、兵隊が〝天皇陛下バンザーイ〟と叫んで敵陣に突貫する仕掛けを創り上げた。

斯様にして、明治には日清、日露と大きな戦争を行い、さらに大正時代にはシベリアに出兵し、糅《か》てて加えて、第一次世界大戦に参戦した。剰《あまつさ》え昭和になってからは、満州事変、支那事変・日中戦争、そして大東亜戦争と、日本を戦争ばかりする国にして、とどのつまりは、国土は焦土と化し、無辜の民は飢えに苦しみ、とどめの原子爆弾を投下されて惨敗。国を滅ぼしてしまった。

開闢以来の亡国。この惨憺たる結果を招いたのは、石橋湛山や三浦鉄太郎《みうらてつたろう》らの賢人が、「未熟な日本が欧米列強と張り合う必要はない。拡張主義をやめて、本国を富ませて国民の暮らしを楽にしてやるべきだ」という声に、薩長政権が耳を貸さなかったばかりか、それが高じて、戦争に反対する者を非国民と呼び、国賊扱いにしたからに違いない。

時は流れて「昭和」から「平成」に。即位の礼を済まされた天皇、皇后両陛下は、全身全霊で国民の安寧と平和を祈念され、海外にまで足を延ばして戦没者慰霊の旅を続けられた。そしてこうして、太平の新時代『平成』を構築されたのである。

いずれにしても、国民に自信と誇りを持たせることは重要なことではあるけれども、それが度を越して神がかり的な自惚れ、夜郎自大になって他国を見下すようになると、他国には他国のプライドがあるから争いが起こる。このことを忘れてはなるまい。

何はともあれ、今日の平和が明治以来の戦没者は元より、夥しい同胞の血と汗と涙の上に在ることを肝に銘じて、「令和」の御世に願うことはただ一つ。「平成」の御世と同じに、「令和」の御世が「戦争の無い」時代で終わること。ただそれだけ。なのだが……。

声なき声

民主党が自滅して、政権を手にした安倍総理が、「日本を取り巻く環境が厳しくなったので、従来の憲法解釈では国民の生命・財産を守ることができない。だから集団的自衛権を行使できるように、憲法解釈の変更が必要不可欠である」と主張し、それを伝えるマスコミに目を光らせていた細野鶴男《ほそのつるお》は、社会の公器、不偏不党であるべきマスコミが、それぞれの社の方針によって、報道内容に右と左ほどの違いがあることに気付き、新聞もテレビも見比べないと本当のことは判らない、それに、マスコミが報じない裏もあるはずだから、やはり「憲法解釈変更の是非」は、自分なりに見極めなければいけない、と思うようになった。

その一方で、集団的自衛権が行使できるようになれば、中国の脅威が無くなるだろうと思った。ところがどうも怪しい。こちらの動きに合わせて、戦闘機の異常接近など対立が一層先鋭化し、さらに、「接近したのは日本の自衛隊機の方だ」と、非難の応酬へと発展したからだ。これはでは安倍総理が進める「力に対する力の対応」が、抑止力になるどころか、逆に、戦争への導火線になりかねない。で、細野は、昔「無手勝流」と称して、「力に頼らないで勝利を収めた」塚原卜伝《つかはらぼくでん》という危機回避の達人がいたことを、多くの国民に知らせるべきだと考えた。でも、自分はその勇気が無い。どうしよう、と頭を抱えていると、かつての職場の仲間から、

「ＯＢ会をやるが都合はどうだ」と声が掛かった。

細野の祖父は日露戦争で、父は太平洋戦争のサイパン島で戦死した。夫に先立たれ打ちひしがれた母が、一人っ子の鶴男に、「戦争は嫌だ」と嘆いた。彼はそのことを国民学校で気の許せる友に打ち明けた。するとどうだ。話は友の口から、軍国教育を受けて考えが凝り固まっているクラス全員に伝わって、「お前も、お前のカアチャンも非国民だ！」と罵《ののし》られて、細野鶴男は心に癒やし難い深傷《ふかで》を負ったのである。

そんな日本も、戦争に負けて民主主義国家になり、言論が自由になった。そして、民主主義とは多数決であると教わった。が、しかし、彼は成長するにつれて、多数決は付和雷同と紙一重で、選挙があるたびに、真に民意が反映されたのか、それとも付和雷同の結果なのか、と首を傾げている。『多数決は最悪だが、それに代わる手立てがない』とチャーチルが言った」との説があり、さらに『多数決を疑う』（坂井豊貴著、２０１５年）という題名の本も出版されているからだ。糅《か》てて加えて、かつて「鬼畜米英をやっつけろ」と、一億国民が付和雷同して戦争を始めたがために原爆の洗礼を受け、国土が焦土と化し、三百十万もの日本人が命を失うという結果を招いた事実があり、且つまた「地動説」を唱えたガレリオや、日本中が挙《こぞ》って米・英との戦争を声高に叫ぶ中、これに反対した吉田茂の例などもあるので、多数意見が必ずしも正しいとは限らないと思うようになった。

なので、日本では少数派の「共産主義にも、平等という良い点があるだろう」と言ったら、

「共産主義には自由が無い。人権が抑圧された真っ暗闇の社会だ」と言い返されて、吃音《きつおん》気味の細野は、滑らかに言葉が出ず、口を閉ざしたことがある。その時彼が言いたかったのは、「共産主義でなかった以前の日本だって、うっかり本音を話せば、忽《たちま》ち『特高』か『憲兵』にしょっ引かれたではないか。逆に、南米チリのアジェンデ政権のように、自由で民主的な左翼政権の国もあったのだから、共産主義が強権抑圧で、非共産主義イコール自由主義国家とは言い切れまい。そもそも、この世に共産主義国家を誕生させたのは日本ではないのか。日露戦争に勝つために、明石元二郎大佐を通じてレーニンに資金を提供し、ロマノフ王朝を倒させて。それがなかったら共産主義は、カール・マルクスの夢物語で終わったに違いない」と言いたかったのだが、上手く言葉にできなかった。結句、上司や同僚から「あいつは共産主義者だ」と、とんでもない誤解を招いて、職場に居られなくなった過去がある。

斯様な次第で、「言論の自由」と言っても、所詮は「人間の世界」。多数と異なる本音を吐露したために、あいつがあんなことを言っている。と多数決が十全と信じている人たちから白い目で見られて、孤立し、それが細野の、生涯のトラウマになった。それで彼は、口は災いの元、沈黙は金なり、長い物には巻かれろ、口と財布の紐は固く閉じるに限る。と、彼なりの処世術を編み出して、何とか浮世の荒波を泳いできた。

そんな細野が何度か転職した末に、定年まで勤めることができた「ウエスタン観光バス会社」のOB会なので、彼は一も二も無く出席を快諾した。

そのOB会は、例年、忘年会と暑気払いの形で行われているのだが、その年は記録的に早く真夏日が来たので、急遽、暑気払いを前倒しして、川崎駅前の雑居ビルの三階に在る大衆居酒屋「つる七」でやることに決まったのである。「つる七」の場所を知らない者もいるので、川崎駅の改札口を出た所に在る大時計の下に集まることになった。

細野鶴男は堅物なので、背広にループタイで服装を整え、早めに到着した。暫く待っていると、着る物はラフな半袖シャツやネットベストなどまちまちだが、顔の皺や頭の老け具合は一様な、今は年金暮らしの元観光バスの運転手が八人集まった。

挨拶もそこそこに、連れ立って「つる七」に行くと、幹事役の三瓶《さんぺい》一郎が予約しておいた貸し切りのほどよい一室に通された。

着座すると早々に、カツオのタタキと、ホッケを開いて干した塩焼きが出た。それを見た細野鶴男の瞼裏《まなうら》に、よそ様では「塩引き鮭」を食べるのに、貧しかった自分の家では、安物の「ホッケの塩漬け」しか食べられなかった子供の頃の朧な記憶が浮かんだ。

「ほう、ホッケの開きか、珍しいな」

「だろう」

「昔、僕の田舎では、丸のまま塩漬けしたのを貧乏人が食っていたけど、いつの間にか食卓から姿を消したな」

「今はホッケも見直されて、人気が出て来たのよ」

幹事がそう説明して、

「まずはビールで乾杯だ」

と言って、乾杯の音頭をとる。

「カンパアーイ！」

みんなが唱和して乾杯が終わると、

「オレ『通風』だから、ビールは駄目なんだ。日本酒もらおうか」

「オレは焼酎の水割り」

「僕は冷酒がいいな」

などと、それぞれが好みの飲み物を注文して、白髪とハゲの雑談が始まった。

「いやあー参ったよ。オレ腰痛で、週に三日医者通いだ」

「オレは血圧と糖尿病と高コレステロールで、毎日、朝、昼、晩に、薬を三種類も飲まされているよ」

「お互い歳なんだから、持病の一つや二つは当たり前だ。オレなんか、下手をすると『人工透析』だって医者に脅かされているよ」

彼らの話は、嘆いているのか愚痴なのか、はたまた自慢話なのか見分けが付かない。

頃合いを見計らって、ウエートレスが餃子を持って来た。それを見た北野《きたの》哲次《てつじ》が、皺だらけの眉間に一層深い皺を寄せて、

「これ、中国製じゃないだろうな」

と、六年前に毒入り餃子事件があったので、中国「悪玉論」の口火を切った。

「違う、違う。これは有名な『つる七特製の焼き餃子』だ。お前、知らないのか」

幹事の三瓶が、オレの手配にケチを付けるなと言いたそうな顔をする。

「だけど中国はサイバー攻撃、技術のパクリ、偽物、毒入り、何でもありだから、ヤバくってしょうがない」

日本の国民感情を代表するような顔をして、田神勇三《たがみゆうぞう》が北野の肩を持つ。彼は戦中の生まれだが、幼かったので戦争の悲惨さを知らない。

若い時は、暇さえあれば「シモの話」に夢中になっていた彼らも、歳には勝てず、アッチの方が立たなくなり、立つのは腹ばかりになった。けれども、もう一つ立つようになったものがある。それは、長年観光バスの運転手を務めたお陰で、聞きかじりの耳学問が蓄積して「弁が立つ」ようになったことである。で、それぞれが「訳知り顔」で、天下国家から世界情勢まで論ずるようになった。

「餃子なら食わなきゃいいけど、北朝鮮からテポドンが飛んで来たらヤバイですね」

メンバーの中で一番若い、と言っても戦後生まれで六十五歳になる横井庄吉《よこいしょうきち》が、北朝鮮が日本海に発射したミサイルを日本に撃ち込むかも知れない、と恐怖心を顕わにする。

「テポドンが飛んで来ても、自衛隊がイージス艦の『ＳＭ３』と、地上に配備する地対空ミサイル『ＰＡＣ３』で撃ち落とすから大丈夫だ。それよりも問題なのは、中国だよ」

と須賀秀男が、中国「脅威」説を口にする。彼は著明な作家・政治家で、タカ派的な石原慎太郎みたいに、しょっちゅう瞬きをするので「パチクリ」と渾名が付いている。

「だから中国に尖閣を盗られる前に、憲法解釈を変えなきゃいけないのだ。もたもたしている場合じゃないよ、まったく」

と、三白眼のしたり顔で高石武男《たかいしたけお》がパチクリに同調する。彼は敗戦直後の日本が、「一千万人が餓死する」との噂が流れるほどの「飢餓地獄」に襲われて、国民が生死を彷徨っていたことを知らない年代だ。

それを聞いた細野鶴男はハッとして、手に持つ飲みかけのビールジョッキを宙に浮かせたまま、「北朝鮮の核もミサイルも、中国とロシアの力を借りなければ解決できない問題だ。何故なら、アメリカがどんなに経済制裁を強化しても、中・ロという抜け穴が在って石油が流れ、貿易が行われている限り、北朝鮮が音を上げることはないからだ。それがこのたびは、たまたま中国との関係がぎくしゃくしたものだから、苦し紛れに、『日朝政府間協議』で拉致事件の再調査を約束したけれども、中国との関係が回復すれば、前回のように掌を返されても不思議ではない。仮に中国と北朝鮮の関係が冷え切ったままで、拉致事件の再調査が行われたとしても、結果は終戦時の残留日本人や、『帰国事業』〈註1〉で北朝鮮に渡った日本人妻の生存者を数合わせに出し、拉致被害者が一人か二人現れて、後はお茶を濁されるに違いない。で、我が国が中・ロと対立していては、拉致事件だって全面解決はあり得ない」と言いたかったのだが、胸奥に眠っていたトラウマが目を覚まして、声を出せなかった。

パチクリと高石の話を聞いて、横井庄吉が、

「だからって、我が国が戦後一貫して国是としてきた専守防衛をやめて、憲法解釈を変更してまで、国外で戦争のできる国に大転換するのは、僕はどうかと思いますよ」

と、疑問を呈すると、

「だってお前、中国は、歴史的にも国際法上も我が国固有の領土である尖閣諸島を、石油が出ると判ったものだから、『尖閣は、釣魚島という自分の領土だ』って言い出したのだ。放ってはおけないだろう」

と北野哲次が険しい顔で反論する。それを須賀秀男が応援する。

「中国のやり方を見てみろ。西沙諸島でベトナムの船に体当たりしておきながら、体当たりしたのは、ベトナムの船だって言い張っている」

それに対して、「確かにその通りだ。だが、しかしである。安倍総理のやり方もどうかと思う。『中国は共産党の一党独裁だから問題がある』と一貫して言っておきながら、同じ共産党一党独裁のベトナムには、巡視船を十隻も造って供与するという、辻褄の合わないことをやる。糅《か》てて加えて、靖国を参拝してキャロライン・ケネディ駐日大使を失望させた。結局は、安倍総理は自分の都合のいいように言っている」と、細野鶴男は言いたいのだが、その勇気が無い。

「複数の国が領有権を争う南沙諸島でも、中国はコンクリートの建造物を造って、着々と実効支配を進めている」

「だから中国は東シナ海でも、尖閣の次は『沖縄も中国の領土だ』って言うに決まっている。お前はそれでいいのか！」

北野、須賀に続いて高石、田神が、横井の呈した疑問に反駁する。

「それに何でも反対の奴らは、お題目を唱えるみたいに憲法九条、九条って言うけど、中国が戦争を仕掛けてきた時、憲法九条で撃退できるのか、って言いたいよ」

「それもそうだけど、ベトナム戦争で韓国は、延べ三十三万人の兵隊を派遣して五千人の戦死者を出し、ベトナムの民間人を何千人も殺害した。だけど日本は戦後七十年間、一人の戦死者も出さず、一人も殺さなかった。これは憲法九条があったからで、この事実から目を逸らしたら、罰が当たる」と、またしても細野鶴男は、心の中で呟いた。

「それに、だな、横井……」

言い足りなかった高石武男が、横井に追い打ちをかけようとした時、

「そんな難しい話、此処でしたってしょうがないだろう。それよりもカツオのタタキ、早く食わないと不味くなってしまうぞ」

と、まだ箸を付けていない連中に、幹事の三瓶一郎が注文を付けた。

多数意見の十字砲火を浴びる横井を見て、やはり自分の本音は語れない、と思った細野鶴男は、当たり障りのない話になったので、

「僕はカツオも餃子も、みんな食っちゃったよ。何か美味い物を注文したいね」

と、声を出した。

その声に応えて、幹事が呼び出しチャイムのボタンを押すと、「ご用でしょうか」と言って、若い係が来た。

「オレは焼き鳥」

「オレも、右に倣え」

「僕は……あれ、あれあれ」

「……？……」

「あれあれじゃわかんねぇだろう。お姐さんが困っているぞ」

「えーと、家のばあさんみたいに……」

「腰の曲がったエビか」

「そうそう、甘エビ」

などとトチリながらも、それぞれが好みの物を注文した。

係が去ると、三瓶幹事の横槍で話の腰を折られた高石が、話を戻した。

「戦地から避難する日本人を乗せた米艦が攻撃を受けても、隣にいる海上自衛隊が何もできない。そんなバカな話があるもんか」

「先輩、安倍総理は肝心なことを言わないけど、問題はその後ですよ。米艦を護るには、攻撃してくる相手を撃破しなければならないでしょう。そうなれば、相手にすれば、海上自衛隊は米艦と一体になった敵ですね。だから、激しい戦闘になるでしょうね。場合によっては、お互いの基地を攻撃し合う、本格的な戦争になるかも知れませんよ」

横井はなかなかの論客だ。多数意見の集中攻撃を受けてもへこたれない。

「その時はその時だよ。自衛隊と米軍が、一気に相手の基地を叩き潰すだろう。お前、それに文句があるのか！」

旗色の悪くなった高石武男が、横井庄吉を怒鳴り付ける。

「そう大きな声を出すなよ。『怒鳴り声を出すのは、人間が出来てないからだ』って、自民党の山崎拓元副総理が言ってたよ」

そう言ってから、高石と横井に酒を注いでやったのは、集まった八人の中で一番古くて、最年長で、現役時代は職長だった小野田昭八だ。彼は、昭和八年に生まれたので「昭八」と名付けられた。そして十二歳になった昭和二十年五月二十六日、東京最後の大空襲に遭い、B29が投下する焼夷弾《しょういだん》に焼かれて渦巻く炎の中を無我夢中で逃げ回り、気が付いた時は、家族は全員紅蓮の炎に焼き殺されて、独りぼっちになっていた。

戦災孤児になった彼は、物乞い、盗み、スリと、ありとあらゆる手段で食う物を手に入れて飢えを凌ぎ、同じ身の上の浮浪児たちと、橋の下や土管の中を塒《ねぐら》にして身を寄せ合っていた。しかしながら、そこは文字通りの「飢餓地獄」で、多くの浮浪児が空きっ腹を抱え、骨と皮になって息絶えていった。そうした中、奇跡的に生き延びていた小野田昭八は、何でもいいから口に入れる物が欲しくて、闇市でサツマイモを掻っ払った。が、口に入れる前に大人に見付かって、顔が歪《いびつ》になるほどぶん殴られた。たまたまそこを通りかかった進駐軍の米兵に助けられ、キリスト教会に預けられた。それが縁で「児童養護施設」に収容され、彼は幸運にも死なずに済んだのである。

この実体験が骨身に沁みて、戦争の本当の恐ろしさは、「殺し合い」や「爆弾の雨」だけではない。戦争が終わっても食う物が無い、「飢餓地獄」だ。と、昭八の脳裏に刻まれている。さらに彼は、折に触れて菊池章子の「星の流れに」を口ずさむ。力のない女性が「飢餓地獄」

を生きるには、心に、生涯癒やすことのできない傷を負わざるを得なかったからだ。

「だって先輩、こいつがあんまり屁理屈こねるのでついつい……、安倍総理が〝積極的平和主義〟に舵を切ったから、日本は安全……」

と、高石武男が言い訳するのを遮って、幹事の三瓶一郎が、こう注文を付けた。

「またその話かよ。マダラボケのジジィが、こんな所で能書き垂れたって、どうにもならないよ。今日は飲み放題のカネ払うんだから、飲まなきゃ損だよ」

「そうですよ。難しい話は抜きにして……」

そう言って徳利《とっくり》を持った細野鶴男が、小野田昭八と高石武男のやり取りに、口を挟みたくてうずうずしている須賀秀男に、どうぞ、と酌をした。細野は、長幼の序からは小野田昭八に次ぐ年嵩だが、年功序列の上では一番後輩なので、常に一歩引いていた。

「それにしても、消費税が上がる。物価も上がる。なのに、年金は下がったのだから、我々年寄りにはトリプルパンチですね」

と話題を転じた。

「だから今日は、ドバッと酒でも飲んで、鬱憤を晴らそうよ」

そう言った三瓶一郎は、少し口の悪いところはあるけれども、気配りの上手な男で、よく幹事を任される。彼は今回、こうした集まりにはタブーな政治の話になり、それぞれが自分の意見を主張して譲らず、雲行きが怪しくなったので、話の先を昔の同僚のことに振り向ける。

「オレより五年後輩の、木原……何て言ったっけ」

「そうそう、木原雄一郎、あいつ死んじゃったってよ」

「雄一郎だよ」

「肝臓癌だって。年金目の前にして、気の毒だよな」

「そこだよ、問題は。彼は独身で身寄りがなかったから、掛け金丸損だ」

「年中カネカネって言ってた大竹満、やつは認知症だって。徘徊していて、何度も警察に保護されたらしいよ」

「えーと、名前が出てこないけど、振り込み詐欺に引っ掛かった、それも二千万円も」

「それは振り込み詐欺じゃなくて、北橋行夫が、架空の投資話に騙された話だろう。やつはそれを取り返すまでは、死んでも死にきれねぇ、って頑張っているけど、足腰が弱って、車椅子だって」

「奥さんと別れて、バスガイドと一緒になった山崎、あいつは元気だってよ。若いカアチャンと一緒にいると、本人も元気なようだ」

「美人のガイドに手を出してクビになった、色男の松本、やつは脳梗塞で倒れ、寝たきりだって」

「その美人ガイド……名前が出てこない」

「『鈴木ひとみ』だよ。彼女はあのあと半年ばかりして、お客さんに見染められて玉の輿に乗った、って聞いたけど」

「その玉の輿が、実はとんでもない食わせ物で、財産が有り余っていても、亭主が酒乱だから、彼女は暴力に耐えられず離婚して、シングルマザーで男の子を育てたらしいよ」

「美人薄命とは、よく言ったものだね」

そんな噂話をしていると、

「オレの梅酒ロック、こねえなあ」

と北野哲次が、話題から逸れたことを言う。

「お前、注文したのか?」

「した……」どうも怪しい。

そんなやり取りにみんなが顔を見合わせると、横井庄吉が、ぼそっと呟いた。

「〝積極的平和主義〟って、僕、イマイチわかんないんですけど」

「お前、そんなこと聞くまでもないだろう。読んで字の如しだ」

と高石武男が、ビシャリと言った。すると小野田昭八が、「それはね」と前置きして、こう続けた。

「〝積極的平和〟という言葉は、解りやすく言えば、だね。ノルウェーの社会学者、ヨハン・ガルトゥングが、結果として戦争の無い状態を〝消極的平和〟と言い、戦争の原因になる争いの元を取り除いて、平和を創出することを〝積極的平和〟と定義したのだよ。例えばドイツとフランスなどの周辺諸国が、欧州連合(EU)を創設したように。それに対して安倍総理が唱える〝積極的平和主義〟は、同盟国と提携して武力を強化し、中国や北朝鮮を押さえ込む、というものだから、中身がかなり違う。と、僕は思うね」

「先輩、よく言ってくれました」と、勇気がなくて口では言えない細野鶴男は、心で感謝する。

「先輩、勉強になりました。一献どうぞ」

と言って横井庄吉が、小野田昭八に酌をする。面白くない高石が、三白眼で横井を睨みつける。

「どっちにしろ、自衛隊の皆さんが集団的自衛権を行使して、我々国民の生命と財産を守ってくれる。こんな有り難いことはないだろう。ケチを付ける横井の気が知れない」

須賀秀男が、偉丈夫で貫録のある小野田先輩に言えないものだから、横井に八つ当たりする。その矛先を小野田昭八が受け止める。

「ま、人には夫々《それぞれ》の考えがあるから、一概にどうこう言えないけれども、こうした事実は、知っておいて損はないと思うよ。

それはね、戦争反対の講演会で聴いたことだけど、国連の統計によれば、第一次世界大戦の死者は軍人が九十五%で、一般市民が五%だった。それが第二次世界大戦になると、軍人が五十二%で一般市民が四十八%と、軍人と同じくらい一般市民が犠牲になるようになった。そしてさらに、朝鮮戦争では軍人が十六%で、一般市民が八十四%と大逆転し、ベトナム戦争ではさらにさらに、軍人の死者が五%なのに対して、一般市民の死者がなんと九十五%になったそうだ。だから、やはり、これからの戦争も、命を奪われるのは殆どが一般市民、ということになるね」

「確かにそうでしょうね。そのことは、第二次世界大戦で敗北した日、独、伊、は言うに及ばず、勝利した側のイギリスはロンドン大空襲で、ポーランドやフランス、ベルギーなどヨーロッパの国々もナチスに国家を占領され、ソ連はレニングラードやスターリングラードまで攻め込まれ、中国は日本軍に国土を蹂躙されたから、勝利を得るまでに、実に多くの国民の生命と財産が失われたことでも明らかで、今は、国民の生命と財産を守る戦争なんてあり得ませんよね」と、細野鶴男は心で呟いた。

「だけど小野田先輩、それだからこそなおのこと、集団的自衛権による抑止力が必要なのですよ。そうしないと、海洋進出を強める中国と、核実験を強行し、ミサイル発射を繰り返す北朝鮮を抑えることができませんよ」

と、したり顔で北野哲次が危機感を強調する。そこに須賀秀男が外連味たっぷりにこう続けた。

「今、憲法解釈を変更しないと、日本は中国に呑み込まれて、チベットや新疆ウイグル自治区のようになってしまう。それだけ日本を取り巻く環境が厳しくなっているのですよ」

「そうかなあ、僕の見た所では、昔、共産主義の拡張を目論む東のソ連と、それを阻止したい西側が、核爆弾の保有を競い合いながら厳しく対立した冷戦時代に、日本は西側陣営の、極東の最前線でソ連・中国と対峙していたのだ。その頃の方が、今よりも我が国を取り巻く環境はもっと厳しかったはずだけど」

と小野田昭八が言った時、隣室からひと際高い声が上がった。

——カンパアーイッ！

「お隣さんは、合コンみたいだな」

「若い人は羨ましいね」

若者のカンパイに話の腰を折られた小野田昭八が、

「合コンができるのも、平和なればこそ。この平和を守るためにも、ま、聞いてくれよ」

と言って、ぐい飲みの酒を飲み干してこう続けた。

「何ごとも相手のあることとは、こちらの思う通りにはいかないものだ。まして国際情勢は千変万化、敵の敵は味方、今日の友が明日は敵になるかも知れない。安倍総理がかつてないペースで外国を訪問して、中国包囲網を構築したつもりでも、いざ蓋を開けてみたらチャイナ・マネーに凌駕されて、中国を核とする反日、反米国家連合ができていた、なんてことにもなりかねない。それに……」

と話を続けようとした時、

「小野田先輩、せっかくの酒が不味くなるから、もうその話はいいですよ」

と、幹事の三瓶が待ったをかけた。

「いやあ、ごめん、ごめん。熱が入っちゃってついつい……でも、もう一言だけ言わせてくれ」

「………」

「南ベトナム共和国は集団的自衛権を行使して、世界最強の米軍と共に戦ったけれど、米兵の犠牲が甚大になると米軍は本国に引き揚げてしまった。と同時に、南ベトナムは国家そのものが消滅した。こうした過去の教訓があるのだから、日本は南ベトナムの二の舞いを演じないように、気を付けなきゃいけないって、僕は考えているのよ。これで僕の話は終わりだ」

いっとき沈黙があって、三瓶幹事が口を開いた。

「肴がなくなった。何か頼もうか？」

「中国産でなきゃ何でもいいよ」

「幹事にお任せだ」

「じゃ、これにしよう」

幹事が、メニューの中から「野菜たっぷりつる七サラダ」を選んで注文した。

「いやあ参ったよ。後期高齢者になったら、健康保険が『後期高齢者医療保険』に替わって、保険料ガッポリ取られたよ」

「それに、介護保険料だってハンパじゃないしね」

「オレも来年は七十五歳だ。ヤバイな」

「ま、何だかんだ言ったって、酒が飲めるのも、生きていればのことだ」

「そうそう、死んだら飲めないから、今日はじゃんじゃん飲もうよ」

「それがねえ、現在《いま》は成仏資金がないと、死なせてもらえないのよ」

幹事の三瓶が変なことを言うので、みんなが首を傾げる。

「何ですか、その『成仏資金』ってのは？」

「オマエ知らないのか。身体が利かなくなったら、介護付きの有料老人ホームのお世話になるしかない。子供らは自分の暮らしで精いっぱいだから、仕方がないだろう。それで問題はそのカネ、『成仏資金』だよ」

そんな三瓶幹事の穿った話や、老後の不安を語り合っているうちに、みんな、かなり酔いが回ってきた。

目が据わった須賀秀男が、話を蒸し返して、

「せ、先輩、戦争になれば、多くの一般市民が生命と財産を失う、って言ったけど、イ、イギリスとアルゼンチンが戦ったフォークランド戦争〈註2〉では、一般市民の生命も財産も無事でしたよ」

と、小野田昭八に詰め寄る。

「それはね、アルゼンチン軍が、国民を巻き込む前に降伏したからで、徹底抗戦していたら、アルゼンチンは本国が焦土と化していただろう」

そう小野田先輩に反論された須賀が、話を転じた。

「それにしても中国はひどいですね。自衛隊の飛行機に、中国の戦闘機が三十メートルくらいまで異常接近したって、テレビでやってましたからね。それも、二回も」

「そういうことがあるので、偶発的事故を回避するためにも、海上連絡メカニズム、即ちホットラインの早期運用開始を、日本の防衛大臣が中国に求めている」

と田神勇三が、須賀を応援する。

それを聞いていても、小野田昭八は何も言わない。酔っ払いを相手にしても仕方がないと思っているようだ。でも細野は、「それは日本にとっては旨い話だが、相手の中国にすれば、『安倍総

理は、前回のねじれ国会の下では総理の重責に耐えられず、政権を投げ出したのだから逆境には脆い総理』と睨んで、尖閣諸島沖に海警局の公船を遊弋《ゆうよく》させ、空では戦闘機を異常接近させて、日本をピリピリさせる。その緊張の連続で、いずれ安倍総理は音を上げる、と踏んでいるに違いない。なので、『ホットライン』を創っても形だけで、我が国に緊張を強いる挑発行為は止めないだろう」と言いたいのだが、田神らが怖くて言い出せない。

「中国の戦闘機なんか、自衛隊の『F-15Jイーグル』戦闘機で、ガツンと一発、打ち嚙ましてやりゃいいのよ」

「そうだ、そうだ。日本の航空自衛隊は優秀だから、中国の空軍なんか目じゃないよ。それにいざとなったら、アメリカ第七艦隊の、空母機動部隊が控えているから大丈夫だ」

酒の勢いも加わって、対中国強硬論に花が咲き、ハゲと白髪が口角泡を飛ばしているうちに、みんなへべレケになってきた。

「お、小野田先輩……に、日本には、中国に媚を売る、売国奴みたいな奴がいるから、中国がつけあがるんですよ」

酒の力を借りて須賀秀男が、小野田先輩に当て擦りを言う。返す刀で、

「細野さん、あんた、何か言いたそうだね」

と、細野鶴男に絡んできた。細野はギョッとして一瞬怯んだが、これだけは言っておかなければいけない、と勇気を振り絞って、こう言った。

「日本は、一千数百兆円の借金を抱えています。須賀さん、一兆円の千倍以上、一千数百兆円

ですよ。それが、今、こうしている間もどんどん増え続けているのですよ。なのに、中国包囲網を構築するために、安倍総理が外遊して金をばら撒いていたら、ギリシャのように財政危機に陥り、日本の財政がメルトダウンして、国家そのものが金欠病で滅亡しかねませんよ」

「なにぃ！」

細野に、気に入らないことを言われた須賀が気色ばみ、険悪な空気が漂い始めた。

「まあまあ、そんな怖い顔しないで、もっと飲みなよ。高石君もどうだ」

小野田昭八が仲を取り成して、須賀と高石に残っていた酒を全部注いでやった。それを飲み干しても、二人はまだ飲み足りないようだ。

「おい、幹事、酒がねえぞ」

言うことは立派だが、酒癖の悪い高石武男が、三白眼で幹事の三瓶を睨《ね》め上げる。

「もう鱈腹飲んだだろう。それでも足りないなら、別な店で、好きなだけ飲んでくれ」

そう言って幹事が、割り勘の計算をして金を集めた。みんなは直ぐに出したのに、須賀秀男はそっぽを向いている。都合の悪いことには、かなり耳が遠くなっているようだ。

「一人四千五百円だよ」

と三瓶幹事に大声で言われて、パチクリ瞬きしながら財布から金を出した。

それでハゲと白髪が半年ぶりに顔を合わせたOB会は、「お互い、忘年会まで達者でいよう」を合言葉に、お開きになった。

細野鶴男は、帰宅する方向が同じ小野田昭八と連れ立って、川崎駅から京浜東北・根岸線に乗った。二人並んで座れる空席に腰を下ろしてふと隣を見ると、残業で疲れたような中年の男性がうとうとしている。その手に『田母神戦争大学』という題名の本を持っている。細野も興味をそそられて買おうとしたら売り切れで、取り寄せてもらった本である。こうした類いの本が人気を博しているところを見ると、安倍総理の思惑通りに、対中国強硬論が流布されたに違いない。それが気懸かりな細野鶴男が、小野田先輩なら心を許せると思い、

「先輩、野党はだらしがないし、今の若者には、かつての安保闘争のようなエネルギーが無いから、このまま安倍総理の狙い通りに憲法解釈が変更されるでしょうね」

と、みんなの前では出せなかった声を、周りを憚りながら小さく出した。

「ま、それで国内は力で押し切ったとしても、隣の中国から見れば、だよ。『戦後レジームからの脱却』を政治信条とする安倍総理は、戦後、我が国が貫いてきた平和国家の歩みを否定し、『戦争のできる』昔の日本を取り戻すことを究極の目的にしている、と見えるだろう。だから、応分の対応をするだろうな」

「と言いますと?」

「安倍総理が進める集団的自衛権構想は、自衛隊プラス米軍の強大な戦力を誇示すれば、中国は恐れをなして尖閣諸島に出てこない、という筋書きだ。でも、それは安倍総理の一方的な考えで、中国は、それを上回る戦力を持つだろう」

酒の席で話しても仕方がないと思って抑えていたのか、小野田が忌憚なく語りだした。

「そのことは、かつて中国は『台湾海峡ミサイル危機』〈註3〉の時に、アメリカが派遣した空母二隻を中心とする機動部隊に対抗する戦力を持たなかったので、『負ける戦はせぬが勝ち』と、一歩引いてその場を収めた。爾後、その時の反省から軍事予算を年々増大して、臥薪嘗胆《がしんしょうたん》の末に、兵器の近代化を成し遂げ、米軍に対抗し得る戦力を持った。だから、自衛隊プラス米軍の戦力に脅えるようなことはないだろうよ」

「そうですよね。ユニオンジャックに取って代わった星条旗も、かなり色褪せていますから。それに、湾岸、アフガン、イラクと戦争続きで、首が回らなくなるほどの借金が嵩み、軍事費の削減を余儀なくされている。この逼迫したアメリカの財政赤字を見て、中国が『米軍恐れるに足らず』と判断すれば、日本が集団的自衛権を行使できるようにしても、中国にとっては、安倍総理が思うほど、『恐れをなす』ことではないでしょうね」

「そもそも戦争は、こちらがこうするのだから、相手はそうする他はないだろう、との読み違いから始まる気がするよ」

「相手には相手の、考えや判断がありますからね」

「中国と韓国が反発している歴史認識、すなわち靖国問題だが、これは日本の国内問題でもあると僕は思うよ。天皇陛下に御親拝して頂けない。アメリカの大統領が来日しても献花して頂けない。生きている人間の都合で、事あるごとに物議を醸す。これでは英霊に申し訳ないだろう。誰もが蟠りなく参拝できる新しい施設を創るのが、最大の慰霊になるはず……」

小声でぼそぼそ話し合っているうちに、「次は横浜」とのアナウンスが流れた。

細野鶴男は根岸線の磯子だが、小野田昭八は、相鉄線の二俣川駅なので乗り換えだ。「もう少し話を聞きたい」と細野が言うと、小野田は快く了解して、二人は横浜駅で下車した。

東京駅に負けないほど利用者の多い横浜駅は、午後十時近くなっても、かなり混雑している。小野田がよく利用するという、相鉄線乗り場に通ずる地下通路に在る喫茶店に二人は入った。そして、コーヒーを注文すると早々に、小野田昭八が話の続きを語りだした。

「そもそも問題の根っこは、我が国はポツダム宣言を受諾して、無条件降伏したにも拘わらず、敗戦を終戦と言い換えて、責任の所在を有耶無耶にした。それで歯車が噛み合わなくなり、ずるずると現在まで引きずっている。その点ドイツは、戦争にきちんとケジメを付けて、他国から尊敬される美しい国になった。そしてドイツ国民は、誇りと自信を身に付けた、って僕は考えているのよ」

「そうでしょうね。ドイツを軽蔑する国はありませんから」

「でね、尖閣問題は、鄧小平が昭和五十三年に来日した際に行われた記者会見で、彼が尖閣諸島棚上げ論を持ち出した時に、『閣下、それは違います。尖閣諸島は無主地先占の法理に基づく我が国固有の領土ですから、棚上げにする問題ではございません』と、勇気を持って反論する日本人が一人もいなかった。そのことに因って、『尖閣問題棚上げに、日本に異存がなかった』との口実を中国に与えてしまった」

「お待たせ致しました」

若いウエイトレスが、注文のコーヒーを持って来た。付いてきたミルクと砂糖には手を付けず、そのまま一口飲んで、小野田がまた語りだした。

「集団的自衛権を行使できるようにすれば、中国はリスクが大きいので、尖閣で武力を使えない。だから戦争にならない。万一戦争になっても、米軍が共に戦ってくれるから大丈夫、と安倍総理は考えているようだ」

「でしょうね。でも、トランプ大統領の権限で戦争ができるのは二か月間だけで、議会の同意がなければ、戦争は継続できないそうですよ」

「問題はそこだ。他所の国の小さな無人島のために、アメリカ兵が命懸けで戦う必要があるのか、との声が大きくなれば、同意を得るのは難しいだろうな」

「かつてニクソン大統領が突然訪中してショックを受けた時のように、日本の頭越しに、アメリカが中国と手を結ぶことだって、無いとは言い切れませんからね」

「そりゃあそうだよ。力と力の対決は、軍備が際限なくエスカレートして、相手に迎撃の時間を与えない『極超音速ミサイル』の開発に鎬《しのぎ》を削る時代になったのだから」

「その『音速の十倍、時速一万二千四百㎞で滑空するミサイル』が出現すれば、『世界終末時計』の残り時間は、ますます少なくなりますからね」

「それでアメリカは、尖閣諸島には日米安保条約が適用される、とは言っても、領有権の帰属については中立の立場をとっているのだろう」

「それは暗に、尖閣諸島を巡る日本と中国の軍事衝突には巻き込まれたくない。話し合って解決して欲しい、と言っているようにも受け取れますね」

「そこだよ、問題は。尖閣に領土問題は存在しないからと、一丁だった護身用の拳銃を二丁に増やして、『来るなら来てみろ』と身構えておきながら、『相手が話し合いに応じない』と言っていたのでは、いつまで経っても埒《らち》が明かない。こちらが変われば相手も変わる」

そう言って小野田昭八が、小泉首相が靖国に参拝してこじれにこじれた日中関係も、中国と韓国に一定の配慮を示す、福田康夫元官房長官が総理に就任してから風向きが変わり、平成二十年には、胡錦濤国家主席が国賓として来日し、友好ムードが一気に高まった時のことを例に挙げた。

「そうですよね。お互いに引っ越すことのできない隣国同士なのだから、何とか折り合いをつけて、共に生きて行く手立てを考えないといけませんね」

「それには、仲立ちが必要なのよ。犬猿の仲だった薩摩と長州の手を結ばせた、坂本竜馬のような仲裁人が。それでね、今それができるのは国連しかない。国連に当方も相手も上がれる土俵を創ってもらって、過去にきっちりケジメを付けて、二度と過去の問題を蒸し返さないためにはどうすれば良いか？　その核心の構築を大前提に、胸襟を開いて相手の言い分をよく聴き、当方の主張とどう摺り合わせ、いかに折り合いを付けるか、もちろんこうした和解には、双方に、大胆な身を切る覚悟がなければできないことではあるけれども」

「無理でしょうね。太平洋戦争は、アジアの解放と自存自衛のための戦争だった。という思いがありますから」

「だったらなおのこと、石油の全面禁輸などの経済制裁を行って、日本の自存を妨げたアメリカに対して、強く抗議するのが筋だと思うよ、僕は」

「それが不思議なことに、アメリカの無差別大空襲も原爆投下にも、抗議のコの字もしません。それどころか米軍と一体になって、隣国に睨みを利かせようとしていますね」

「だから、『自存自衛のための戦争だった』と主張している人たちは、言ってることとやってることの辻褄が合わなく見える」

「そうですよ。公平な目には、そう見えるでしょう」

「ま、それはそれとして、ソ連に占領されたら目も当てられなかったけど、日本はアメリカに占領されたから、まだ良かった方だよ」

そこでフウッ、と溜め息をついた小野田が、諦念《ていねん》の目の色で細野を見る。その目を真っすぐに見返して、

「それにしても人間という生き物は、不思議な生き物ですね。尊い人の命を救おうと、医療関係に心血を注ぐ人がいれば、いかに効率よく物を破壊し、人を殺傷するかと、新型兵器の開発に血道をあげる者もいるのですから」

と、細野が言った。小野田はそれには答えず、

「コーヒー一杯でいつまでも粘っていては悪いから、お代わりもらおうか」

と呟いて、二人分注文する。

小野田がまた語りだした。

「ともあれ、お隣さんである中国、韓国と睨み合う状況を、次の世代に残してはいけないね。

金蘭《きんらん》の交わりとは行かないまでも、困った時にはお互いに助け合える、ごく普通の隣人関係にして次世代に渡すのが、我々世代の責任じゃないのかね」

「ですよね。角逐《かくちく》はどこかで断ち切らないと、パレスチナとイスラエルみたいに、憎しみが憎しみを生む連鎖が、子々孫々にまで及びますから」

「話は少し変わるけどね、アラブの春と言われたチュニジア、エジプト、リビアの民主化運動も、独裁政権を倒してはみたものの、安定した国家を構築することができず、難民がヨーロッパに押し寄せた。糅《か》てて加えて、ＩＳのような、身の毛もよだつイスラム過激派の温床になりつつある。恐ろしいことだ。

一方、軍がクーデターを起こしたエジプトとタイでは、軍事政権が力で統治機能を掌握し、治安と平穏を取り戻した。それでね、ふと思ったんだけど、もしも中国がリビアやシリアのような状態になって、避難民が大挙して日本に押し寄せてきたら、その対応に追われて、日本は困難を極めるだろう。安倍総理は、戦後七十年談話は未来志向でなどと、言葉遊びができなくなるね」

いずれにしても、世界の安寧秩序は、国連の安全保障理事会が中心になって担うほかはない。だから、肝心の常任理事国の「米、英、仏」と「中、ロ」が、敵対している場合ではないのである。まずはテロ対策と世界の平和を第一義に、価値観の相違は別問題として脇に置いて、次々に発生する紛争に一致して対処するのが、超大国としての責務なのだ。なのに、自由と民主化を急ぐあまり、拒否権を持つ中国とロシアを敵に押しやっては、一つの世界に二つの国際社会が出現しかねない。もしもそうなれば、ナイジェリアのボコ・ハラムやイスラム国のような過激派組織を、この世に跋扈《ばっこ》させることになる。と、そのことを細野鶴男が言おうとした時、

「いけねえ、終電がなくなる」

と言って、小野田昭八が立ち上がった。


小野田先輩と別れて、京浜東北・根岸線に乗った細野の頭に、「こんな話、お前と二人でグダグダ言っても仕方がないけど」と呟いた小野田昭八の渋い顔が浮かんだ。確かにその通りだ。その通りではあるけれども、戦争をしない国から、戦争をする国に変わろうとしている。これでいいのだろうか？　との思いが細野鶴男の頭から離れない。

以前の総理は「ショウ・ザ・フラッグ」と言われても、「ブーツ・オン・ザ・グラウンド」と詰め寄られても、我が国は「憲法九条で集団的自衛権は行使できない」との「内閣法制局の見解」が歯止めになって、共に戦うことを拒否することができた。けれどもこれからは、この歯止めがなくなるのだから、今後の総理は誰がなっても、アメリカから要求があれば、拒絶するのは難しくなるに違いない。「国会の決議」が歯止めになる、との見方もあるが、国会そのものが与党の「党議拘束」で決定するのだから、結果は見えている。で、結局のところ日本の自衛隊は、米軍と共に戦わざるを得なくなるだろう。これを米軍と戦う相手から見れば、日本は、米軍と一体になった敵である。なので、「集団的自衛権の行使」は、我が国が新たな敵を創ることでもある。

こうした危険性が、安倍総理が推進する安全保障の裏に、一体になって張り付いている。

そもそもこの問題の発端は、湾岸戦争で、我が国が百三十億ドル（約一兆四千億円）もの大金を出しながら、イラク軍をクウェートから撤退させた多国籍軍に感謝するために、クウェートがワシントンポスト紙に掲載した、米国を始め約三十か国の国名の中に、日本が入っていなかったことで「負い目を感じた」外交関係者らの、国際社会で羽振り良く振る舞うには、自衛隊を出さなければいけない、との思惑から始まった。そうとしか考えられない細野鶴男は、釈然としない思いを断ち切れない。

いずれにしても、我が国が貫いてきた「専守防衛の国」から、方針を大転換して「国外でも戦争のできる国」にするのだから、それに伴うリスクを覚悟しなければならない。果たして国民にその覚悟があるのだろうか？「南ベトナム共和国の轍を踏まなければよいが」と案じた小野田昭八の言葉が、細野の脳裏に突き刺さったまま、電車は磯子駅に到着した。

そして七月一日、安倍政権は、集団的自衛権の行使を容認する憲法解釈の変更を閣議決定した。

そのニュースに細野は、昭和の戦争で一億総特攻の魁となって出撃した戦艦大和と共に散った臼淵磐《うすぶちいわお》大尉が「――敗れて目覚める。新生日本……」と語った通りに、敗戦によって、日本は平和主義の国に生まれ変わることができた。なのに、特定の政治家が自分の政治信条を実現するために、我が国を昔の国体に戻そうとしている。

そう睨んだ細野鶴男が、「平和日本が成すべきことは、かつてブドロス・ガリ第六代国際連合事務総長が提唱した、国家を超越した世界の警察とも言うべき〝平和執行部隊〟の創設や、宮沢元総理が、時代の変化に合わせて我が国が、『平和憲法の堅持と国際貢献を両立させるために知恵を絞って提唱した、自衛隊員の身分を国際公務員に切り替えて参加させる〝国連常設軍〟の創設に力を尽くすべきではないのか」と独り呟いて、そうだ、黙っていては誰にも伝わらない。勇気を出して声を上げよう――そう思った時、「それはお前の考えだろう。自分の考えを他人様に押し付けちゃいけないね。他人様には他人様の考えがあるのだから」という、もう一人の細野鶴男の声が返ってきた。それはそうであるけれども、だが、しかしである。との思いが細野の脳中を駆け巡って、爾後、集団的自衛権の流れに目を光らせた。

「中国は眠らせておくべし。目覚めた中国は世界を震撼させる」とナポレオン三世が評した、その中国が、永い眠りから目を覚まして中原《ちゅうげん》に駒を進めたのだ。軍事力のみならず、経済力でも。そして、世界第二位に成長を遂げたGDPを背景に、「一帯一路」構想を表明し、さらに「アジアインフラ投資銀行＝ＡＩＩＢ」設立の中核を占め、イギリス、フランス、ドイツ、イタリアなどの主要先進国も参加するほどの影響力を発揮した。これに対して安倍総理は参加を渋り、自衛隊とアメリカの軍事力で中国を封じ込めようとしている。が、果たして安倍総理の思惑通りに行くだろうか。国際社会は複雑怪奇、利害得失で動き、反米意識の強い国も少なくない。

そうした状況の下、我が国が戦後七十年間堅持してきた「平和主義を大転換」して、アメリカの求めに応じて世界中どこにでも自衛隊を出してやったら、「一千数百兆円」を超す借金を抱える国の財政は破綻するに違いない。それを見透かしている中国は、「戦わずして勝ちを得るは善の善なり」と、裏技でマラッカ海峡などの日本のシーレーンに危険な状況を創り出して危機感を煽り、自衛隊が出て行くように仕向け、さらに諸々の手を使って我が国に大金を浪費させ、財政破綻を加速させる策を練るだろう。そうなれば結局のところ、自衛隊は出て行っても戦費が途切れて外地で立ち往生。糅《か》てて加えて、財政がパンクした内地では、国民が塗炭の苦しみに喘ぐ。そんな最悪の事態に陥ることだって、無いとは言い切れまい……。

そもそも先の大戦も大本をたどれば、徳川幕府を倒した薩摩・長州の下級武士が、分不相応な政権の座に就いたのを正当化するために、神、即ち天皇の名を借りて「神国日本」と称し、恰《あたか》も天皇の意志であるかのように装って国民を従えたのが始まりで、それが高じて他国を見下すようになり、とどのつまりが敗戦で国民を地獄へ突き落とした。で、懲り懲りして「神国日本」は見直されたのだが……。

田中角栄元総理が「戦争を知っている世代が政権の中枢にいるうちは心配ないが、戦争を知らない世代が政権の中枢となった時はとても危ない」と危惧したように、今、戦中の阿鼻叫喚も戦後の飢餓地獄も知らない世代が政権の中枢にいる。「歴史を繰り返させてはならない。と声を大にしなければ」と思った細野鶴男だが、同時に「お前は非国民だ！」と罵られた、過去のトラウマが蘇ってしまった。かくして声を出すことが恐ろしくなった彼は、またしても自分の口に封をしたのである。

口を閉じてはみたものの、子や孫のことを考えると、やはり戦争は反対だ。しかしながら、自分のような者が、そんな大それたことを考えても仕方がない。と思っている時に、海洋安全保障、日米関係の専門家である、小谷哲男明海大准教授（当時）が、「中国が狙うアジアの米軍排除」と題して、東アジアで米軍と中国軍が対決したらどちらが勝つか、その予測を読売新聞に発表した。内容はこうだ。

――米中双方の軍隊をボードゲームのように太平洋のど真ん中で対戦させれば、米軍が有利かもしれません。しかし、東アジアの地理に当てはめると、形勢は確実に逆転します。米国の軍事拠点は中国に比べると圧倒的に少なく、すべて中国のミサイルの射程に入っているからです。

中国が保有する巡航ミサイルの中には射程距離が１５００㎞と高性能化し、非常に複雑な動きが可能なものもあります。米軍が本格展開する前に、在日米軍基地は中国の一斉攻撃で無力化されてしまうでしょう――

しかしながら、米軍が東アジアに本格展開すると言っても、南シナ海に構築した中国の軍事拠点を突破するのは容易ではあるまい。仮に突破できたとしても可成りの日時を要し、その間日本はどうなるのか。そこが根本的な問題なのだが、安倍総理はどう考えているのだろうか？

とまれかくまれ、平和の在り方の根源を考察すると、我が国の応仁の乱から始まって、百年に及ぶ群雄割拠の戦国時代を経て、信長、秀吉、そして家康が盤石の徳川幕府を打ち建てるまで続いたことに行き着く。要するに室町幕府が統治能力を失ったからだ。
斯様な血で書かれた歴史に鑑みて、戦争のない世界を確立するには、国連に、世界を統治する権能を持たせるほかはない、との結語に至ったのだが、いかがなものであろうか。

註1「帰国事業」＝一九五九年頃、日本での生活苦に喘ぎ、将来への不安を抱えていた在日朝鮮人が、北朝鮮に帰国すれば、教育費は無料、医療費はただの「地上の楽園」で暮らせる、との宣伝に乗せられて、約九万三千人が永住帰国した。その中に、約千八百人の「日本人妻」と称される人たちがいた。「地上の楽園」という言葉を信じて、帰国する夫に付いて行った「日本人妻」を待っていたのは、極貧に喘ぐ「生き地獄」で、彼女らの中で里帰りできたのは、ほんの一握り、他の「日本人妻」の安否が懸念されている。

註2「フォークランド戦争（紛争）」＝アルゼンチン沖五百㎞の大西洋上に在るフォークランド（アルゼンチン名マルビナス）諸島の領有をめぐる、英国とアルゼンチンの争い。英国の統治下にあった同諸島を一九八二年にアルゼンチン軍が占領。これに対して英国はただちに機動部隊を派遣し、二か月余りの激戦の末、アルゼンチン軍が降伏して終戦。双方に約一千人の死者を出したが、一般市民を巻き込むことはなかった。両国は一九八九年十月に敵対関係の終結を宣言、一九九〇年二月に国交を回復した。「フォークランド紛争」と言われることもある。

註3「台湾海峡ミサイル危機」＝一九九五年、台湾の李登輝が訪米し、「台湾に中華民国が存在する」

ことをアピールしたのに対して、中国が猛烈な李登輝非難を展開、台湾近海を標的とするミサイル演習を繰り返して圧力をかけた。さらに翌年には、大規模な上陸訓練を実施した。さらにさらに、台湾の「中華民国総統選」初の直接選挙の直前にも、大規模な軍事演習の計画を発表したので、台湾と中国の間に緊張が極度に高まった。この危機に対してアメリカは、空母二隻を中心とする機動部隊「空母打撃軍団」を台湾海峡に派遣した。当時、アメリカの機動部隊に対抗する戦力を持たなかった中国は、屈辱に耐えて軍事演習を取りやめた。爾来、中国は臥薪嘗胆の末に兵器の近代化を図り、「対艦ミサイル飛龍7」などを完成させ、アメリカの機動部隊「空母打撃軍」を凌駕する戦争力を整えて、現在に至っている。

井上ひさし文章教室

福島県猪苗代町に在る「野口英世記念館」を訪れた時のことである。川柳を少し嗜む私の脳裏に、自然に一句浮かんだ。

文豪を　超えて英世の　母の文

我が子に会いたい一心から、母「シカ」が書いた手紙を拝読して、これまで読んだどの文豪の作品よりも強く胸を打たれ、涙が止まらなくなったからだ。で、文章の持つ力を改めて認識し、自分も「文章を書く力を磨きたい」との思いが強くなった。

そんな思いに光が差したのが、平成十二年のことである。作家・劇作家の井上ひさし氏が「市民のための文章教室」を開催したのだ。この教室は三日連続で開催され、受講料は格安、しかも集めた受講料は、「鎌倉広町・台峰の自然を守る会」に全額寄付されるとのこと。その会の理事長は井上氏ご自身で、氏は、鎌倉の自然を守ることにも力を注がれている。

敬慕する大先生の講座、さっそく申し込んだ。人数に制限があったのに、受講できたのが幸いだった。

「文章教室」の初日、先生は巧みな話術で笑わせ、受講者の緊張をほぐして講義を始めた。聴き手は笑いながら、しかし真剣に話に聴き入った。そして、

「いちばん大事なことは、自分にしか書けないことを、だれにでもわかる文章で書く。自分にしか書けないことを書くというのは、自分に集中するということです。身を縮めて自分をみつめ、自分を研究して自分がいちばん大事に思っていること、辛いと思っているること、嬉しいと思っていることを書く。人間は書くことを通じて考えを進めていく生き物です。

ものを考える一番有効な方法――それは『書くこと』である」

と、文章を書く上での基本中の基本を教わった。それに、自動車のハンドルに「あそび」がないとうまく走れないように、文章にも「ゆとり」が必要なのだ、と先生が話され、滑らかに読める文章を書くコツも学ばせてもらった。

宿題が出た。お題は「母」。字数は四百字詰め原稿用紙一枚。家に帰ってさっそく書き始めた。しかしながら書き上げてみると、「母」というお題とは全く関係のない代物になってしまった。ダイナシになったので、提出するのを諦めた。

この文章教室は三年連続で行われ、嬉しいことに三回とも参加できた。三回目の宿題は、「い

ちばん美味しかった食べ物」、または「いちばん不味かった食べ物」。このお題はウマイと思った。それはつい先日、「最高、最高！」と舌鼓を打って食べた物があったからだ。帰宅して、次の文章を書いて提出した。

家内の釣った高級魚

カアチャンが釣った高級魚を、トウチャンが捌いて家族で食べた。この上はあるまい。わが家の釣りは、私は大物、家内は小物と役割がきまっている。去る七月十九日、静岡・伊東港の岸壁では、大物どころか、小物釣りの上手な家内もさっぱり釣れなかった。目の下にはタカベの幼魚がうようよしている。なのに釣れるのは、嫌われ者の「海の金魚（念仏鯛）」ばかりだった。家内が諦めて放っておいたら、竿がぐーんと引き込まれた。針に掛かった金魚を大物が食ったらしい。仕掛けは小物用、ハリスは一・〇号だ。切れないように、やんわり家内が引き寄せたのを、私がタモ網に取り込んだ。上げてみると、高級魚のヒラメだった。

家に帰って測ったら、四十センチ近い結構な大きさだった。写真に撮って魚拓を採って、さあ私の腕の見せどころ。見よう見まねで覚えた包丁さばき。背骨に合わせて包丁を入れ、少しずつ切り込んで、貴重な縁側を残さないで身をおろし、薄い削ぎ切りの刺身にして食べたのです。

先生が徹夜で、添削のために目を通して下さった原稿は、三日目の冒頭に返ってきた。どきどきしながら見ると、

「すばらしい書き出しです。リズムがあって、表現もいちいち愉快で、とてもいい文章ですね。直すところはありません。それに、話が常に動いていて、一瞬も退屈させません。感心しました」

と朱で書かれた先生の肉筆が目に飛び込んできた。「やったあ！　バンザーイ！」と舞い上がった。

また、この文章教室の締めくくりは、約百五十人の参加者の中から、先生が選んだ作品を作者自身が段上で朗読する発表会。その二十人にも選ばれ、天にも昇る心地で朗読した。

わが人生最良の日となった。

後編　週刊誌と新聞の部

一　週刊誌

「モーレツに腹が立ったこと」

「モーレツに腹が立ったこと」という題で、週刊読売が原稿を募集したので応募した。私には長年胸にしまったままの、超々モーレツに腹が立ったことがある。書いて出せばすっきりしそうな気がしたので、投稿した。

頭の良い人は試験に落ちる

忘れもしない十年前、「危険物乙種四類取扱」の試験に合格した。いっしょに受験した同僚三人は落ちてしまい、合格したのは私ひとり。一発で合格。俺の頭はスゴイ！　と悦に入っていた私である。

わが職場は車屋稼業。経費を一円でも安くあげるため、自社用のガソリンスタンドが設置されている。そのためには危険物取扱所として消防署に届け出て、許可を受けなければならない。私は危険物取扱いの免状を持っている唯一の社員だ。保安監督者として白羽の矢が立った。当然、免状の手前、なにがしかの手当も付くだろう、と朋輩の羨望の的となって、私はさっそうとその職務に就いた。ところがその実態は……。

消防さまが査察に来る。ツヨーイ権限を持ってくる。さあ大変、大掃除だ。地下タンク、油脂保管庫、廃油置き場、油水分離槽、その他いっさいがっさい。

始末のわるいのが廃油置き場だ。ディーゼルエンジンが廃棄した真っ黒な廃油が、コンクリートの床にこぼれてベトベトになっている。ドラム缶もペール缶も真っ黒な廃油だらけだ。それを灯油で洗ってボロ布で拭き、磨く。次は油水分離槽、こぼれた油が雨水といっしょに流れ込む溜め枡だ。汲み出したあと沈殿している汚泥をすくい出す。

なんというみじめさ、これがあの輝かしい試験に合格した唯一の保安監督者の仕事なのか！　よそさまでは金を払って、専門の業者に委託していると聞いているが、こちらは予算が取れない。労組の組合員ならむしり取るのだが、管理職の情けなさ。

試験に受かったたって手当が付くわけでなし、オモーイ責任が生じ、仕事が増え、油泥まみれでドブさらい。試験に落ちた朋輩どもが、大変ですねぇ、なんて涼しい顔をしている。ああ腹が立つ。

食らえども味わえず、花鳥風月の感動も忘れ、美人に会ってもトキメキさえ覚えない。最近はあちらも立たなくなり、立つのは腹ばかりだ。本当に頭のいい人は、試験に落ちた連中なんですねぇ。


（週刊読売入選）

「日本語ナンセンスアップ」

次に「日本語ナンセンスアップ」とのタイトルで、副題が「誤用・娯用・御用だ！」。瞳をこらして、耳をすましで「へんな日本語」を探し出して下さい、と原稿を募集していた。

これは「誤って使われている」、見方によっては「娯楽に使っている」とも思える、面白味のある日本語を募集している、と理解して、日ごろ気になっていたことをいくつか書いて応募した。

「ええと、あのう、そのう……」

電話はプッシュだから「押す」。ワープロは「打つ」どうして？

ピアノを「叩く」、太鼓を「打つ」、琴を「弾《はじ》く」、算盤《そろばん》を「弾《ひ》く」ではダメでしょうね。

編集部さまの見解をお聞かせください。

（週刊読売入選）

※編集部からの回答＝わかりません。こんな難しい質問しないで下さい。

風呂はやるもの

恥ずかしながら、わが家の話です。

「風呂を立てろ」

と言ったら、

「理屈に合わない」

と家人。

「焚《た》け」というと、

「いまどき、焚くものなんか売ってない」

しからば、

「沸かせ」

と言ったところ、

「沸かさなくたって、ひねればお湯が出る」

言葉に詰まったので、

「やれ」と一喝したら、

「ハイ」

と言って湯舟を洗い始めた。以来、わが家では、風呂は「やる」ものとなった。これでいいのでしょうか？

編集部さまのご見解を乞う。

（週刊読売入選）

※編集部からの回答＝好きにして下さい。
※読者からも反応
わが家では「風呂を下ろす」と言います。太陽光利用の熱水機が屋根に上がっているからです。

「ヨロン」に負けた「セロン」

もうずいぶん前の話だが、「世論」を「ヨロン」と読む人がいたので、それは「セロン」と読むんだよ、と学のあるところを披露した。相手がおもしろくなさそうだったので、念のために広辞苑で確認してみた。やはり「セロン」だった。

ところが現在では、誰も彼も「ヨロン、ヨロン」。広辞苑さえ第二版では「ヨロン」になる始末。やれやれ、いまや「世論」を「セロン」と読んでいるのは、化石人間だけなのか……。

（週刊読売入選）

※なお、現在《本書出版時》は、「ヨロン」も「セロン」も両方使われています。

「トウフ」は「納豆《なっとう》」「ナットウ」は「豆腐《とうふ》」が正しい

トウフは豆汁を箱に納めて、ニガリで固めて作る。従って「納豆」という字を当てるべきではないか。

それに引き換え、ナットウは豆を腐らせ（発酵）て作るのであるから、「豆腐」という字を当てるのが妥当ではないだろうか。この二つの漢字、アベコベではないでしょうか。

（週刊読売入選）

※読者からの反論

「『豆腐』と『納豆』があべこべではないか」という意見がありましたが、「腐」という漢字は、中国では本来「物が固まる」という意味があります。そうなりますと、トウフは『豆腐』で問題はないのです。

※こう水を差された小生は、「だったら、『納豆』の方はどうなんだ！」と、独り毒づいております。

政治家の大ウソ

「政治には金がかかる」

政治家は二言目にはこういう。だが、金がかかるのは、金の力で票を集めようと、政治家が金をばらまくからだ。正しい日本語を使えば、

「政治家が金をかける」

こういうことだろう。

（週刊読売入選）

移植な人事

不人気な部長が定年を迎えた。誰もが退職と思っていた。ところが、関連会社の取締役を『委嘱』されたのである。壁越しにこの発令を聞いていた若手社員、

A「イショクってなんだろう」

B「異色な人事なんだから『異色』じゃないの」

C「関連会社に移されるんだよ、『移植』だろう」

いまどきの若者も、見るところは見ている。

大きな微動

伊豆東方沖の海底火山が噴火した。これを伝えるニュースのなかで、何度も、
「大きな微動、大きな微動」
とアナウンス。それで「落ち着いて行動して下さい」と言われても、「大きな微動」が気に
なって、とてもじゃないが落ち着いてなんかいられない。

（週刊読売入選）

算盤《そろばん》は高い

「ソロバンが高いね」

と言ったら、

「ほんと、電卓は安いですからね」

ときた。

「開いた口がふさがらない」

とはこのことだ。


（週刊読売入選）

チキンで財テク

中年の女性数人が、かしましく財テク談義に耽っていた。ＭＭＣがどうの、株がどうの……。

そのうち一人が、

「絶対チキンよ」とおっしゃる。

金もうけはフライドチキンか養鶏か？　耳をすましてよく聞いたら、それはなんと「金地金」のことでした。「ジガネ」を「チキン」とおっしゃっているのでありました。

（週刊読売入選）

公団用語

関越自動車道の前橋インターチェンジ入り口に、

「夏休み中は渋滞します。ご承知下さい」

と書かれた看板が出ていた。

承知できないけど、仕方がないので通ってきた。もう少し表現を工夫できないものですかね、公団さんは。「ご迷惑をおかけします」とかなんとか。高い料金取っているんだから！

（週刊読売入選）

詫び状

詫び状がきた。見れば「お侘び」します。「侘びしい」気分になった。

（週刊読売入選）

浅い知恵

このところの株の暴落で、大損した財テク婦人の話です。旦那さんに、

「女の浅知恵で株なんかやるからだ！」

としかられて、むくれたそうだ。

「『朝知恵』じゃないわよ。夜、それも寝ないで考えたんだから」と。


（週刊読売入選）

ああ、花粉症

わが社のミスマドンナ。花粉情報のスギ花粉「飛散度」を、「悲惨度」と信じて疑わない。

無理もない。そっとしておこう。


（週刊読売入選）

女課長

お得意さんのところにおじゃますると、女性の課長が、若手社員にてきぱきと指示している。

指示を受けて出かけようとした社員が戻ってきて、課長に報告した。

「課長、バッテリーがありません」

「えっ、バッテリー盗まれたの？」

「いえ、車、ずっと使わなかったので、電気がなくなったんです」

「バカを言いなさい。使わない電気が、なくなるわけないでしょう」

その気迫に脱帽した。


（週刊読売入選）

TPO

ある会社の教育係。新入社員に気合を入れるのに、

「仕事は厳しいんだ。フンドシを締めてかかれ！」

ただしこの会社の社員は、全員「ギャル」でした。


（週刊読売入選）

「証」と「状」

運転は「免許証」危険物取扱や無線従事者は「免許状」
どう違うのでしょうか？

（週刊読売入選）

防死ベルト

千葉県松戸市に行ったら、

「防死ベルト」

と書いた、シートベルト着用を促進する標語があった。ベルトで死を止めるような輩は、ただちに免許証を取り上げるべきだ。


（週刊読売入選）

一度言ってみたい言葉

「宝くじ当たったから、辞める。ご立派な上司に能無し若手社員！　まったく疲れる会社だったぜ」

（週刊読売入選）

ハラ違い

昼食代を払うので、領収書をもらってくるようにと言っておいた。

すると、「はら時計」と書かれた領収書を持ってきた。

てっきり「原時計店」の領収書だと思って、

「食事代に、時計屋の領収書を持ってくるやつがあるか！」

と、どなったら、

「よく見て下さい。『はら時計』という弁当屋ですよ」

と切り返されて、上司の面目を失ってしまった。

まったく「腹」の立つ弁当屋だ。


（週刊読売入選）

見るもんじゃない

男子厨房に入っての手料理。

「ちょっと味をみてくれ」

「味なんてものは、『見る』もんじゃない」

おおっと、おっしゃるとおり。一言もなかった。


（週刊読売入選）

甍《いらか》はいくらか青かった

東北に出張した。時間をやりくりして観光バスに乗ると、ガイドさんがいい。美人だ。ベテランらしくなかなかの名調子だ。

ふーん、なるほど、納得。拍手はくしゅ。天守閣が見えてきた。ガイドさんさっそく三橋美智也の「古城」を歌いだす。

♪松風騒ぐ　丘の上
古城よ独《ひと》り　何偲《しの》ぶ
栄華の夢を　胸に追い
あゝ
仰げば侘びし　天守閣……

うまいもんだ、と聞きほれていたら、

♪いくらか青く　苔むして……

ときた。しかし、言われてみると、「甍《いらか》」は「いくらか」青く見えた。

（週刊読売入選）

日本語ナンセンスアップの投稿ではこんなオマケもついた。
この読者欄に、『斧の小町』さまとおっしゃる、切れ味鋭い投稿家がおいでになる。「どのようなお方か？」と一度ご尊顔を拝したいと思って、こんな提案をした。
――このナンセンスアップ欄の投稿愛好家で、年に一度大会を開いてはどうか。今年は東京、来年は大阪と……。会場は当然、編集部手配の一流ホテル。費用ももちろん週刊読売持ちです。そうすれば、「斧の小町」さまにもお目にかかれるし――

このように書いて投稿したところ、採用されて掲載された。

すると、これを読んだ当の『斧の小町』さまから、次の返信が翌週掲載された。

――一流ホテルでナンセンスアップ大会を開くと「斧の小町」にも会えるとは、面映いかぎりです。「見ぬもの清し」という諺もあります――

この返信が波紋を呼んで、さらなる返信を書くに至ったのである。

本当は見るもの清しの「斧の小町さま」

「見ぬもの清し」と記された「斧の小町」さまからの返信。思わず目尻を下げて見ていたら、

それがわが奥様の目に留まってしまった。

「だったら、毎日見ていられたら、どうなるのヨ！」

見る見る柳眉が……。

本当は「見るもの清し」ですよ。ねっ！　ねっ！　ねっ！

（週刊読売入選）

二　新聞

投稿のきっかけは……

作家の井上ひさし氏に教わった、「この世は涙の谷。あらかじめ苦しみや悲しみは備わっているけれど、笑いは人間が自分自身の手で創り出さなければ存在しない」という言葉に感銘した。

正にその通りで、人間の持つ「喜怒哀楽」に『笑い』がプラスされたなら、浮世はかなり明るくなるだろう。是非そうなって欲しい、との願いとは裏腹に、悲惨な事故・事件、胸の痛む災害、深刻な不景気、不安な国際情勢、腹の立つ政治などが報じられ、笑いを誘うニュースには滅多にお目にかかれない。

そうした状況下にあって、クスッと笑わせるのが新聞紙面の片隅に、わずか三センチ四方ほどの囲いの中に収まっている、世相を風刺する投稿欄だ。読売新聞が「USO放送」、朝日新聞「かたえくぼ」、そして神奈川新聞の「変化球」などだ。

自分も人間として、笑いの一つくらいは創ってみたいもの、と思っていたところ、当時の中曽根首相が、日本列島を不沈空母にしたいと、防衛力の増強に力を入れ始めた。そのころ巷では、暴力団○○組と○○会の発砲事件が続発し、連日ニュースを賑わしている。折も折、民主社会党（後の民主党とは別の政党）の現委員長と前委員長が政策をめぐって大激論となり、おたがいに興奮して、片方は灰皿を持ち、もう一方はコップを握って「あわや殴り合い」というところまで行った、との報道が流れた。

言論で決着するのが民主主義。なのに、自分の意に沿わないとカッカして理性を失い、政党の代表が暴力事件の一歩手前とは情けない。が、これが究極における人間の本性かも知れない、などと考えていたら初めてネタが閃いた。

しかし、ペンネームが思い浮かばない。新聞の投稿は、ペンネーム次第でぐっと引き立つ、はず。ここが思案のしどころ、と考えに考えた末に、「頓智と勘」と「頓珍漢」を組み合わせて、投稿のペンネームは「トンチンカン」と名乗ることに決めた。

USO放送

防衛手段

総　理―軍艦、ミサイル

○○組―ピストル、日本刀

民社党―灰皿、コップ

（トンチンカン）

後は、選者さまのお眼鏡にかなうかどうかである。宝くじに当たるのは、宝くじを買った人。掲載されるのは投稿をした人、であることだけは間違いはない。となると、やってみるしかない。もしかしたら……との期待を込めて投稿したのが前頁の作品だ。

私が願い事をする際に編み出した独自の呪文、「アーメンソーメン、ラーメンタンメンメンワンタンメンメン」と唱えて待っていたら、な何と、初めての投稿が採用されて、紙面に載っているではありませんか！　あまりの嬉しさに舞い上がった。そして、紙面を切り抜いてスクラップブックに張り付けた。昭和六十年のことである。

しばらくして、新聞社から「玉稿《ギョッコウ》をお寄せ頂きうんぬん」と書かれた書面と、薄謝として五百円のテレホンカードが送られてきた。

それにしても、ギョッコウ！　とは何と心地よい響きを持つ言葉でしょう。作家になったような気分になった。それにしては薄謝のほうが……、テレホンカードを手にすると、確かに薄い。薄謝という意味が分かったような、分からないような複雑な気分になった。ともあれ『玉稿』の二文字が効いて、すっかり投稿に嵌まってしまった。

時間が経って冷静になると、自分ばかり喜んでも、読み手が楽しくなければなんにもならない、との思いがしてきた。そこで考えてみた。すると、ゴマンとくる投稿の中から、担当者がプロの目で選んだのだから、私が考え出したコントを見て、アハハッとか、クスクスと笑った方がいたに違いない。「この世に存在しない『笑い』を、自分の言葉で創ってみたい」なんて思った夢が、ちょっぴり叶ったのだ。夢の続きは、見たくなるのが人情というもの。見るには、一に精進、二に努力、三に勉強、四に研鑽、五に脳味噌の鍛錬だ。この覚悟があれば、なんとかなるかも知れない、と考えた。

で、フンドシを締め直して、投稿先も川柳、短歌などの文芸紙面から、読者の声を掲載する「気流欄」などへも広げ、かなりの頻度で採用されるようになった。

暫くすると、新聞社が「玉稿」という言葉は使わなくなったけれども、投稿が採用された時の喜びに変わりはない。それで投稿を続けて、採用された作品のスクラップブックが五冊にもなった。

しかしながら、光陰は無情である。私も齢《よわい》すでに八十路《やそじ》となり、同年代の訃報を知る度に、思い残すことが無いように、と心がけを迫られる。そこで、五冊にもなったスクラップブックの中から作品を選び、その作品が創作された社会背景を加えて出版すれば、かなりの人の目に触れるに違いない。そうなれば、自分が思い残すことは無くなるので、出版することに決めたのである。

いじめ問題

学校でのいじめが社会問題になった。先生や親に相談すると、「チクッタ」とまたいじめられる。じつに始末がわるい。なんとかならないものか、と思っていたら、国が対策として、外部に漏れない専用の相談電話を開設した。「いじめ110番」である。いじめっ子に察知されないようにするのが狙いだ。功を奏することを願わずにはいられない。

世界の医学者・野口英世は、火傷がもとで手が棒のようになってしまった。学校で「てんぼう、てんぼう」といじめられた悔しさをバネにして、世界の偉人になった。きっかけは、いじめられる辛さを綴った一枚の作文だ。

その作文を読んだ小林栄先生に諭されて、いじめを受ける身の苦しみを知った「いじめっ子達」は、一転して棒のようになった英世の手を治すためのお金をカンパした。この事例を見ても、根っからのワルガキはそうはいないのだ。いじめなんか、笑い飛ばすくらいの元気を持とう。おじさんだってガンバッテいる。

USO放送
いじめ110番
女房のことでも
いいですか
――恐妻家
（トンチンカン）

初めての文章

短文の投稿欄に続き、短歌・川柳も新聞に載ったので欲が出た。で、少し長い文章を書いてみたい、と思うようになっていた。すると大事件？　が発生して、さっそく文章にして投稿した。

カアチャン誕生日に仏の笑顔

連れ添って二十五年。いよいよ今年は銀婚式。いままで以上にいたわりと思いやりが大切と思っていたところ、「キャッシュカード作ってあげたわよ。暗証番号は私の誕生日よ」とおっしゃる。（テキも考えたな。誕生祝の催促か）と思ったが、考えてみれば無理もない。難題山積する長時間勤務に、トウチャンの頭も体も占領され、カアチャンの入り込む余地はほとんどなく、毎年、誕生日は催促されてからのまねごとだけだった。

（カアチャン待ってて、今年こそいいとこみせたるで）

いよいよ当日、帰路、わざわざ途中下車。ケーキはいちおう名の通った店で仕入れた。花束は、そう、地元で買ったほうがみずみずしい。白い菊にカーネーション。その他もろもろ束になって〇〇円。野菊のごとき君なりき、花よりきれいなオカアチャン、と夢をふくらませての帰宅。

「ただいまぁ、はい、花束のプレゼント」

「あら、二十五年かかってやっと誕生日おぼえてくれたの、うれしい。あれっ！　なによ、これ！　仏壇の花じゃない。私を仏様にする気！」

「ええっ……」

ああ、トウチャン一生の不覚、カアチャンごめんね。

（読売新聞「赤でんわ」入選）

年金の絆が危ない

かつて、「年金の　きずな離婚の　率を下げ（よみうり文芸「川柳」入選）」と一句詠んで、長年、年金のきずなの強さに安眠を貪っていた。

ところがある朝、快眠から覚めて新聞に目を通してビックリ仰天。川柳がすーっと浮かんだ。

年金の　きずなは切れた　さようなら

（よみうり文芸「川柳」入選）

と一句できた。その日の朝刊に、「離婚時、年金折半も可能」との見出しで、こう書いてあったからだ。

「厚生労働省は十三日、二〇〇四年の年金改革で導入する離婚夫婦の年金分割制度の具体策をまとめた、うんぬん」と。

かつて、この問題が初めて提起されたときも、川柳とコントが思い浮かんで新聞に投稿したことがある。すると、ラッキーにも採用された。

その背景には、離婚しても妻が生活に困らないように、亭主がもらっている年金の半分を離婚した妻に与えよう、との案が持ち上がって、熟年離婚にブレーキを掛けていた「固いかたい年金の絆」が危なくなってきた、という問題がある。

その川柳の一つが、「亭主達者で留守がいい」と語り継がれる、オバン心の本音からヒントを得て詠んだ句である。

秋晴れや　部長ゴルフで　留守がいい

（読売「サラリーマン川柳」入選）

部下だって女房だって、頭の上には何も乗っかっていないに越したことはない。生活さえ困らなければ、上司も亭主もいないほうがいいのだ。

石川達三氏の小説に、『愛の終りの時』という題の作品があった。なんの落ち度もない善良な亭主が、奥さんの反抗？　で戸惑う様子を描いたものだ。この小説を読んだとき、女性には、熱い肌を合わせてきた亭主が、長い年月を重ねるうちに、疎ましくて仕方がなくなる生理・本能があるように思われた。これは、大方の女性に共通する本能なのかも知れない。

目障りな亭主のいないのが、山の彼方の空遠く……、幸せの青い鳥……、年金半分もらって、独りで、自由に、気ままに、悠悠閑閑《ゆうゆうかんかん》と暮らしたいのが、熟年妻の本音のようだ（もっとも、か弱い女性に暴力を振るう、男の風上にもおけない野郎も大勢いることもたしかだが）。愛情を食べてきた。食べている。食べて行く我ら夫婦には関わりのねぇことでござんす。が、固いかたい年金の友ご夫妻にとっては、年金分割が夫婦の切れ目に……。いずれにしましても、この制度ができれば、でございますね、次のようなことにもなりかねません。用心が肝心ですぞ、おのおの方。

変化球
新三行半《みくだりはん》
明日からは
年金半分
もらいます
——熟年妻
（トンチンカン）

とは言っても、世はさまざま、夫婦もいろいろでございます。ご家庭によっては、

USO放送
年金分割余話
離婚しなきゃ全部

わたしのものよ！
——大方の熟年妻
（トンチンカン）

という力関係のお宅も……。ま、ご亭主の平和維持活動には、これが一番かも知れませんね。ところで、年金が分割されたおかげで離婚したら、若いわかい、カワイ子ちゃんが待っていた、なんてことは……ありませんね。はい。よーく分かっております。そう言えば、こんな川柳も詠みました。

使い捨て　会社の次は　妻が捨て

（読売「サラリーマン川柳」入選）

天安門前広場

ゴルバチョフ書記長が政権の座について、従来のソ連では有り得なかった民主化が進められ、ソ連は大きく変わった。その変貌は、他の共産圏諸国にも波及していった。一党独裁の中国にも……。

天安門前広場に、民主化を求める民衆が集まった。治安に出動した戦車の前に、双手を広げて立ちはだかる市民の姿がテレビに映し出された。丸腰の市民だ。「蟷螂《とうろう》が斧を以て隆車《りゅうしゃ》に向かう」という諺もあるが、この民衆を、身のほど知らずの蟷螂《かまきり》と言ってはなるまい。民主化の切実な要求なのだから。とは言っても力の対比では、蟷螂の斧と隆車どころか、メダカとクジラほども違いがある。
何日も膠着状態が続いた。中国政府はどう対応するのだろうか？　民主化を祈りながら固唾を呑んで見守っていた。するとどうだ。人民解放軍が強硬手段に訴えたではないか。テレビの画面が真っ暗になって、機関銃が発する閃光だけが目に焼きついた。
人民の味方であるべき人民解放軍が、無情にも機関銃を乱射して人民を蹴散らしたのだ。真っ暗なテレビ画面の向こうは、阿鼻叫喚の地獄絵図に違いない。なんということだ。

蟷螂《とうろう》の　斧を蹴散らす　機関銃

（よみうり文芸「川柳」入選）

非情、無情

ソ連のゴルバチョフ大統領が失脚して時が流れ、ロシアの大統領選挙が行われた。ゴ元ソ連邦大統領も復権を目指して立候補したが、結果は非情なものだった。この現実に胸が痛くなって、川柳と読者欄に一文を寄せた。

ゴルバチョフ氏の功績は不滅だ

ロシアの大統領選挙で、ゴルバチョフ元ソ連邦大統領が惨敗した。あるていど予想されたことではあったが、得票率は一パーセントにも満たなかったという。その現実に胸が痛んだ。

核兵器の力を背景に東西が激しく対立した冷戦時代は、一歩間違えば人類滅亡の危機に直面していた。その冷戦を終結させ、強権に抑圧されていた東側陣営の人々を解放したゴルバチョフ氏の、世界人類に対する功績は実に偉大だ。もし、氏が保身を求めたなら、ペレストロイカ（改革）などせずに、歴代の権力者の手法を踏襲したことだろう。

体制変革の混乱から生活の基盤を失った人々にとっては、安定した生活こそ不可欠だし、混乱に乗じて巨富を得た者にとっては、過去のゴルバチョフ氏よりも、現在の利権のほうが大切なのだろう。それも人間社会の厳しい現実だ。

共産党保守派のクーデターとエリツィン大統領の政略で、ゴルバチョフ氏のペレストロイカ路線が挫折したことは、ロシアの人々にとって悲劇だと思うし、世界にとってもマイナスだ。ロシアの人々から、ゴルバチョフ氏の功績が正しく評価される日が、一日も早く訪れることを祈るばかりだ。

（読売新聞「気流」入選）

人類を　救って祖国に　捨てられる

（川柳誌「路」入選）

忘れられない　悲惨アフガン

「お母さん！　おうちへ帰ろうよ」

と泣き叫ぶ子供。

「おうちは壊されてしまったのよ、どうして帰るのよ！」

と言って、立ちつくす母親。

戦乱から逃れてたどりついたパキスタン国境。避難民を追い返そうと、投石を繰り返すパキスタン国境警備兵。投石をうけて顔面から血を流しながら、赤ん坊を抱いて立ちつくす母親。その手にすがって泣き叫ぶ幼子の姿。地獄絵図を見る思いだ。

今年もいろいろあったが、テレビに映し出されたこのシーンは、私の脳裏から生涯消えることはないだろう。こうしたシーンを見るたびに、人間の不思議さを思う。尊い人命を救いたいと医療を発達させ、救急車・救急ヘリが活躍する。その一方で、いかに効率よく人を殺傷し、物を破壊するかと、兵器の開発に心血を注ぐ。そして利潤を生む産業として、大量に生産する。強者は軍事力にものを言わせる。弱者はテロに訴える。結果として高層ビルで、アフガニスタンで、罪なき民が犠牲になる。

クリントン前大統領が火を点けて、テロの遠因論議が高まったという。救いはあるかも知れない。


（神奈川新聞「自由の声」入選）

魔物

国際オリンピック委員会（ＩＯＣ）の一部の委員が、開催地の決定をめぐってカネを受け取っていた疑惑が浮上した。正々堂々と勝負に臨むのがスポーツマンシップだ。当の委員たちは世間さまに顔向けができまい。

話は別だが、アメリカのクリントン大統領は、ホワイトハウスの研修生と不倫をしていたことが発覚した。超大国の大統領も、同じ生身の人間ということかも知れないが、立場が立場である。政敵とマスコミから攻撃されて窮地に立たされた。

どう切り抜けるのか？　見ものである。カネと女、おもしろいネタができた。

USO放送

ドーピング検査

「カネ」の反応が出ました

——検査機関

（トンチンカン）

USO放送

怖いもの
おカネです
――ＩＯＣ委員
女も怖いよ
――クリントン
（トンチンカン）

阪神・淡路大震災

平成七年一月十七日、阪神・淡路大震災が発生した。被害の甚大さ、犠牲者の多さに気が動転して筆が鈍ったのか、この件に関しては何を書いても、なんど投稿しても、次の二句をのぞいてみんなボツになってしまった。

喉元が　熱い電池が　売り切れた
（よみうり文芸「川柳」入選）

灰燼に　帰してもローン　焼け残り
（神奈川新聞「柳壇」入選）

土地の真価

新聞社が「土地」をテーマに投稿を募集した。阪神・淡路大震災から、得難い教訓を学んだので応募した。

集合住宅の死角

マンションや団地などの集合住宅の価格は、専有する床面積に応じて決まり、土地持ち分は価格に反映されない。マンションは土地持ち分が多くてもなんの役にも立たないと言われ、私もそう信じていた。

ところが阪神・淡路大震災は、土地持ち分の少ないマンションの、建て替えの困難さを浮き彫りにした。土地に余裕があれば、持ち分の一部提供による等価交換方式により、自己資金なしの建て替えもできる。

土地持ち分の多さが、いざという時の保険の役目をするのだ。震災は来るかも知れないし、来ないかも知れない。だが、建て替えが必要な老朽化は必ず来る。その時、土地持ち分の多さが真価を発揮する。

（読売新聞「気流」入選）

冤罪の恐ろしさ

字数制限の関係から、初めて朝日新聞に投稿した。そして採用された。

「裁判審査会」作り、冤罪救え

足利事件で釈放された菅家利和《すがやとしかず》さんに対し、最高検が10日、栃木県警が11日、公式に謝罪した。それは当然として、事件の問題点は再審開始の決定を裁判所自身が判断する現行制度にあると思う。

菅家さんの弁護団は97年からDNA型の再鑑定を求めたが、最高裁も、再審請求審の宇都宮地裁も、再鑑定を怠った。

宇都宮地裁に至っては、02年開始の再審請求審で、弁護側が提出した新証拠である毛髪の採取過程が疑わしいと、5年余も費やして再審鑑定の要求を門前払いした。裁判官に正義感があれば、菅家さんから直接、毛髪の提供を受ければよかったのではないか。

再審開始の決定を仲間内である裁判所が判断するから目が曇る。冤罪を早く晴らすには、裁判所が再審請求にどう対処するか、第三者が監視する「裁判審査会」が不可欠だと思う。検察審査会の審査員のように決めてもよし、裁判員候補者から選んでもよい。国民の目を光らせたい。

（朝日新聞「声」入選）

大作家の早過ぎる旅立ち

市井の民草が大作家と知り合うことなど、滅多にあるものではない。それが、井上さんの「市民のための文章教室」に参加したことで、師事できたから有り難い。

もともとが、『ブンとフン』や『吉里吉里人』などの奇想天外な作風に魅せられて、大ファンになっていた私。井上さんの死はあまりにも悲しく、率直な気持ちを書いて新聞に投稿した。

井上さんの死悼む、文章の基本学んだ

亡くなられた劇作家・小説家の井上ひさしさんは、2000年から3年連続で、神奈川県鎌倉市で「市民のための文章教室」を開いていた。

横浜市民も参加できたので、私も初回から参加し、井上さんから「一番大事なことは、自分にしか書けないことを誰にでもわかる文章で書く」ということを教わった。

その後、受講生の中で気が合う仲間が集まり、月に一回会合を開いて勉強を続けている。井上さんは多忙な仕事を抱えながら、折に触れて会合に来て、指導してくれた。仲間全員がレストランで夕食をごちそうになったこともある。私たち市民に対する井上さんの優しさが忘れられない。現在の長寿社会を考えると、逝くのはまだまだ早いし、惜しまれてならない。


（読売新聞「気流」入選）

民主主義の泣き所

安倍、福田、麻生と、自民党の三内閣がねじれ国会で、民主党の抵抗に遭って何も決められなかった。今度は逆ねじれで、またしても何も決められない国会が続くのだろうか？

党利党略横行なら参院無用論起きる

読売新聞社の世論調査で、菅内閣の支持率が38%に急落した。それでも菅首相の続投には「賛成」の62%が「反対」の28%を大きく上回っている。景気・雇用、財政再建など待ったなしの懸案が目白押しで、国際信用上も首相がコロコロ代わる醜態を見せたくない、と国民が考えたのではないか。

自民党は、民主党のように参院で首相を追い詰め、政権を奪取する戦略をとるのだろうか。そうならば、衆院で3分の2の議席を持たない与党は再議決できず、政治は立ち往生する。参院は良識の府だ。国民生活にかかわる喫緊の法案は、党議拘束をかけるべきではない。国民不在の党利党略で国会運営が行われたり、少数政党に振り回されたりして真の多数決がゆがめられるようなら、参院無用論も起きてくる。

（読売新聞「気流」入選）

末恐ろしいことに

国民は住専に関心を奪われていた。するとどうだ。今度は、教育界の裏金問題が明るみに出た。清廉であるべき校長先生ら上層部が、である。

一筆書いて、読者欄と川柳に投稿した。

返済で済まぬ教育界の裏金

住専問題の陰になりがちだが、北海道の教育界で発覚した裏金作りは、住専に劣らない重大問題だ。次代を担う子供たちの人格形成に、悪影響をおよぼす懸念が大きいからだ。

倫理の規範を示して、心の在り方を教育すべき校長らが、カラ出張などで裏金を作り、指導監督の立場にある教育委員会がその上前をはねていた、というのだから開いた口がふさがらない。まるでやくざの世界の構図を見る思いだ。子供たちの心にどれほどの影を落としたことか、金を返して済む問題ではない。

「泥棒をしても金を返せば済むのか」と改めて問いたい。子供ですらそんなことは知っている。それを、教育者に問わねばならないとは……。子は親の背中を見て育つというが、教育者らの醜い姿が子供たちにどのように映ったか、心配でならない。

警察の対応も腑に落ちない。公文書偽造、公金横領、贈収賄などの容疑で、なぜ速やかな捜査をしないのか。金を返しただけで問題に幕を下ろすなら、学校では教科は教えられても、子供たちの良心、倫理を育むことはできまい。金ではない。子供たちが負った心の傷の問題なのだ。

（読売新聞「気流」入選）

拝金の　レールを敷いた　大人たち

（神奈川新聞「柳壇」入選）

自然と共存の仕組みに転換を

深刻な金融不安や不況対策に、政府は二兆円の特別減税を行う、という。各家庭に還付されるこの税金は、「貯金しないで使ってほしい。個人消費が景気を浮揚させるから」というのだが、これは大いに考えさせられる問題ではないか。

物資が不足して、必要な物が手に入らないのなら話は別だが、必要がなくても大量生産、大量消費を目指し、経済活性化のために金を使えというのか。

限りある資源を浪費し、そして、地球温暖化を引き起こす温室効果ガスを排出させ、人間が地球を破滅させることにもなりかねない経済至上主義が、人間の美徳なのだろうか。

つましく生きる、という本来の姿では、社会、経済が維持できない仕組みに、人間の際限のない欲望が歪めてしまったのではないだろうか。

「地球あっての人類」。この当たり前のことを謙虚に受け止め、大自然のサイクルの中で生きてゆく仕組みに転換することが、急務だ。

（神奈川新聞「自由の声」入選）

三　五行歌

長崎県佐世保市のスポーツセンターで、散弾銃を乱射する事件が発生した。二人が射殺され、犯人は自殺した。銃社会のアメリカでも、たびたび事件が発生して規制が問題になる。だが、そのつど政界に強い影響力を持つライフル協会が、「銃は人を殺さない。人が引き金を引くのだ」と、一見もっともらしいことを言って反対する。

五行歌への投稿は、次の「銃社会」の問題を衝いた作品から始まった。

銃は人を殺さない
人が引き金を引くのだ
銃を売る見上げた口実
が、銃には魔物が潜む
何人魔物に負けたやら

（よみうり「五行歌」入選）

卵巣の老化を

テレビが報じた
……紅き唇　あせぬ間に
『ゴンドラの唄』は
疾うに見透かしていた

（よみうり「五行歌」入選）

カネの世も
ここまで来たか
墓参りの代行を
〝業〟とする者
浮き世に現れるとは

（よみうり「五行歌」入選）

喜寿の同期会でのこと
素封家に嫁いだ嘗てのマドンナ
「私の一生は姑との戦争で始まり
息子の嫁との戦争で終わるのよ」
影の薄い僕に涙を見せた

多様な働き方
甘美な言葉だ
裏側に
派遣切りの
隠し文字

（よみうり「五行歌」特選）

尊徳翁は
蓄えを奨めた
お上は金をくれて
無駄遣いを奨める
律義者は迷う

（よみうり「五行歌」入選）

COP15は
人間の欲望に負けた

（よみうり「五行歌」特選）

嗚呼……
天に唾しても己には落ちず
島国ツバルが消える

（よみうり「五行歌」入選）

僕たちの戦争は
八月十五日から始まった
一面の焼け野原と地下道の塒《ねぐら》
空きっ腹を抱えて
多くの戦災孤児が〝戦死〟した

（よみうり「五行歌」入選）

親、自分、子
孫、曾孫、玄孫
来孫《らいそん》、昆孫《こんそん》
〝命〟とは
ゴールの無いリレーなのだ

（よみうり「五行歌」特選）

カミノモト（加美乃素）
有りますかって訊いたら
カミオムツ（紙おむつ）
の陳列棚に案内された
恍惚の人に見えたのだろうか

（よみうり五行歌　特選）

「銅」で歓喜の笑顔あり
そうかと思えば
「銀」で無念の涙が有る。
メダルの色は
単純でなさそうだ

（よみうり五行歌　入選）

小学校にもほとんど通えなかった
高峰秀子
世間を唸らせる著書を

二十六冊も残した
教育ママに読ませたい

（よみうり「五行歌」特選）

太公望がおっしゃる
「釣りは商い（厭きない）」
「見切り千両」と引き上げる人も
太公望を見習い粘っていたら
サバ十匹の大漁に恵まれた

（よみうり「五行歌」入選）

今年は春闘の主役が
総理大臣に交代したようだ
満額回答でも
労働組合の幹部に
笑顔が無い

（よみうり「五行歌」入選）

もっと作ってもっと売れ
それが経済活性化
地球はなんにも言わないけれど
熱を出して
気温水温上昇する

（よみうり「五行歌」入選）

テレビを観ていて瞠目した
その女性の職業がなんと
〝武装解除〟
アフガンの武装解除もしたという
闇夜で光を見る思いだ

（よみうり「五行歌」入選）

かつては
白いネクタイで集った
光陰矢の如く流れ去り
今集うのは

黒いネクタイの時ばかり
　　　　　　　　　　　　　　　　　　（よみうり「五行歌」特選）

レイテ島を襲った台風
福島の原発で吹き荒れたら
たら　れば　まさか
それらにも
備えたい
　　　　　　　　　　　　　　　　　　（よみうり「五行歌」特選）

人間の業
優越求めて苦が宿る
その業は
国と国との間にも
有るようだ
　　　　　　　　　　　　　　　　　　（よみうり「五行歌」入選）

財閥解体、農地解放

マッカーサーの
日本民主化政策が
悉《ことごと》く覆る
いいのかなあ

（よみうり「五行歌」特選）

一口啄んでは
キョロキョロキョロ
鵯《ひよどり》が来れば
さっと逃げる
メジロの食事は大変だ

（よみうり「五行歌」入選）

長老と呼ばれ
近ごろは「献杯」ばかり
稀に「乾杯」の音頭を頼まれて
「ケンパイ」
と言いそうになって慌てた

国会議員には
夫夫《それぞれ》の考えがあって当然
それを党議拘束で一様にする
これが本当の
民主主義なのかしら

（よみうり「五行歌」入選）

我がままと我がままが
激突した国民投票
51・9％が100になり
48・1％が0になった
釈然としまい

（よみうり「五行歌」入選）

日本人だ！
撃つな！

（よみうり「五行歌」入選）

日本人なら撃たれないはず
ところが逆に狙われた
その違いはなんだろう

（よみうり「五行歌」入選）

野菜が高騰して
庶民は困っている
物価２％upを目指す
偉いさんはニンマリ
しているのかしら

（よみうり「五行歌」入選）

補償金をもらっただろう
大人のやっかみ会話が
子供に飛び火して
いじめになって
氷雨降る

（よみうり「五行歌」入選）

災害は
忘れなくてもやってくる
戦争は
忘れた頃に牙をむく
何をどうすれば良いのやら

（よみうり「五行歌」入選）

ゆるしてください
ゆるしてください
ゆるしてください
涙が溢れて
あとが書けない

（よみうり「五行歌」入選）

「もうおねがい　ゆるして　ゆるしてください」。東京都目黒区のアパートで三月、船戸結愛《ゆあ》ちゃん＝当時五歳＝が死亡した事件は、結愛ちゃんは死亡直前にも父親に激しく殴られ、嘔吐《おうと》を繰り返していた。早朝の勉強など到底幼児には成し得ない十項目以上の〝ルール〟を課せられ、守れないと暴行が待つ地獄の日々。細る手でノートに綴った最後の願いにすら目を向けない両親の所業は、とても人間のやることとは思えない。なぜ保護責任者遺棄罪ではなく、〝未必の故意〟に因る殺人罪を適用しないのか？　司法の判断も腑に落ちない。

風前の灯火だった
幼子の命を救ったのは
スーパーボランティアの
尾畑春夫氏
素晴らしい人格者だ

学歴社会の今日、返済不要の「給付型奨学金」が拍車をかけて、高学歴、高収入の大人になることを目指す。そのために、子供のころから塾に通って、テストに合格するための勉強ばかりする。
こうした子供が大人になって、尾畑春夫氏のような人格者になるのだろうか？

おわりに

本書をお読み下さり有り難うございました。
昭和十年に生まれて、戦前戦中を軍国少年で過ごした私は、戦後の平和な時代も体験した世代なので、世の中の有様についてとても敏感です。
とりわけ戦争と平和については関心が強く、文藝春秋（２０１6年9月特別号）で「戦争を知らない世代に告ぐ――戦前生まれ一一五人から日本への遺言」と銘打って特集を組み、日本の錚々たる著名人の遺言を掲載した時は、全ての遺言を熟読しました。そしてその中から私は、古美術鑑定家の中島誠之助氏が書いた遺言に感銘を受けたので、要点をここに転記します。

――平和に暮らす人々が殺され住み家を燃やされ文化財を破壊し、何が大日本帝国だ。原子爆弾を落としたアメリカを責める前に、落とされるような国家に誰がしたのだ。昭和を生きた私が言い残すことは只一つ、日本は絶対に戦争をしてはならないということだ――

斯様な経緯から、私が作品を書く時は、いつも心の底に平和を願いながら鉛筆を執ることにしています。

しかしながら、書いたものは読んでもらわなければ意味がありません。読んでもらいたければ、出版することです。でも、私は出版の手立てが分かりません。頭を抱えていると、文芸社様が出版を支援して下さることを知りました。

そこで文芸社様に校正、編集などを依頼して、念願の紙の本を出版することが出来たのです。

ここに改めて御礼申し上げます。

ゴルビー長田

二〇二三年　八月

著者プロフィール

ゴルビー長田（ごるびーおさだ）

1935年：福島県に生まれる
1985年：新聞等にコント、川柳など投稿開始
多数採用される
1987年：横浜市民文芸祭　川柳部門「一席」入賞
1990年：読売新聞の川柳大会で「天賞」受賞
2005年：同人誌「随筆春秋」に入会
以後、同誌が主催する一般公募のコンクールにおいて
入選、奨励賞、年度賞の佳作、優秀賞など受賞
2008年：「男の証明」が文藝春秋のベストエッセイに入選
2012年：第８回文芸思潮エッセイ賞奨励賞受賞
2013年：第９回文芸思潮エッセイ賞佳作受賞
2014年：第10回文芸思潮エッセイ賞入選
2016年：第12回文芸思潮エッセイ賞奨励賞受賞
2016年：第１回文芸思潮賞：佳作受賞
2017年：第２回文芸思潮賞佳作受賞
2022年：第27回随筆春秋賞佳作受賞

鉛筆の底力　泣いて 笑って 考えた 作品集

2023年11月15日　初版第１刷発行

著　者　ゴルビー長田
発行者　瓜谷 綱延
発行所　株式会社文芸社
〒160-0022 東京都新宿区新宿１－10－１
電話 03-5369-3060（代表）
03-5369-2299（販売）

印刷所　図書印刷株式会社

ISBN978-4-286-24516-4　JASRAC 出 2305528-301